KB271596

日月爭明

일월쟁명

가소 新무협 판타지 소설

FANTASTIC ORIENTAL HEROES

일월쟁명 1

가소 新무협 판타지 소설

초판 1쇄 찍은 날 § 2010년 9월 7일
초판 1쇄 펴낸 날 § 2010년 9월 17일

지은이 § 가소
펴낸이 § 서경석

편집팀장 § 서지현
편집책임 § 박우진

펴낸곳 § 도서출판 청어람
등록번호 § 제1081-1-89호
등록일자 § 1999. 5. 31
어람번호 § 제2-1976호

주소 § 경기도 부천시 원미구 심곡2동 163-2 서경B/D 3F (우) 420-822
전화 § 032-656-4452 팩스 § 032-656-4453
http://www.chungeoram.com
E-mail § chungeoram@chungeoram.com

ⓒ 가소, 2010

ISBN 978-89-251-2291-5 04810
ISBN 978-89-251-2290-8 (세트)

일 월 쟁 명

태양과 달이 밝음을을 겨루다

日月爭明

가소 新무협 판타지 소설

FANTASTIC ORIENTAL HEROES

1

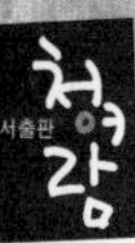

도서출판 청어람

目次

序

자줏빛 태양[紫日]은 세상을 밝게 비추고

창백한 달[白月]은 그저 홀로 높으리니

태양과 달이 밝음을 겨루리라[日月爭明].

第一章

하남백가(河南白家)

일월쟁명

"너도 알다시피 열파검법(裂破劍法)에는 치명적인 약점이 있다."

선선한 바람이 불어왔다.

무더운 여름날, 태양빛이 내리쬐는 한낮에 불어오는 바람에 백무결(白無缺)은 식어버린 찻잔을 내려놓고 그 바람을 즐겼다. 그러자 그 앞에서 심각한 표정으로 뭔가 말하려던 백위정(白衛靜)이 얼굴을 팍 찡그렸다.

"무결아, 아비가 말하는데 딴짓이냐?"

백무결은 감았던 눈을 떴다. 찻잔을 들어 한 모금 마신 다음 무뚝뚝하게 말문을 열었다.

"너도 알다시피 열파검법에는 치명적인 약점이 있다. 성취가 높아질수록 검에 실리는 힘이 많아져 제어하기 힘들어지는 것이지. 그리고 성취가 구성(九成)이 넘으면 사람이 검을 휘두르는 것이 아니라, 검이 사람을 휘두르게 되는 불완전함을 보인다. 그 때문에 많은 선조님들이 보완하려고 했지만, 이미 중(重)을 넘어 붕(崩)의 힘을 추구하게 된 열파검법을 어찌하지 못했다. 그러다 심화된 열파검법을 고치기보다 새로운 무공을 창안해 검을 제어하겠다고 생각하신 분이 나타나셨다. 그분이 바로 이 아비의 할아버님이시지. 그분께서는 가문의 모든 무공을 살피시고, 그것도 부족하시어 외부에서 구할 수 있는 모든 무공을 구해 창안에 열을 올리셨다. 하지만 능력이 부족해 다음 가주께 그 책임을 넘기셨고, 네 할아버지께서도 능력이 부.족.하.시.어. 그다음 가주인 나에게 책임을 넘기셨지. 그리고 내가 그 책임을 이어받은 것이 벌써 이십 년이나 흘렀구나.”

“…….”

“불행 중 다행인지 능력이 출.중.했.던. 나는 마침내 그 무공을 완성할 수 있었단다. 아직 이름조차 정해져 있지 않은 무공, 불완전한 열파검법을 완전하게 만들 그 무공이 드디어 완성되었단다.”

거기까지 말한 백무결은 다시 찻잔을 들어 입 안을 적셨다.

“계속합니까?”

“끙.”

백무결의 물음에 백위정은 낮은 신음을 토해냈다.

“정확히 몇 번이나 들었는지 기억하지 못하지만, 최소한 스무 번은 넘었을 겁니다. 덕분에 아버님이 하시는 말씀을 거의 다 외웠습니다.”

말 중간에 강조하기 위해 끊어 말했던 부분까지 정확히 외우고 있었다.

상황이 이 정도까지 흐르면 진지하게 듣고 싶어도 들을 수 없다. 이번만큼은 집중해서 듣겠다고 결심해도 진작 외운 내용이 반복되니 자연스럽게 신경이 분산되어 버리는 것이다.

한숨이 절로 나올 일이다.

“나머지도 말해드립니까?”

“에잉! 됐다, 됐어.”

“아버님께서 그리 말씀하신다면야.”

백무결이 태연히 차를 마시자, 백위정이 못마땅한 눈초리로 그를 바라보다가 투덜거렸다.

“죽을힘을 다해서 만들어놨더니 자랑도 못하게…….”

“죽을힘을 다해서 만들어놨더니 자랑도 못하게 하는 매정한 아들놈 같으니. 나만 익히는 것도 아닌데, 저도 익히고 있으면서 말만 하면 투덜투덜. 무량(無量)이었다면 너처럼 투덜거리지 않았다. 분명히 듣고 또 들었어도 재미있다고 들어줬을 거다. 그리고 ‘우와, 아버님, 정말 대단하십니다!’라고 감탄했을 거고. 그런데 장남이란 놈은 고.작. 몇 번 반복해서 들었다고 그걸 가지고 아비를 못 잡아먹어서 안달이라니. 이래서…….”

기다렸다는 듯 아예 똑같이 시작해 백위정이 말을 멈춘 다음에도 계속 말을 이어나가던 백무결은 백위정의 텅 빈 찻잔에 차를 따랐다. 그런 다음 자신의 찻잔에도 차를 채우고 다기(茶器)를 내려놓았다.

"이건 계속합니까?"

"…망할 놈."

백위정은 찻잔을 들며 마음 깊숙한 곳에서 우러나오는 진심 어린 한마디를 내뱉는 걸 주저하지 않았다. 그리고 진심은 가뿐히 무시당했다.

"아, 그래도 오늘은 바람이라도 불어서 다행이군요."

내심 '그렇지 않았다면 참는 데 차만으로는 부족했을 겁니다' 라고 생각하는 백무결이었다.

그런 내심을 아는지 모르는지 식은 차를 냉수처럼 단숨에 들이켠 백위정은 찻잔을 거칠게 내려놓았다. 그리고 이전까지 투덜거렸던 기색을 지우고 진지한 표정을 지었다. 하지만 그 모습은 백무결의 한마디의 말로 무너졌다.

"안 어울립니다."

"너 진짜 끝까지 이럴 거냐!"

"사실을 말했을 뿐입니다만?"

"아, 진짜! 간만에 부자끼리 진지하게 대화 좀 나누려고 했는데 계속 이런 식으로 나오면 나도 가만있지 않겠다!"

이 이상은 위험하다고 판단한 백무결이 슬쩍 말을 돌렸다.

"이제 오성쯤 되는 것 같습니다."

"그거?"

“예. 그거 말입니다.”

여기서 ‘그거’란 아직 이름조차 지어지지 않은 열파검법의 제어용 무공이다. 지금은 ‘그거’, ‘제어공(制御功)’, ‘무명공(無名功)’ 등으로 대충 부르고 있었다.

백위정은 위기를 넘어가려는 백무결의 속셈을 알았지만, 넘어가 줄 수밖에 없었다. 그 무명공을 제대로 익힌 것은 현재로선 백무결이 유일했기 때문이다. 백위정은 익히기보다 이론적으로 완성시키기 위해 최선을 다해왔기 때문에 그 성취가 백무결보다 떨어졌다.

결국 혹시라도 있을지 모르는 파탄을 제일 먼저 알아차릴 수 있는 것도 백무결이라는 뜻이었기에 그 한마디 한마디가 백위정으로선 매우 중요했다.

“무슨 문제점은 없더냐?”

백위정은 금세 초조해져서 물었다.

완성했다고 떠들고 다니지만 어디까지나 이론에 불과했다.

그것도 자신의 관점에서 완성한 것이라, 더 높은 경지에 오른 자들이 봤을 때는 허점투성이일지도 몰랐다. 백위정도 그것을 알기에 억지로라도 허세를 부렸다, 그 무공을 직접 익히고 있는 백무결에게 조금이라도 부담을 덜어주기 위해서.

“별다른 문제는 없습니다. 보시겠습니까?”

백무결은 웃으며 돌을 깎아 만든 탁자를 왼손으로 쥐었다. 그리고 무명공을 이용해 쟁반처럼 들어 올렸다.

말도 안 되는 힘이다.

내공을 써서 힘을 증가시킬 수 있다 하더라도, 그 내공이 화경(化境)에 이르러 환골탈태(換骨奪胎)하지 않은 이상 불가능한 엄청난 힘이었다. 그럼에도 백무결은 조금도 힘든 기색 없이 탁자를 들고 있었다.

이것이 바로 무명공의 첫 번째 공능이었다.

"과연, 이 정도란 말이지?"

백무결이 탁자를 내려놓자 백위정의 입가에는 미소가 머금어졌다. 그 미소는 점차 얼굴 전체로 퍼졌고, 곧 큰 웃음이 되었다.

"푸하하하! 하긴 누가 만들었는데 문제가 있을까! 누가 만들었어? 응? 누가? 누가 완성한 거냐고?! 푸하하하!"

"……"

백무결은 나직이 한숨을 내쉬었다.

그 모습이 품위없이 낄낄거리고 있던 백위정의 눈에 띄었다. 처음에는 '저놈이 한숨을 쉬든 말든 무슨 상관이랴, 내가 잘나서 질투하는 것을' 이라 생각했지만, 곧 '저놈이 지금 내가 한심하다고 한숨 쉬는 거 맞지? 맞는 거지? 라는 생각으로 바뀌었다. 언제 낄낄거리고 웃었냐는 듯이 돌연 정색하여 벌떡 일어나 탁자를 내려쳤다.

백무결은 태연히 넘어진 찻잔을 바로 세웠다.

"왜 그러십니까, 아버님?"

"너 왜 한숨 쉬었나?"

"아버님의 위풍당당한 모습에 제 자신이 너무 초라한 것 같아 한숨을 내쉬고 말았습니다. 그 모습이 눈에 거슬렸다면 사죄드리겠습니다.”

“…….”

백위정은 고개 숙여 사죄하는 백무결의 뒤통수를 뚫어버릴 것처럼 노려보았다. 하지만 알아서 고개를 숙이는 백무결을 핍박할 방법이 없다.

여기서 핍박했다가는 사죄한 것 가지고 따지는 치사한 인간이 되고, 대범하게 넘어가지 못해 속 좁은 티를 내는 것이다. 당장에라도 저 동글동글한 뒤통수를 후려갈기고 싶지만, 속 좁고 치사한 인간이 되지 않기 위해서는 참아야 했다.

가문에서 일하는 무사들의 눈초리도 생각해야 하고, 마나님의 바가지도 생각해야 하고, 귀염둥이 무량이의 투정도 생각해야 했다.

참아야 한다. 참아야 한다.

뿌득.

이가 갈린다. 참으로 분하고 억울해서 참으려니 절로 이가 갈린다.

머리 위에서 들리는 소리에 백무결은 분위기를 파악했다. 아무것도 하지 않고 이 상태로 있다가는 맞는다. 피하려고 하면 더 심하게 맞는다. 어떻게든 맞는다. 그것만큼은 피하고 싶은 백무결이었다.

‘내 나이가 몇인데 계속 맞고 지낼 수는 없어.’

그렇다고 맞서 싸우자니 상대는 아버지이고, 하남십검(河南

十劍)이라 불리는 자들 중에서도 세 손가락에 꼽히는 절정의 검객이다. 함부로 반항했다가는 맞는 시간이 반 각에서 한 시진으로 늘어날 수도 있다. 그러니 무력으로 상황을 풀어나가는 건 어리석은 짓이다.

'역시 말로 풀어나가야겠지.'

지금 백무결에게는 이런 상황을 수월하게 빠져나갈 수 있는 만병통치약 같은 수단이 있었다.

"그런데 오성에 이르면서 내공이 생각했던 것 이상으로 많이 줄었습니다. 지금까지의 상황으로 봤을 때 팔성에 이르면 내공이 절반으로 떨어지게 생겼습니다."

"얼마나 줄었기에 그러냐?"

말을 돌린다는 걸 알았지만, 백위정은 결코 거부할 수 없었다. 내심 다음에는 반드시 쥐어 패리라 결심하며.

"일 할 정도 줄었습니다."

백무결의 내공은 결코 적지 않다.

오히려 또래를 살펴보면 지나치다 할 정도로 많았다. 전대 가주가 세상을 유람하며 몸에 좋거나 내공 상승에 도움이 되는 영약을 얻으면 모조리 백무결에게 먹였기에 당연하다면 당연한 일이다. 육대세가(六大世家)의 후기지수(後起之秀)와 견주어도 결코 부족하지 않을 것이다. 어쩌면 그들보다 더 많을 수도 있다.

그런 백무결이기에 일 할의 내공은 결코 가볍지 않다.

"일 할? 그 정도나 말이냐?"

"예. 하지만 내공이 줄어든 만큼 그 이상으로 힘이 강해졌습니다. 거기다 다른 것들까지 예상했던 것 이상의 효과를 보았습니다만, 문제는 문제입니다. 성취가 있을 때마다 내공이 줄어드는 폭이 커진다면 팔성 이후에는 열파검법을 끝까지 펼칠 수 없을지도 모르겠습니다."

"끙, 생각지도 못한 문제구나."

중검법(重劍法)에 속하는 열파검법은 그만큼 많은 내공을 소모시킨다. 그걸 알고 있기에 백가의 사내들은 결코 내공을 모으는 일을 소홀히 하지 않는다.

비전(秘傳)이라 할 수 있는 가문의 연단법(煉丹法)도 있어서 백무결은 물론, 백위정 또한 그 나이에서 찾아보기 힘들 정도로 고강한 내공을 지니고 있다.

"일 할, 일 할이라……."

무명공은 무려 사대(四代)가 노력하여 완성시킨 가문의 숙원이다. 열파검법을 완성하기 위해서는 반드시 익혀야 했다. 내공이 얼마나 줄어들든 간에 그것을 익히지 않으면 빗나가는 열파검법을 제어할 방법이 없다. 그래서 백위정이나 백무결은 얼마간의 내공을 희생하고 무명공을 익혀 나갔다.

다만 팔성의 성취를 위해 백무결의 내공을 반 이상 희생시킬 것이라고는 생각지도 못했던 일이다.

"끙, 답이 없어."

백위정은 자리에 앉아 고민해 봤지만 답은 나오지 않았다.

가문의 연단법은 어린 시절부터 꾸준히 백월단(白月丹)이라 불리는 단약(丹藥)을 장복함으로써 내공 증진과 육체 성장을 돕는 것이다. 그 효과는 실로 탁월하여 백가의 사내들은 대대로 탄탄한 내공을 지니고 있었다. 다만, 이 방법은 값비싼 백월단을 장복해야 효과를 볼 수 있고, 그 효과 또한 한 번에 크게 드러나기보다 차근차근 쌓여가는 것인지라 한 번에 줄어든 내공을 회복시킬 수 없다.

그것은 소림사(少林寺)의 대환단(大還丹)이나 그와 비슷한 신단(神丹)이 아닌 이상 불가능한 일이고, 그런 신단은 쉽게 구해질 리가 없다.

백위정이 고민한다고 나올 만한 답이 아니라는 뜻이다.

백무결은 그것을 알고 있기 때문에 담담히 찻잔을 들었다.

'넘어갔다.'

이로써 또 한 번의 위기를 무명공 덕분에 넘어가게 되었다.

내공이 줄어드는 것은 분명 타격이 크지만, 그로써 얻는 공능은 줄어든 내공 이상이라 칠성까지만 익혀도 구성의 열파검법을 제어할 수 있을 것이라 예상되었다. 또한 간간이 백위정의 손에서 자신의 안전을 보장해 주니 마냥 나쁘다고 할 수 없다.

어차피 내공이야 시간이 해결해 주는 것이고, 고민한다고 해결되는 것도 아닌지라 백무결은 신경도 쓰지 않았다.

그것도 모르고 백위정은 심각한 고민에 빠져 있었다.

'차도 다 마셨군.'

텅 빈 다기를 흔들며 백무결은 입맛을 다셨다.

'이제 어떻게 버티나?'

백무결은 이 지루한 시간을 어떻게 버틸까 고민하게 되었고, 백위정은 내공이 줄어드는 정도를 줄일 수 있는지 없는지를 고민하고 있었다.

선선한 바람이 불어왔다.

백위정이 고민 속으로 파고들든 말든 상관하지 않는 백무결은 그 선선한 바람을 즐기며 눈을 감았다.

그렇게 하남백가의 시간이 흐르고 있었다.

덩그러니.

휘이이이잉.

오늘은 아주 화창하다 못해 더운 날씨인데도 불구하고 만년설(萬年雪) 위에 서 있는 것처럼 몸이 떨려왔고, 잔잔한 바람인데도 마치 저 북해(北海)에서 불어오는 것처럼 차갑고 강한 바람처럼 느껴졌다.

평소라면 더없이 평안했을 오늘인데, 세상이 그를 버렸다.

'아, 그건 아닌데.'

잠시 현실에서 도피했던 백무결은 정신을 차렸다.

사실은 하남백가가 그를 버렸다.

좀 더 정확히 말하자면 가주가 그를 세상으로 내보내 버렸다, 그것도 한마디의 말도 없이 갑작스럽게.

또한 강제로.

'그래도 그렇지…… 이렇게 내보내면 어쩌라고.'

백무결은 현재 자신의 상태를 둘러보고 한숨을 참지 못했다. 집에서 편하게 입는 옷에, 지니고 있는 것이라고는 날도 안 선 있는 묵직한 수련용 철검(鐵劍) 하나뿐. 그 외에는 동전 한 문도 없었다.

결국 다시 한숨을 쉰 백무결은 어느새 굳게 잠겨 있는 정문을 노려보았다.

닫혀 있는 문 너머로 수십 명이 분주하게 뛰어다니는 소리와 고래고래 고함을 치는 누군가의 목소리가 들려왔다. 너무 또렷하게 들려 잘못 듣고 싶어도 들을 수 없을 정도로 우렁찬 목소리였다.

"무결이가 문을 열어달라 해도 절대 열어주지 마라! 만약 몰래 열어주다 적발될 시에는 절대로 용서치 않겠다!"

쩌렁쩌렁 울리는 목소리에 백무결은 고개를 숙였다.

'아아, 아버님…….'

속으로 탄식하고 있을 때, 또 다른 말이 들려왔다.

"이는 삼년무도행(三年武道行)의 시작이니, 앞으로 소가주는 가문의 전통에 따라 삼 년이 지나기 이전에는 절대로 집 안에 들어오지 못한다!"

물론 백무결도 알고 있었다.

하남백가의 가주가 되기 위해 소가주는 삼 년간 세상을 떠돌아다니며 경험과 인맥을 쌓아야 한다는 것을 말이다. 하지만 그건 충분한 준비를 갖춘 다음 나서는 것이지, 지금처럼 아무것도 준비되지 않은 소가주를 무작정 내보내는 것은 아니었다.

　이것은 분명 불리할 때마다 무명공을 들먹인 보복이 틀림없었다.

　이렇게 치졸하고 효과적인 보복이라니!

　너무 황당해서 벌벌 떨리는 몸을 진정시킬 수 없었다.

　'이 꼴로 삼 년 동안 세상을 떠돌라고?

　어떻게? 당장 저녁을 사 먹을 돈도 없고, 어딘가 멀리 떠날 준비도 되어 있지 않은데?

　"그렇다고 돈을 주거나 문을 열어줄 것 같지는 않고."

　너무나 굳게 닫힌, 그리고 당분간은 절대 열리지 않을 것 같은 정문을 바라보며 백무결이 혼자 중얼거렸다. 그러다 무언가 생각났는지 고개를 치켜들었다.

　'지금 뒷문으로 살짝 들어가면……'

　그때 백위정이 먼저 소리쳤다.

　"뒷문도 닫아라! 한동안 모든 문을 닫아두겠다! 그 누구도 나가지 못할 것이고, 그 누구도 들어오지 못할 것이다!"

　마치 밖으로 내몰린 자식의 마음속을 들여다본 것처럼 시기적절하게 소리치는 백위정의 말에 백무결은 잠깐이나마 들었던 고개를 다시 숙였다.

　이렇게까지 몰아붙이면 다른 수를 쓰는 수밖에 없다.

　도적질을 하지 않는 이상 답은 하나다.

　'밤에 담을 넘는 수밖에.'

　사실 그대로 세상으로 향하는 것도 한 방법이 될 수 있었다. 준비가 되어 있지 않은 상태이니 고생스럽겠지만, 그만큼 얼는 것도 많으리라라는 건 당연한 사실이었다. 하지만 백무결로서는 결코 그냥 갈 수 없는 이유가 있었다.

가장 표면적인 이유는 한 사람의 무사(武士)로서 자신의 무기를 두고 갈 수 없다는 것이고, 조금 덜 표면적인 이유는 세상을 살아가는 데 필수적인 돈이 없다는 것. 드러낼 수 없는 이유는 창고 깊숙이 숨겨둔 '그것'을 챙기는 것, 그리고 마지막으로 마음 깊숙한 곳에서 울리는 진정한 이유는 이대로 당하고 물러날 수 없는 것!

하남백가의 사내들은 사소한 원한이라도 잊지 않는다.

절대로!

'제가 이대로 물러날 것 같습니까?

백무결은 이를 갈았다.

"백적대(白迹隊)는 남쪽과 동쪽 담을 지키고, 백무대(白楙隊)는 북쪽과 서쪽을 지켜라! 개미새끼 하나라도 담을 넘는 것을 허용하지 마라!"

백적대는 하남백가 최강의 무력 단체로 백 씨 성을 가진 삼십 명의 사내로 구성되어 있고, 현 대주는 가주의 사촌동생인 백위후(白衛厚)가 맡고 있었다.

백무대는 하남백가의 다섯 무력 단체 중에 두 번째로 강력한 곳으로, 백 씨 성을 가지거나 가지지 않은 사십 명의 무사로 구성되어 있었다. 현 대주는 가주의 사촌형인 백위철(白衛喆)이 맡고 있었다.

그 막대한 무력을 지닌 두 부대가 담을 지키게 되었다.

가문의 안위를 위협하는 적을 막기 위해서가 아니었고, 재산을 노리고 담을 넘으려는 도적을 막기 위해서도 아니었다.

단지 삼년무도행을 떠난 조카 백무결을 막기 위해서였다.

"맙소사……."

기가 막혔다.

하남백가에서 가장 강한 두 무력 단체를 동원한 이유가 고작 혹시라도 있을지 모르는 소가주의 월담을 막기 위해서라니…….

모르는 사람이 들었다면 거짓말하지 말라고 비웃을 이야기였다.

"끙……."

백무결은 신음했다.

"절대로 삼 년간은 들여보내지 않을 테다!"

스스로의 열의를 고취시키며 맹세하는 백위정의 목소리가 들려왔다.

정말 곤란했다. 백위정의 성격상 이 사태는 하루아침에 풀릴 가능성이 전혀 없었다. 어쩌면 밤에도 불을 밝히고 담장을 지키고 있을지도 몰랐다. 그렇다면 몰래 들어가는 일 따위는 불가능하다.

'일단, 떠나는 것처럼 해볼까?

어차피 밤까지 기다려야 한다. 그렇다면 떠나는 것처럼 보여서 방심하게 만드는 것도 하나의 방법. 통할지 안 통할지 모르지만, 문 앞에서 죽치고 앉아 있는 것보다는 나으리라.

백무결은 길을 따라 일단 떠났다.

그리고 그날 밤.

"……휴."

저 멀리 보이는 높은 담장, 그 담장 위로 고개를 삐죽삐죽 내밀고 있는 몇 채의 건물들, 그리고 그 건물을 환하게 비추는 밝은 불빛.

그 풍경에 나오는 건 한숨밖에 없었다.

예상은 했지만, 저렇게 열성적으로 막을 필요가 있을까?

"아버님……."

무언가를 자랑할 때마다 약점을 들먹였다고 저런 것은 아닐 것이고, 오래전부터 티격태격해 온 무명공의 작명(作名)에 관한 권리를 양보하지 않았기 때문에 이렇게 추방하듯 내보내지도 않았을 것이고, 무명공을 방패 삼아 폭력으로부터 도망쳤다고 저렇게 열성적으로 막는 것도 아닐 것이다.

아마도…….

"……관두자."

답이 나오지 않는, 아니, 구하기 싫은 의문을 머릿속 깊숙이 파묻어 버린 백무결은 밝게 빛나는 담장의 내부와 다르게 어두컴컴한 외부 쪽에 바짝 붙었다. 그리고는 조심스럽게 움직이며 담장 너머의 기척을 살폈다.

미약한 기척이라도 느껴지면 옆으로 이동했고, 기척이 느껴지지 않으면 담장에 살짝 매달려 안쪽을 살폈다. 지켜보는 사

람이 있는지 없는지, 그리고 지켜보더라도 들키지 않게 들어
갈 수 있는지의 여부를 살피며 조금씩 이동했다.

그것은 결코 쉬운 일이 아니었다. 담장의 윗부분은 기와로
되어 있어 조금이라도 실수하면 크게 소리가 날 수 있어 조심
해야 했다. 또한 머리를 담장 위로 내밀었을 때, 누군가가 그
모습을 보고 있다면 당분간은 월담이 불가능해질 것이라는 사
실을 알기에 긴장감도 작은 것이 아니었다.

그러다 한 가지 사실을 발견할 수밖에 없었다.

'진짜 백적대와 백무대를 움직였어.'

백적대 같은 경우는 전부 혈연관계라 모르는 얼굴이 있을
수 없다. 백무대는 대외적으로 가장 활발히 움직이는 단체라
서 자주 마주쳤기 때문에 대부분 다 얼굴을 알고 있었다.

그 낯익은 얼굴들이 정말로 담장을 지켜보고 있었다.

고작 이런 일로 하남백가의 정예를 움직이다니.

'아버님……!'

내심 한탄하면서도 백무결은 담장 안쪽을 살피는 것에 소홀
하지 않았다. 냉정하게 생각했을 때, 백위정의 행동에 한탄하
는 것보다 안으로 들어가는 것이 더욱 중요했기 때문이다.

그러다 이해할 수 없는 장면을 목격하게 되었다.

'아무도 없어?'

정말 거짓말처럼 아무도 없었다. 또한 담의 안쪽을 환하게
밝히고 있는 횃불조차 없어 다른 곳에 비해 어두웠고, 기척 역
시 전혀 없었다.

'기회다!' 라고 생각할 수 있는 순간이지만, 마냥 좋게 생각하기에는 수상한 점이 너무나 많았다.

다른 곳은 다 불을 밝히고 있으면서 이곳만 어두운 것이 첫 번째고, 근처에 사람의 그림자조차 찾아볼 수 없는 것이 두 번째였다. 마지막은 앞선 두 개의 수상한 점과 어울려 가장 수상했다.

그것은 다름 아닌 이곳에서 자신의 방까지 너무 가깝다는 점이다.

만약 담장에 매달려 차분히 살피지 않고 바로 뛰어넘었다면 그 장소는 필히 이곳이었을 것이 틀림없다. 자신의 방과 제일 가까운 곳이기도 했고, 나무들이 제법 무성해서 숨어들어 가기도 좋았기 때문이다.

'의심스럽다. 너무나 의심스럽다.'

의심하지 않으려 해도 하지 않을 수가 없었다. 이건 마치 '나 함정이오' 라고 외치고 있는 것 같지 않은가.

약간의 고민 끝에 백무결은 이곳으로 들어가는 것을 포기했다.

무엇보다 자신의 방이 목적지가 아닌 것이 중요한 이유였다.

목적지는 어디까지나 직계의 물품을 보관하는 창고다.

'여기다.'

일단 목적지가 가까웠고, 주변 상황이 다른 곳과 비슷했다. 횃불로 주변을 밝혀뒀지만 장소가 넓어 다른 곳보다 사람과 사람 사이의 간격이 넓었다. 무엇보다 좋은 점은 근처에 큰 건물이 있어서 커다란 그림자가 만들어져 있었다.

이런 상황에서 약간의 틈만 생긴다면 들키지 않고 담장을 넘을 수 있었다. 그래서 백무결은 담장에 매달린 상태로 기다렸다, 인근에 서서 담장을 지켜보는 자들의 시선 사이에 틈이 생기기를.

"아함……."

"어이어이, 잠이 오더라도 좀 참으라고. 네가 하품하니까 괜히 나까지 졸리잖아."

"미안. 좀 이해해 달라고. 내가 괜히 그랬겠어?"

"알았으니까 다시는 하지 마. 이걸 언제까지 해야 할지 모르는데, 한 사람이 하품하면 다른 사람들도 견디기 힘들어진단 말이야. 다 같이 졸아버릴지도 몰라."

"거참, 알았다니까."

"한 사람이라도 졸다 걸리면 모두가 깨지는 거니까 서로서로 조심하자고."

"아, 거참. 알았다니까 그러네."

하품 한 번 했다가 주변의 동료들에게 심하게 구박받은 장외는 투덜거리면서 시선을 하늘로 돌렸다. 그리고 그 순간에도 주변 동료들의 시선은 장외에게 고정되어 있었다.

백무결에게는 두 번 다시 볼 수 없는 좋은 기회였다.

손에 힘을 주고 벽을 밀어내 빙글 돌아 담장 위에 올라섰다. 동시에 미끄러지듯이 안쪽으로 떨어졌고, 전신을 이용해 소리

없이 내려설 수 있었다. 거기서 구르듯이 달려 건물의 뒤편으로 숨었다.

그 동작들은 워낙 짧은 시간 안에 행해졌고, 지켜서고 있던 백무대 대원들의 시선이 한곳에 뭉쳐 있었기 때문에 아무도 백무결의 월담을 발견하지 못했다.

'다행이다. 들키지 않았어.'

백무결은 안도의 한숨을 내쉬었다.

다행히 월담할 때 들키지 않았으니 남은 것은 목적지에 들키지 않고 들어가는 것이다.

'문제는 들키지 않고 가는 것이 힘들다는 건데……'

목적지가 아무리 가깝다 해도 몸을 가리고 있는 건물처럼 담장에 붙어 있지는 않았다. 결국 담을 주시하고 있는 백무대 대원들 사이로 빠져나가야 한다는 건데, 그게 거의 불가능에 가깝다.

이 주변을 지키고 있는 대원들 모두가 동시에 졸지 않는 한.

"이제 어떻게 해야 하나……"

그저 제압하는 것이라면, 근처에 있는 백무대 대원 모두를 제압할 자신은 있었다. 문제는 제압할 때 소란이 없어야 한다는 것이다. 그건 백무결의 실력으로는 불가능했다. 백무대 대원들의 실력도 실력이지만, 대원들 사이의 간격도 짧은 편이 아니라서 소란없이 제압하는 건 백위정도 불가능했다.

결국 무력으로 뚫는 것은 불가능.

'무엇보다 이런 이유로 가문의 무사들과 실랑이를 벌이는

건 소가주가 할 짓이 아니야.'

　사실 그 생각은 핑계고, 소란을 알아채고 달려올 백위정의 모습이 너무나 보기 싫었다.

　'육체적, 정신적 건강에 좋을 것 같지 않아.'

　그럼 무슨 방법이 있을까?

　백무결은 등을 기대고 있는 높은 건물의 지붕을 바라보았다. 그리고 가까운 건물과의 거리를 살펴보았다. 뛰어서 다른 지붕까지 건너가는 것은 가능하지만, 작은 소리조차 없이 내려서는 것이 불가능했다.

　'방법이 없어.'

　도저히 방법을 찾을 수 없었다. 비밀 통로가 있는 것도 아니었고, 모두의 눈을 속일 정도로 빠른 경공(輕功)을 알고 있는 것도 아니었다.

　'이 건물이 서고(書庫)였던가?'

　포기하려던 찰나, 몸을 기대고 있는 건물의 용도를 떠올린 백무결은 조심스럽게 뛰어 살짝 열려 있는 이층 창문을 통해 건물의 내부로 숨어들었다.

　들어가자마자 퀴퀴한 책 냄새가 백무결을 반겼다. 그리고 당연한 말이지만 기척이라고는 전혀 느껴지지 않았다.

　사람이 전혀 없다.

　사실 하남백가는 전형적인 무가(武家)라서 며칠이 지나도 서고를 찾는 사람이 거의 없었다. 먹을 것이 없는 게 흠이긴 하지만, 그 누구에게도 들키지 않고 조용히 하루를 보내기에는 최고의 장소였다.

이곳에서 밤을 보내고, 낮에 돌파구를 찾아본다.

생각을 정리한 백무결은 커다란 책장과 책장 사이에 들어가 잠을 청했다.

"피곤해……."

지금은 제법 깊어진 밤이었고, 담장을 넘기 위해 긴장을 늦추지 못한 탓에 많이 피곤했기 때문이다.

그 덕분에 백무결은 불편한 잠자리임에도 쉽게 잠들 수 있었다.

백무결이 막 잠이 든 시각.

어둠에 잠겨 있는 백무결의 방에는 한 사람이 숨어 있었다.

'이놈! 어서 오너라! 어서 와!'

방 한쪽 구석에 쪼그리고 앉아 문과 창문을 번갈아 노려보며 속으로 중얼거리고 있는 사람은 하남백가의 가주 백위정이었다.

백위정에게는 하나의 속셈이 있었다.

백무결이 가문의 전통을 어기고 스리슬쩍 담장을 넘어 방문을 열고 들어온다면 핏줄이 도드라질 정도로 꽉 쥐고 있는 목검으로 등을 후려 갈겨 버릴 것이다. 그 뒤로는 주먹으로 비 오는 날 먼지만 살짝 나도록 살며시 쓰다듬어 준 다음 동아줄로 꽁꽁 묶어 저 멀리까지 끌고 가 무일푼으로 팽개치고 오리라.

과거에 자신이 그렇게 당했듯이.

‘이것이 가문의 전통이다!’

그렇게 자신의 행동을 합리화시키며 백위정은 더욱더 문과 창문을 노려보았다. 아들이 당장이라고 문을 열고 들어올 것만 같았기에.

‘여러 가지로 쌓인 사심이 아주 약간 들어 있는 것을 부정할 수 없지만, 그것들보다는 차기 가주가 될 장남의 장래를 걱정하는 마음이 더 크지. 암, 그렇고말고.’

백위정은 그렇게 생각하며 목검을 쥐고 있는 손에 힘을 더했다.

아들을 위하는 위대한 부정에 감격하면서.

물론 백위정은 꿈에도 모를 것이다. 자신의 계획이 완전히 망가졌다는 사실을. 그리고 그 이유가 아주 오래전부터 생각지도 못하게 미리미리 준비한 아들의 행동 때문임을. 그 준비로 인해 아들이 자신의 방으로 숨어들 이유가 전혀 없음을. 그 모든 것이 자신을 못마땅해한 전대 가주의 조언 때문임을 백위정은 꿈에도 모를 것이다.

그 덕분에, 백위정은 날이 밝을 때까지 목검을 움켜쥐고 문과 창문을 노려보고 있었다.

목검을 쥐고 있는 손이 그대로 굳어 펼치기 힘들 때까지.

부릅뜬 눈이 충혈되어 눈물이 줄줄 흐를 때까지.

第二章

일월조우(日月遭遇)

일월쟁명

길을 따라 사람들이 걷고 있다. 서로 어깨를 부딪칠 정도로 번화한 것은 아니지만, 좁은 길을 언젠가는 확장해야 할 정도로 많은 숫자였다.

사람의 발길에 따라 세상은 변하는 것이니까.

'일단 나와 상관없는 문제지만.'

길의 외곽에 위치한 객잔 안에 앉아 한가롭게 시간을 보내고 있던 백무결은, 자신이 긴 잡생각에 빠져 있었다는 걸 다 식은 찻잔을 쥐며 알 수 있었다.

'삼 년이라……. 어떻게 해야 할까?'

잡생각에서 벗어나 현실을 보았다.

삼 년이라는 짧지 않은 시간. 과연 무엇을 하며 지내야 헛되이 보내지 않았다고 후회하지 않을지 알 수 없었다.

인적이 드문 산에 들어가 수련에 힘쓸까?

어려운 사람을 돕기 위해 세상을 떠돌까?

비무를 위해 유명한 문파들을 찾아다닐까?

천하의 한량처럼 천하의 명승지나 두루 살피며 돌아다닐까?

'관두자.'

하나같이 마음에 와 닿지 않는다. 저리 삼 년을 보냈다가는 후회만 가득할 것 같은 기분이 들어 백무결은 결정을 미뤘다.

어차피 지금 결정하지 않아도 삼 년이란 시간은 한순간에 사라지지 않는다. 그러니 고민하지 말고 먼저 세상이나 구경하자는 것이 백무결의 생각이었다. 그렇게 마음을 가볍게 먹으니 가고 싶은 곳이 생겼다.

'소림사에 가보자.'

천하공부출소림(天下功夫出少林)이란 말이 있듯이, 소림사는 무공을 익힌 모든 무사의 경애의 대상이었다. 어린 시절부터 세뇌에 가까운 교육으로 하남백가에 대한 자부심이 남달랐던 백무결도 예외일 수 없었다.

무엇보다 같은 하남이라 소림사는 가까웠다.

첫 목적지를 정한 백무결이 일어나려고 할 때, 한 사람이 객잔 안으로 들어섰다.

언제 씻었는지 짐작조차 할 수 없는 지저분한 사내였는데, 걸레로도 쓰기 민망한 옷 사이로 보이는 탄탄한 근육과 폐물이나 다름없는 낡은 검이 이상하게 시선을 사로잡았다. 거지나 다름없는 몰골인데, 무언가가 느껴지는 사내.

호기심이 동했다.

백무결은 들었던 장검을 다시 식탁 위에 내려놓고 찻잔을 들었다.

객잔 안으로 들어온 사내는 주위를 두리번거리더니 빈자리를 찾아 털썩 주저앉았다. 그냥 앉았을 뿐인데, 사내의 몸에서 좋지 못한 뭔가가 바닥으로 후드득 떨어지는 것 같았다.

그것은 사내를 지켜보던 백무결을 포함해 객잔 안에 앉아 있던 모든 사람들의 느낌이었다.

'먹을 걸 다 먹은 다음이라서 다행이군.'

갑자기 메슥거리는 속을 찻물로 진정시키며 백무결은 슬쩍 시선을 돌렸다.

그때, 객잔 주인이 한 점소이에게 눈짓하더니 말없이 거지 꼴을 한 사내를 향해 손가락질했다. 점소이는 잠시 고민했지만, 이내 고개를 끄덕이고 여전히 주위를 두리번거리고 있는 사내에게로 다가갔다.

"무엇을 드시겠습니까, 손님?"

점소이의 물음에 사내는 반색하며 다른 탁자에 오른 음식들을 가리켰다.

"저거랑 저거, 저걸 줘."

"알겠습니다. 금방 가져다 드리겠습니다."

꾸벅 고개를 숙이고 후다닥 주방으로 달려가 음식을 주문하고, 객잔 주인을 향해 잘했냐는 듯 웃는 점소이의 모습에 주인은 고개를 떨어뜨렸다.

소란없이 쫓아내라는 뜻을 주문받으라는 것으로 받아들인 점소이를 속으로 욕하는 객잔 주인이었다. 그 상황을 파악한 일부 손님들은 나직이 웃음을 터뜨렸고, 백무결도 그중에 하나였다.

많은 사람들의 관심 속에서 주문한 음식이 나오자마자 사내는 며칠 굶은 사람처럼 허겁지겁 음식을 먹었다. 아니, 먹는다는 표현보다는 마신다는 표현이 어울릴 정도로 엄청난 속도로 음식이 사라졌다. 결국 접시에 묻은 양념까지 깨끗이 핥아먹은 사내는, 입맛을 다시며 같이 나온 싸구려 엽차까지 마셨다.

"아, 잘 먹었다."

입가에 잔잔한 미소를 띤 사내는 홀짝홀짝 차를 마시곤 자리에서 일어났다.

"고맙게 잘 먹고 간다. 잘 있어."

음식을 날랐던 점소이에게 손을 흔들며 사내가 나가려고 하자, 점소이는 화들짝 놀라 사내의 옷자락을 움켜쥐었다. 별로 힘주어 잡은 것도 아닌데 '찌익' 하면서 옷이 찢어졌지만, 사내를 제외한 그 누구도 거기에 신경 쓰지 않았다.

점소이는 웃는 낯으로 사내에게 말했다.

"손님, 그냥 가시면 어떻게 합니까?"

"야! 옷이 찢어지잖아. 봐!"

"아이고, 죄송합니다. 손님, 일단 계산부터 하시면 제가 새 옷처럼 말끔하게 수선해 드리겠습니다."

“계산? 그게 뭔데?”

그 순간, 그 행태를 지켜보고 있던 사람들은 점소이의 웃는 얼굴에 금이 가는 소리를 들은 것 같았다.

“음식을 드셨으면 그 값을 돈으로 치러야 하지 않겠습니까?”

“돈? 돈이 뭔데?”

“돈이 돈이지 뭐가 돈입니까?”

“그러니까 그게 뭐냐니까?”

사내의 말에 그나마 남아있던 웃음마저 사라졌다.

“아니, 지금 먹을 거 잘 먹어놓고 돈을 못 주겠다 이겁니까!”

“그러니까 돈이 뭐냐고!”

“돈이 돈이지, 다른 게 돈입니까!”

둘의 목소리는 점차 높아져 갔고, 곧 길을 지나가다 무슨 일인가 싶어 객잔 안을 살피는 사람이 하나둘씩 늘어갔다. 객잔의 주인은 그저 고개를 푹 숙이고 있었고, 사람들은 재미있는 일이 터졌다는 듯 구경만 하고 있었다.

“돈 말이야! 돈! 돈도 몰라!”

“그러니까 그게 어떤 거냐니까! 내가 돈이 뭔지 알아야지 주든가 말든가 할 거 아니야!”

“돈이 돈이지! 뭐긴 뭐냐고!”

처음에는 그나마 높임말이던 점소이의 말이 어느새 평대로 변해 있었고, 목소리는 하늘 높은 줄 모르고 치솟았다.

백무결이나 구경하던 사람들 중 일부는 사내가 정말 돈이 뭔지 모른다는 걸 알 수 있었다. 거짓이라 생각하기에는 사내의 답답해하는 행동이 너무나 진실했다.

점소이가 조금만 더 냉정했더라면 어떻게든 끝났을 상황이다. 또한 사내가 답답함에 소리를 지르지 않고 설명했다면 그 또한 끝났을 상황이다.

결국 서로가 잘못하여 벌어진 다툼이었다. 물론 원인은 돈을 내지 않고 나가려 했던 사내에게 있지만 말이다.

"돈 내놔!"

"글쎄, 돈이 뭐냐고!"

"클클클, 거기 젊은이. 이게 돈이네."

한참 웃다가 같은 상황이 계속 반복되는 것이 지겨웠는지 부유해 보이는 노인이 동전과 은자를 보여주었다.

"그게 돈이야?"

사내는 노인의 손바닥에 놓인 동전과 은자를 손가락으로 가리키며 물었고, 반말에 잠시 표정을 굳혔던 노인은 이내 좋지 않게 웃으며 대답했다.

"그래. 이게 돈이지. 혹시 가지고 있나?"

"아니. 그런 거 없는데?"

"뭐야! 돈이 없어?"

백무결은 돌아가는 상황에 두통을 느꼈다.

노인은 분명 사내가 사회 밖에서 자랐고, 그 때문에 제대로 배운 것이 없음을 파악했을 것이다. 그런데 사내가 반말했다는 사실에 감정을 품고 순박함, 나쁘게 말하면 배우지 못한 무식을 이용해 상황을 더욱 나쁘게 만든 것이다.

그건 사내의 말이 끝나기가 무섭게 소리를 지르는 점소이와 어디론가 손짓하는 객잔 주인의 행동으로 볼 때 알 수 있는 일이었다.

노인의 입가에 피어오른 비웃음도 그랬고.

'옹졸하군.'

백무결이 노인을 그리 판단하고, 객잔 주인이 손짓했던 곳을 바라보았다. 그곳에는 예상했던 것과 같이 험상궂게 생긴 건장한 사내들이 인상을 쓰며 몽둥이를 들고 하나둘씩 걸어나오고 있었다.

'좋지 않아.'

노인이나 객잔 주인은 사내를 제대로 파악하지 못했다.

사내의 육체는 무공, 혹은 무술로 단련된 것이 분명했다. 어쩌면 내공을 지니고 있을지도 몰랐다. 그런데 뒤쪽에서 나오는 자들은 무공은 둘째 치고 제대로 된 무술조차 접하지 못했는지 움직이는 데 방해되는 비대한 근육이 낀 몸이었다.

그 둘이 부딪치면 결과는 뻔했다.

객잔은 객잔대로 큰 피해를 입고, 사내는 사내대로 관에서 수배를 받을 수 있는 상황이었다.

즐겁게 하하 웃으며 지켜볼 상황은 끝났다.

나서려면 지금이 마지막 기회라는 걸 백무결은 알았다.

"잠시 기다려 보십시오!"

내공을 실었더니 생각했던 것보다 더 우렁찬 목소리가 객잔에 울렸다. 사람들은 갑자기 들려온 목소리에 깜짝 놀라 시선을 돌렸고, 그것은 뒤쪽에서 빠져나와 사내에게 소리를 지르려 했던 자들도 마찬가지였다.

일단 원했던 것처럼 시선이 모이자, 백무결은 다른 사람이 알 수 없을 정도로 낮게 한숨을 내쉬었다. 그런 다음 당당한 시선으로 객잔 주인과 폭력을 휘두르러 나왔으나 그 폭력에 희생될 뻔했던 사람들을 쏘아보았다.

"저 공자가 치러야 할 음식 값은 소생이 치르도록 하겠으니 그만하는 것이 어떻겠습니까?"

"그, 그럽죠."

"그럼 그렇게 알겠습니다."

기세를 이겨내지 못해 더듬거리며 대답한 객잔 주인과 살짝 얼굴을 찡그리는 노인을 살펴본 백무결은, 어정쩡하게 서 있는 사내들에게 시선을 돌렸다.

"일이 이렇게 되었으니 그대들은 이만 돌아가시는 것이 좋을 것 같습니다만?"

"예? 예. 그렇게 합죠."

"분부대로 하겠습니다요."

사내들은 서릿발 같은 기세와 언제든지 뽑을 수 있도록 식탁 위에 놓인 장검을 보고서는 꼬리를 말았다. 백무결의 기세에서 자신들을 단번에 썰어버릴 수 있는 능력을 가진 무사라는 것을 깨달았기 때문이다.

그것은 확실히 옳았다.

백무결은 사내들이 나가는 것을 지켜보다 시선을 돌려 노인을 바라보았다.

노인은 의도와 다르게 흘러가는 상황이 분한지 이를 갈다가 백무결과 눈이 마주치자 화들짝 놀라며 시선을 돌렸다. 그리고 점소이를 불러 셈을 치른 후 부랴부랴 객잔을 빠져나갔다.

노인이 더 이상 보이지 않을 때까지 지켜보던 백무결은 상황이 완전히 끝나자 자리에 앉았는데, 바로 그 순간 풍겨오는 고약한 악취에 눈살을 찌푸릴 뻔했다. 악취와 거의 동시에 목소리가 들려오지 않았다면 눈살을 찌푸렸으리라.

"이봐, 네가 나를 도와준 거야?"

"일단 그렇다고 할 수 있습니다."

"뭐야, 그게?"

아직도 상황이 파악되지 않는지 사내는 악취를 펄펄 풍기며 백무결의 반대편에 앉았다. 왠지 그 모습이 투정 부리는 동생을 보는 것 같아 백무결은 다시 웃었다.

"관점의 차이입니다."

"그 관점의 차이가 뭐냐는 말이지, 내 말은. 그냥 간단하게 '내가 당신을 도왔다' 라고 말하면 안 되는 거야?"

"그럼 간단히 말하겠습니다. 전 당신을 도운 게 아닙니다."

"그럼 돈이라는 걸 대신 내준 건 나를 돕는 게 아니었단 말이야? 아무리 생각해도 그건 아닌 것 같은데?"

백무결은 이 사내가 생각했던 것보다 머리가 나쁘지 않다는 걸 깨달았다.

단지 모를 뿐.

'이러면 대화가 쉬워지지.'

경험이 없어 모를 뿐이라면 알려주면 된다.

"제가 봤을 때 당신은 무술이나 무공을 익혔습니다. 맞습니까?"

"천계(天階)라는 내공심법(內功心法)과 자성검법(紫星劍法)을 익히고 있기는 한데, 그게 이것과 무슨 상관이지?"

"밀접한 상관이 있습니다."

살짝 웃으며 대답하는 백무결의 모습에 사내는 얼굴을 찡그리며 물었다.

"그러니까 그 밀접한 상관이 뭐냔 말이야. 나는 내 무공에 관한 것이 아니라, 네가 나를 대신해 돈을 주는 것이 왜 나를 돕는 게 아닌지를 묻고 있는 거다."

"잘 생각해 보십시오. 일단 당신은 무공을 익혔습니다. 그리고 당신을 때리기 위해 뒤쪽에서 나왔던 자들은 무공이란 것을 구경도 못해본 사람들이었습니다. 틀림없이 제대로 된 무술조차 모르는 사람들이었겠지요."

"그래서?"

사내는 살짝 미간을 좁히며 되물었다.

"무공을 익힌 당신과 변변한 무술조차 익힌 적 없는 자들이 싸운다면 어느 쪽이 다치게 될 것 같습니까?"

"당연히 그쪽이지. 내가 다칠 리가 없으니까."

"그렇습니다. 다치는 건 그 사람들입니다. 그리고 처음부터 잘못했던 당신이 다치게 만든 것이고."

"내가 처음부터 잘못했다고?"

자신이 잘못했다는 말에 사내는 언성을 높였지만, 백무결은 여전히 담담한 미소를 짓고 있었다.

"쳇, 그래서?"

사내는 위협이 통하지 않자 풀이 죽었는지 축 늘어졌다.

"처음부터 당신의 잘못이었고, 당신은 분명 그 사람들을 때려눕혔을 겁니다. 그 와중에 크든 작든 간에 다치는 사람이 나왔을 것이고, 부서지는 물건도 생겼을 겁니다."

말하는 도중 백무결은 자신과 사내 사이에 있는 식탁을 탁탁 하고 두드렸다.

"그럼 당신의 죄는 더욱 무거워지고, 이곳의 주인은 당신에게 받지 못한 음식 값보다 더 큰 피해를 입었을 것이 분명합니다. 전 그것을 막기 위해 음식 값을 치른 겁니다."

"그게 도운 거잖아?"

"그렇게 생각하실 수 있겠지만 저는……."

쾅!

사내는 식탁을 내려쳐 백무결의 말을 끊었다.

"이러나저러나 나를 돕기는 도왔다는 거잖아. 근데 뭘 아니라고 말을 빙빙 돌려?"

"뭐, 그렇게 생각하기로 했다면 그렇다고 하겠습니다."

"쳇, 웃지 마. 정들어."

사내는 그렇게 중얼거리며 식탁에 몸을 기댄 상태로 시선을 돌렸다.

백무결은 그런 사내의 모습에 다시 웃으며 미지근해진 싸구려 엽차를 입에 머금었다.

"너, 이름 뭐야?"

"이런 것도 알려드려야겠군요. 상대의 이름을 묻기 전에 먼저 자신의 이름부터 밝히는 것이 세상의 상식입니다."

"쳇, 그냥 '네가 먼저 말해라' 라고 말하면 될 것을 꼭 그렇게 빙빙 돌려서 말해야 하나, 세상의 상식은?"

백무결이 대답하지 않고 웃고만 있자, 사내는 작게 투덜거리다가 자신의 이름을 말했다.

"내 이름은 호세량(虎世亮)이다."

"전 백무결이라 합니다."

"오냐, 백무결. 네 꼬인 사정이야 어쨌든 간에 일단 도움을 받았으니 답례를 해야겠는데, 뭐가 좋을 것 같으냐?"

"답례를 바라고 한 행동이 아닙니다."

정색하며 대답하는 백무결에게, 마찬가지로 정색한 호세량이 대답했다.

"나도 도움을 받고자 했던 것은 아니나, 결과적으로 도움을 받았으니 어떻게든 갚아야 하지 않겠어?"

"하지만……."

"하지만이고 자시고, 난 사부에게 받은 것이 있으면 반드시 그 이상으로 돌려줘야 한다고 배웠어. 그건 나도 동감하는 사항이라 그렇게 살아갈 거고. 뭐, 네가 안 받겠다면야 그 도움,

내 이름 석 자에다가 맹세코 무조건 돌려줄 테니까.”

“하아…….”

그 기세가 워낙 완고하여 백무결은 그만 한숨을 터뜨리고 말았다. 그러다 피하고자 노력했던 냄새를 한껏 들이마셔야 했다.

백무결의 입가에 미소가 걸렸다.

“그럼 일단 좀 씻고 오십시오. 냄새가 너무 심해서 더 이상 같이 앉아 있는 것은 물론 말하기도 힘듭니다.”

“쳇, 웃지 마. 정들어.”

호세량은 그리 대답하며 웃고 있었다.

비위가 약한 점소이들은 목욕통을 비우다 말고 기둥을 부여잡고 구역질을 참고 있었다. 올라오는 것을 억지로 참느라 하나같이 누렇게 뜬 얼굴을 하고 있어 호세량은 떨떠름한 표정을 감추지 못했다.

그렇다고 점소이들에게 뭐라 하기도 힘든 것이, 목욕통 안의 물은 자신이 봐도 심하다 생각할 정도였던 것이다.

어느 정도였냐면 입고 있던 옷을 버리려고 목욕통 안으로 던졌는데 가라앉지 않았다.

때로 추정되는 부유물 때문에.

보통 사람이라면 상상조차 할 수 없는 광경이다.

“쳇, 저게 뭐가 더럽다고.”

구역질을 참고 있는 점소이들이 들었다면 당장 욕부터 했을 말을 태연하게 중얼거린 호세량은 자신의 옷을 살폈다.

백무결이 입고 있는 옷과 같지만, 푸른 실로 자수를 놓은 것과 다르게 붉은 실로 자수가 놓아져 있었다. 같은 문양인데도 어딘가 담백한 느낌이 드는 백무결과 다르게 붉은 자수는 화려한 느낌이 들었다.

"흠, 좋은데?"

산속에서 사부와 단둘이서 살아온 호세량이지만, 보는 눈이 없는 것은 아니었다. 좋고 나쁘고 정도는 충분히 파악할 수 있었고, 입고 있는 옷은 충분히 좋았다. 그래서 너무나 마음에 들었다.

"그렇다고 고맙다는 건 아니고."

듣는 사람도 없는데 호세량은 그리 중얼거리며 계단을 따라 일층으로 내려갔다.

호세량이 계단을 거의 다 내려갔을 때, 일층에서 얌전히 기다리고 있던 백무결이 기척을 느끼고 고개를 돌렸다. 눈이 마주치고 백무결은 마치 물건을 살펴보는 것처럼 호세량을 아래위로 훑어봤다. 그리고 아주 태연한 어조로 자신의 감상을 피력했다.

"생각했던 것보다 훨씬 더 사람 같습니다."

'생각했던 것보다 훨씬 더 사람 같습니다, 생각했던 것보다 훨씬 더 사람 같습니다, 생각했던 것보다 훨씬 더 사람 같습니다, 생각했던 것보다 훨씬 더 사람 같습니다, 생각했던 것보다······.'

　무심코 던진 말에 정신을 놔버린 호세량을 전혀 이해하지 못한 백무결은, 반갑게 손을 흔들며 다가오다 딱 멈춰 버린 그를 빤히 바라보았다.

　"뭐 하십니까?"

　그 말에 정신을 되찾은 호세량은 성큼성큼 걸어가 정말 무시무시한 기세로 백무결이 앉아 있는 식탁으로 다가갔다. 그리고 양손으로 있는 힘껏 식탁을 내려치며 소리쳤다.

　"그럼 이전에는 사람처럼 안 보였다는 소리냐!"

　"그럼 사람처럼 보였겠습니까?"

　또다시 터진 공격에 잠깐 비틀거린 호세량은 중심을 회복하고는 진지한 눈으로 백무결을 바라보았다.

　"어디가 사람처럼 안 보였냐?"

　백무결은 그 질문에 잠시 생각에 잠겼다가 대답했다.

　"머리끝에서 발끝까지입니다."

　"크윽……."

　호세량은 백무결의 말에 허물어지듯 의자에 주저앉았다. 그런 호세량을 내려다보던 백무결은 웃으며 고개를 흔들었다.

　생각했던 것 이상으로 재미있는 사람이란 생각이 들었다.

　"저녁 식사를 시켜놨습니다. 조금만 기다리면 나올 겁니다."

　"저녁 식사? 밥?"

　"예. 밥."

　언제 쓰러졌다는 듯 벌떡 일어난 호세량의 모습에 백무결은 다시 웃음을 터뜨리고 고개를 끄덕였다. 그리고 백무결의 말처럼 얼마 지나지 않아 음식이 나왔고, 둘의 대화는 그것으로 단절되었다.

대화가 다시 시작된 것은 너무 많이 시켰나 걱정될 정도의 음식이 모조리 입 안으로 사라지고 따뜻한 엽차를 홀짝이고 있을 때였다.

"그럼 호 형도 갈 곳이 없습니까?"

"도? 그럼 백 형도 갈 곳이 없다는 말이네?"

"사정상 그리됐습니다."

"이야, 잘됐다. 안 그래도 혼자 다니기 심심했는데 나랑 같이 다니면 되겠네. 신세진 것도 갚아야 하니까. 그치?"

"흠……."

이는 분명 신세를 갚는다는 핑계로 계속 신세를 지겠다는 뜻이다.

현재 어느 정도 여윳돈이 있는 것은 사실이지만, 군입까지 챙겨줄 정도로 풍족한 것은 아니었다. 돈이라는 건 언젠가 바닥을 보일 것이고, 호세랑까지 포함하면 그 속도가 더욱 빨라질 것이 당연했다. 그건 백무결이 원하는 바가 아니었다.

백무결은 거절하기 위해 호세랑을 봤다.

"하아……."

그리고 깊은 한숨을 내쉬었다.

"뭐야, 그 한숨은?"

"아닙니다. 아무것도 아니에요. 그저 어쩌다 제 처지가 이런 상황까지 왔는지 의문이라서 그렇습니다.”

“뭐야, 그건?”

거절의 말이 쑥 들어가고 말았다.

흔히 사람의 눈은 거짓말을 못한다고 한다. 하지만 진실한 눈으로 다른 사람을 속여먹는 사람은 꽤 많다. 알고 보면 그 짓도 기술인지라 배워서 써먹는 놈들이 나날이 늘고 있다고 한탄하는 백위정이 떠올랐다.

‘이것도 그런 놈입니까?

그럴 것 같지 않아서 문제다. 조금도 사심이 느껴지지 않는 호세량의 눈에서 백무결은 한탄했다. 저리 보는데 차마 거절할 수 없었다.

그저 한숨만 나올 뿐.

“뭐, 같이 다니기로 합시다.”

“오, 좋았어.”

어차피 돈은 떨어지게 되어 있다. 그때까지 헤어지지 않는다면 함께 돈을 벌기 위해 일을 할 터, 그저 그전까지 조금 손해를 보는 것뿐이다.

‘조금이 아니겠지만.’

내심 돈이 떨어질 때까지 시간을 계산해 본 백무결은 다시금 한숨을 내쉬었다. 확실히 하나가 둘이 되니 버틸 수 있는 시간이 확 줄었다. 호세량이 평소에도 방금 전처럼 많이 먹는다면 더 줄어들리라.

“그런데 백 형.”

"왜 그러십니까, 호 형?"

"계속 그렇게 존대하면 힘들지 않아? 아까 들어보니 나이도 동갑이던데."

"버릇이라 그렇습니다. 뭐, 언젠가 말을 놓기는 할 겁니다."

백무결은 자리에서 일어나 장검을 쥐었다. 그러자 이리저리 시선을 돌려 음식 구경에 여념이 없던 호세량이 고개를 들었다.

"어디 가?"

"필요한 것이 있어서 사러 갑니다. 혹시라도 늦을 수 있으니 기다리지 말고 올라가서 주무시면 됩니다. 그리고 뭔가 더 먹고 싶다면 시키셔도 무방합니다."

"……!"

자연스럽게 따라가려고 일어서던 호세량이 멈칫했다.

호세량은 앉은 것도 아니고 서 있는 것도 아닌 요상한 자세로 멈췄다. 그리고 무엇이 그리 심각한지 미간을 잔뜩 찌푸리고 고민하기 시작했다.

'참, 알기 쉬운 사람이군.'

백무결은 그런 호세량을 보며 웃었다. 아무래도 호세량과 만난 이후로 웃음이 많아졌다고 생각하며 입가를 쓰다듬었다. 그때, 고민이 끝이 났는지 호세량은 스리슬쩍 의자에 엉덩이를 붙였다.

"그래, 잘 갔다 와."

"그럼 다녀오겠습니다."

배웅 아닌 배웅을 받으며 백무결은 객잔을 빠져나갔고, 문에서 벗어나자마자 점소이를 부르는 호세량의 목소리를 들을 수 있었다.

역시 보이는 그대로인 사람인지라 다시 웃은 백무결은 몇 걸음 걷지 않고 경공인 축환무주(軸幻無柱)를 펼쳐 객잔과 빠르게 멀어졌다.

곧 인적이 없는 숲 속의 공터를 찾아낸 백무결은 다시 한 번 주변에 사람이 없는 것을 확인하고서 공터의 중앙에 섰다.

"후우……."

호흡을 가다듬은 백무결은 장검을 뽑아 들었다.

시리도록 차가운 쇠붙이가 세상에 드러나고, 곧 백무결의 움직임에 맞춰 세상을 찢고[裂] 부숴[破] 나갔다.

하남백가를 세운 시조는 열파검법을 거대한 검으로 펼쳤다.

본시 중검(重劍)이나 중도(重刀)를 펼치기 위해 무거운 병기를 드는 것은 상식에 속했다. 무거움에 무거운 것을 더하면 더 무거워지는 게 당연한 일이니까. 그 때문에 중검에 속하는 열파를 휘두르는 하남백가도 과거에는 커다란 검을 휘둘러왔었다. 하지만 그것이 몇 대에 걸쳐 열파를 발전시키면서 무의미해졌다.

하남백가의 역사는 이백 년이 넘는다.

무림에 발을 들인 무가로서, 그것도 하남성에서 소림사를 제외하면 최고의 무가라 불리면서 이백 년이란 세월을 보냈다는 건 실로 대단한 일이었다.

그 이백 년 동안 수많은 도전과 시련을 이겨왔다는 뜻이니까.

그것은 그만큼 뛰어난 인물이 많았다는 것을 뜻했다.

열파는 처음부터 불완전함을 가지고 있는 검법이었고, 그 불완전을 완전으로 바꾸기 위해 수많은 노력이 따랐다. 그 와중에 열파는 점점 심화되었고, 종래에는 처음의 모습을 찾아보기 힘들 정도로 많이 변화되었다.

완벽한 중검.

오직 그것만을 위해 수많은 사람들이 기꺼이 자신의 모든 것을 바쳤다.

그 결과가 지금의 열파였다.

비록 열파의 불완전함을 보완하지는 못했지만, 그로 인해 열파를 더욱 효과적으로 펼칠 수 있게 되었고, 검의 무게를 가리지 않게 되었다. 그냥 쇠꼬챙이를 들어도 무거운 검으로 펼치는 열파가 가진 무거움을 발산할 수 있도록 깊어진 것이다.

이는 하남백가가 지난 이백 년 동안 오로지 열파를 보완하고 발전시키겠다는 의지를 표출한 결과물이었다.

좀 더 강하게.

무겁고 큰 검으로 열파를 펼치는 것처럼, 평범한 장검으로 열파를 펼쳐서 같은 결과를 얻어낼 수 있게 되었다. 분명 이것은 우연에 의한 것이지만, 수많은 사람들의 노력이 없었다면 얻을 수 없는 결과기도 했다.

좀 더 빠르게.

초기 열파는 분명 전형적인 중검이었다. 빠르게 움직여 적을 상처 입혀 나가는 것보다, 단 한 번의 휘두름으로 적의 뼈를 꺾어버리는 검이었다. 하지만 휘두르는 검이 점차 가벼워지고 작아지면서, 열파는 무거움의 겉으로 빠름을 지닐 수 있게 되었다. 그로 인해 다수의 적과 싸워도 피하지 않는 열파가 완성되었다.

좀 더 다양하게.

이는 빠름에 변화를 줄 수 있다면 좋겠다는 욕망의 결과물이었다. 소위 오대검파(五大劍派) 중에 화산검파(華山劍派)의 환검(幻劍)처럼.

이것은 수많은 시행착오를 불러왔다. 처음부터 무거움과 변화는 어울릴 수 있는 것이 아니었다. 하지만 하남백가의 사람들은 우직하게 이를 위해 노력해 갔고, 결국 그 성과를 얻고야 말았다.

물론 화산검파처럼 절정의 환검이라 불릴 정도는 못 되었지만, 열파는 중검이라 생각할 수 없을 정도로 현란한 움직임을 가지게 되었다. 하지만 그로 인해 열파가 가진 불완전함이 더욱 커지게 되었다.

좀 더 정확하게.

너무 많은 것을 포함했기 때문인지 열파는 주인의 손을 벗어나려 했고, 이를 막기 위해 사대가 노력한 끝에 아직 이름조차 정해지지 않은 또 다른 무공이 태어났다.

그 결과가 지금 백무결의 손에서 펼쳐졌다.

무겁고, 빠르고, 현란하다. 또한 정확하다.

장검에 실린 막강한 힘으로 대기가 요동치고, 요동치는 대기를 단번에 베어낸다. 열파와 한 짝을 이루는 보법(步法) 무주형(無柱形)으로 인해 검이 더욱 화려해진다.

이것이 하남백가의 진정한 검법.

열파였다.

'좋아.'

백무결은 허공에 열파를 풀어나가며 만족했다.

내공이 줄어든 만큼 주인을 휘두르려는 열파가 약해졌고, 강화된 육체만큼 열파를 억압하여 원하는 곳으로 휘두를 수 있었다. 완전하지는 않지만, 이백 년 동안 노력해 온 만큼 완전에 다가서게 되었다.

자신이 노력하고, 그것으로 부족하면 그 자식이 노력하여 완전함에 도달하게 되리라.

백무결은 백가 사내들이 그리했던 것처럼 열파의 완전함을 위해 기꺼이 디딤돌이 되겠다고 다시 한 번 결심했다.

"누구냐!"

순간, 백무결의 몸이 미끄러지듯 공터 한쪽으로 움직였다. 그리고 막강한 힘이 실린 검을 휘둘러 성인 남성의 허리둘레만 한 나무와 부딪쳤다.

꽈드득!

열파에 적중된 나무는 젓가락처럼 간단히 부서졌다.

진득한 수액과 잘게 부서진 파편이 튀었지만, 백무결이 잠간 느꼈던 것처럼 사람이 있지는 않았다. 나무가 쓰러지면서 떨어진 한 마리의 다람쥐와 소음뿐이었다.

"내가 예민했던 건가?"

무림이란 곳은 타인의 수련 장면을 훔쳐보는 것이 금기시되어 있다. 이는 '적을 알고 나를 알면[知彼知己] 백 번 싸워도 위태롭지 않다[百戰不殆]'라는 병법만 봐도 그 이유를 알 수 있다.

언제 서로에게 칼을 겨눌 적이 될지 모르고, 언제 목숨을 잃을지 알 수 없는 곳이라 수련 장면을 훔쳐보다 걸리면 죽기까지 한다.

"착각이었나 보군."

결국 사람의 흔적을 찾지 못한 백무결은 검을 넣었다.

해가 있을 때 나왔는데, 이제는 달뿐이라 백무결은 서둘러 돌아갔다. 혹시라도 호세량이 기다리고 있을지 모른다고 생각했기 때문이다. 그렇게 백무결이 떠난 공터는 풀벌레 우는 소리를 제외하면 침묵에 빠졌다.

그리고 한참 후.

긴 막대기 같은 것을 손에 쥔 여인이 달빛 아래로 걸어나왔다.

백무결이 부숴 버린 나무의 뒤편에서.

"아, 백 형!"

"……?"

백무결은 객잔에 들어가는 순간, 상황을 파악하지 못해 어리둥절할 수밖에 없었다. 자신이 객잔 밖으로 나갔을 때와 상황이 너무나 달랐기 때문이다.

일단 공손해야 할 점소이들이 도끼눈을 하고서 막 들어온 자신을 보고 있었다. 아직까지 자리를 지키고 있는 객잔 주인도 마찬가지였다. 거기다 점소이들이 한 식탁을 포위하고 있었고, 그 식탁 위에 호세량이 백무결의 봇짐을 껴안고 서 있었다.

'다른 것은 둘째 치고 마지막 것은 정상이 아니군.'

거기다 호세량의 바지에는 본래 붉게 수놓아진 부분보다 흰 바탕이 더 많았는데, 그 상황을 역전시키고 바지 여기저기에 찍혀 있는 붉은 자국은 도대체 뭔가? 마지막으로, 넘어진 식탁들과 뒤엉켜 있는 사내는 또 뭐고?

"이건 무슨 상황인 겁니까?"

백무결이 느긋한 걸음으로 내부를 둘러보며 들어서자, 점소이들은 뭔가 잘못되었다는 것을 느끼고 서로를 돌아보며 당황했다. 객잔 주인도 호세량과 백무결을 번갈아보다 인상을 쓰며 고개를 숙였다.

"호 형, 이게 대체 무슨 일입니까?"

"비켜!"

호세량은 상황이 끝났다고 판단했는지 자신과 백무결 사이를 막고 있는 점소이를 발로 차버리고 후다닥 내려왔다.

"그러니까 백 형이 볼일을 보러 가고 잠시 후에 내가 배가 좀 덜 찬 것 같아서 오리구이를 하나 시켰지. 그런데 이것들이 나를 실실 비웃으면서 이번에는 돈이 있냐고 묻더라고. 나는 돈이 없으니까 당연히 없다고 했지."

"그래서요?"

"그랬더니 이것들이 험악하게 분위기를 잡더니 다짜고짜 백 형의 봇짐을 집어가려고 하잖아? 이래서 안 되겠다 싶어서 봇짐을 챙겨 들고 가져가려고 했던 놈을 밀쳐 냈지. 그랬더니 다 같이 덤벼드는 거야. 거기다 하나같이 봇짐만 노리고 달려드니까 어쩔 수 없이 싸우다가 이렇게 된 거지."

호세량은 말을 마무리하며 주변을 보란 듯이 둘러보았다. 나뒹굴고 있는 식탁과 의자, 그리고 아직도 일어서지 못하는 몇 명의 점소이.

"왜 그러셨습니까?"

호세량의 시선을 따라 주변을 둘러보던 백무결은 억울한 표정으로 호세량을 노려보거나 간절하게 고개를 흔들고 있는 점소이들을 발견하곤 그들에게 물었다. 어쩌면 호세량과 말이 다를지도 몰랐기 때문인데, 정말 달랐다.

"그게 말입니다. 공자님께서 나가시자마자 저 손님께서 오리구이를 주문하신 것까지는 분명 맞습니다. 우리야 돈을 지불하는 것이 공자님이라는 걸 알고 정말 공손하게 '돈을 지불하는 것은 다른 분이신데, 허락없이 주문하셔도 괜찮겠습니까? 하고 물었습니다. 그랬더니 저 손님께서 마냥 '괜찮다, 괜찮다' 하시고는 오리구이를 가지고 오라고 막 소리를 질렀습니다. 저희는 어쩔 수 없이 오리구이를 가져다 드렸는데, 물건을 사러 갔던 막내 대삼(大三)이가 마을에 공자님께서 안 보이신다고 하지 않겠습니까?"

대휴가 주변을 둘러보며 동의를 구하자, 다른 점소이들이 고개를 끄덕였다.

"솔직히 말해서 대삼이의 말을 듣고 아차 싶었습니다. 죄송스러운 말이지만, 저희는 공자님께서 그냥 가버리신 줄 알았습니다. 그래서 저 손님께 사정을 설명하고 봇짐을 살펴보려고 하는데 한사코 반대하시더군요. 그 때문에 조금 언성이 높아졌는데, 저 손님이 다짜고짜 가만히 서 있던 저 친구를 때려 눕히더니 봇짐을 건드리면 다 죽이겠다고 하시더군요. 저희도 필사적이었습니다. 그 돈이 다 얼만데, 저 봇짐이 빈 것이었으면 저희가 그 돈을 다 처리해야 했기 때문에 어쩔 수 없었습니다. 그러다 보니 이런 상황으로……."

대휴는 결국 말꼬리를 흐렸다.

잘못은 서로에게 있지만, 그 근본은 백무결이 도망갔다고 착각했던 자신들에게 있었다. 거기다 팔은 안으로 굽는다. 두 사람이 만난 지 한나절도 지나지 않았지만, 분명 객잔의 점소이들보다는 가까울 터.

'빌어먹을.'

점소이들은 자신도 모르게 이를 악물었다.

무림인이라 할지라도 황법(皇法)이 있는 이상 함부로 양민을 살해하지는 않겠지만, 팔다리가 부러지거나 병신이 될 가능성은 얼마든지 있는 것이다.

"하아, 모두들 정리하고 가보십시오."

"예?"

"가보라 했습니다. 하나 일이 이렇게까지 된 것은 어디까지나 당신들의 말도 안 되는 오해 때문이니 부서진 물건 값은 배상하지 않겠습니다."

진심이다!

점소이들은 백무결의 목소리에서 그것을 느꼈고, 다치지 않았다는 사실에 기뻐하며 뿔뿔이 흩어졌다.

혹시라도 백무결의 마음이 변할까 무서웠기 때문인데, 방금 전까지 상황을 설명했던 대휴는 절을 한 다음 주방으로 달려가 버렸다.

곱지 않은 눈초리로 그 모습을 지켜보던 호세량은 주변이 조용해지자 식탁 위에 봇짐을 슬그머니 내려놨다. 그리고 너무 꽉 쥔 탓에 심하게 구겨진 부분을 슬슬 문질렀다.

"아니, 사람이 왜 그렇게 물러 터졌어?"

"틀렸습니다. 이런 것은 무르다고 해야 할 것이 아니라, 사리(事理) 판단이 올바르다고 해야 하는 겁니다."

"그게 그거지. 그건 그렇고, 뭘 그렇게 봐?"

무례했던 점소이에게 화나기도 했지만, 구겨진 부분이 신경 쓰여 구김을 없애려고 했다. 그런데 백무결은 건성으로 대답하며, 구김을 펴려는 자신을 손을 흥미롭게 빤히 바라보고 있었던 것이다.

그런 이유로 호세량은 버럭 소리를 지르고 말았다.

건성으로 대답한 백무결의 태도에 화가 났기 때문인지, 부끄럽기 때문인지 모르겠지만 얼굴까지 붉혀가면서.

그게 백무결의 입장에서는 참 재미있었다. 뭘 어떻게 생각하고 행동하는지 빤히 보인다고 해야 할까? 물론 이전까지도 속을 숨기는 데 미숙한 사람이라 생각하긴 했지만, 지금 다시 보니 더더욱 그렇지 않은가?

백무결은 웃고 말았다.

"아니, 특별히 뭘 본 것은 아닙니다만?"

"이, 이!"

호세량은 봇짐에서 손을 뗐다. 하지만 이미 볼 것을 다 봤지 않은가?

"왜 웃어!"

"아니, 사람이 웃는 것도 마음대로 하지 못합니까? 웃는 것도 허락받아야 한다면 사는 게 얼마나 갑갑하겠습니까?"

"넌 허락받아야 해!"

"이런, 백 형, 백 형 할 때는 언제고 다시 너입니까?"

"시끄러!"

호세량은 얼굴을 붉히고 말도 안 되는 소리를 늘어놨고, 백무결은 웃으며 간단히 대꾸하는 것으로 끝냈다. 점소이나 얼마 남지 않은 손님들은 얼굴을 구기며 그 둘을 보았지만, 백무결이 진짜 실력을 지닌 무림인이라는 걸 알고 있는지 아무 말도 하지 않았다.

그 와중에 호세량은 깨달았다.

'난 외로웠던 거구나. 하긴, 사부님께서 돌아가시고 줄곧 혼자였으니 외로울 만도 하지.'

아니면 의지할 사람이 필요했거나.

'아니, 내가 꼭 외로워서 백 형한테 붙는다는 건 아니고, 그냥 심심한데 서로 잘 지내보자는 의미지. 그렇지. 천하의 호세량이 외롭다니 뭐니 구차하게 그랬을 리가 없잖아?'

호세량은 그리 생각하며 소리쳤다.

"아, 진짜! 허락받고 웃으라니까!"

"거참, 알겠습니다. 그럼 웃어도 됩니까?"

"안 돼! 넌 안 돼!"

"그건 곤란합니다."

백무결은 정색했다.

"이렇게 즐거운데 어찌 웃지 않을 수 있겠습니까?"

"웃지 마! 정들어!"

*　　　*　　　*

검은 태산처럼 장엄한 기세를 발산하며 우뚝 섰다. 보는 사람으로 하여금 감탄하게 할 멋진 기세이자 자세였다.

'염병할, 이게 뭐냐?'

비무(比武)를 시작한 이유는 다른 게 아니었다.

이른 아침에 가볍게 몸을 풀며 이리저리 검을 휘두르는 백무결의 모습에 호승심이 생겼기 때문이다.

그 결과, 압도적인 기세에 짓눌린 호세량은 속으로 투덜거리면서도 검을 세웠다. 같은 나이인 백무결에게 짓눌릴 수 없다는 오기(傲氣)였다.

"오십시오."

백무결은 검을 살짝 흔들며 도발했다.

자신을 가볍게 보는 태도에 호세량은 울컥해 치고 들어가려 했으나, 그 순간 마주한 검끝에서 치솟는 예기(銳氣)에 멈추고 말았다.

놀림받는 기분이라 분하고 짜증났다

하지만 어쩌겠는가, 생각처럼 맞붙을 실력이 없는데.

"안 오십니까?"

"흥, 사부가 말하기를, 비무의 시작은 하수가 하는 법이라고 했으니 내가 먼저 시작할 수 없는 노릇이지!"

"호오, 그렇습니까?"

"그, 그렇다!"

"그렇군요. 제가 하수였습니까? 몰랐습니다."

노골적으로 빈정거리는 태도에 울컥했던 호세량은 왠지 스스로 무덤을 파는 행위였던 것 같아 좀 불안해졌다. 그리고 그 불안감은 어딘가 야비하게 느껴지는 백무결의 대답과 웃음 덕분에 더욱 커졌다.

"그렇다면……."

꼿꼿하게 서 있던 검이 빙글 돌아 옆으로 기울어졌다.

“하수인 제가 먼저 가도록 하겠습니다.”

“자, 잠……!”

호세량이 말리려고 했지만, 백무결의 비스듬히 찔러오는 검이 더 빨랐다.

챙!

“사람이 말하면 좀 들어!”

단 한 번 부딪쳤을 뿐인데, 굴러오는 거대한 돌덩이를 막은 것처럼 휘청거렸다. 호세량은 휘청거린 김에 후다닥 뒤로 물러나 백무결이 재차 검을 휘두르기 전에 소리쳤다.

덕분에 재차 검을 휘두르려던 백무결이 멈춰 섰다.

“그래, 사람이 하는 말은 들어야지. 응? 안 그래?”

“하지만 지금은 비무 중이 아닙니까?”

“그래도 사람이 말을 하면 들어야지. 사람이 말하면 마땅히 들어줘야 하는 게 세상의 상식 아냐?”

“…….”

“상식이잖아! 그런데 왜 무시해!”

호세량이 의기양양하게 소리치고 있을 때, 백무결은 엉뚱한 생각을 하고 있었다.

비무라는 건 서로에게 칼을 맞대는 것이다. 비록 살의(殺意)를 가지지 않고 싸우는 것이긴 하나 병기에는 눈이 없다. 실제로 비무 중에 죽는 것이 흔한 일은 아니나 가끔 일어나는 사고다. 지는 것을 싫어하는 무림인이 맞붙으면 그만큼 치열하다.

그런 걸 말 한마디로 멈춘다?

좋을지도 모르겠다.

가능성은 없겠지만.

고개를 설레설레 흔들어 머릿속에 가득한 엉뚱한 생각을 털어낸 백무결은 의기양양하게 서 있는 호세량에게 물었다.

"그럼, 할 말이 뭡니까?"

"그게, 저기……."

"저기?"

물음에 언제 의기양양했다는 듯이 호세량은 순식간에 우물쭈물하며 대답하기를 꺼려 했다.

사실 그 이유가 뻔해 짐작하고 있던 백무결은 그 모습에 웃음을 참지 못했고, 자존심이 상한 호세량은 말없이 자성검법의 기수식을 취했다.

오른발을 뒤로 빼 왼쪽 어깨를 앞세우고, 왼쪽 무릎을 살짝 굽혀 중심을 앞쪽에 두었다. 검은 뒤쪽으로 비스듬히 아래로 향해 돌격하겠다는 의사가 뚜렷했다.

그것은 기본적인 예의조차 보이지 않는 공격적인 기수식이었다.

백무결은 바로 웃음을 거두고 가문의 절기 열파의 기수식을 취했다.

"오십시오."

"가지!"

다시 오라는 말을 들어 자존심이 상할 만큼 상한 호세량의 눈에서 불똥이 튀었다. 검병을 쥔 손에 힘이 들어가고, 오른발을 밀고 왼발을 차며 앞으로 달려왔다.

방금 전까지 바보처럼 웃고 떠들었다 생각하기 힘든 강렬한 기세였다. 하지만 백무결은 호세량과 비교할 수 없는 역량을 가진 고수. 호세량의 강한 기세가 특별하게 다가오지는 않았다.

제대로 상대해 주자는 생각을 가지게 했을 뿐이다.

백무결의 동작이 열파의 초식을 만들어가고 있을 때, 몸이 비틀리며 앞으로 뻗어 나온 호세량의 검이 기묘하게 움직였다. 자세는 단순한 찌르기인데, 검의 진행과 모양은 꼭 베려는 모양새였다.

베기를 막아내려 하면 찌르기가 될 것 같고, 찌르기를 막아내려 하면 베기가 될 것 같았다.

'잔재주다.'

하지만 그뿐이다.

속도가 없고 특별한 변화도 없다. 단지 모양새가 독특한 베기일 뿐이다. 혹은 찌르기거나. 검을 무겁게 하여 중앙을 쳐버리면 이러지도 저러지도 못하고 허점만 드러내게 되리라.

검을 휘둘러 중앙을 쳐내니, 생각했던 것처럼 호세량의 동작이 멈춰 버렸다. 그리고 검이 전해준 힘을 버티기 위해 이를 악물었다.

이때, 다시 공격하면 끝나는 상황이었으나 백무결은 움직이지 못했다.

'뭐지, 이건?'

그것은 검과 검이 부딪치는 순간 생겨났다. 반발력이라 말하기는 뭔가 미진하고 이질적인 힘이 검을 타고 건너왔다. 이제껏 한 번도 느껴보지 못한 기묘한 힘이 호세량의 검에 있었다. 거기다…….

'이, 이게?

몸이 제멋대로 떨리기 시작했다. 기본 역량이 떨어지는 호세량이 발견할 정도는 아니었지만, 몸의 주인인 백무결은 똑똑히 느낄 수 있을 정도였다.

백무결의 얼굴이 붉어졌다.

'이익!'

내공을 쓰면 안 된다.

빈약한 내공을 가진 호세량과 겨루기 위해 백무결은 내공을 봉인하고 비무를 진행하겠다고 시작 전에 약속했었다. 그 정도 손해 보고 시작해도 기본 역량이 너무 차이 나기에 충분히 이길 수 있을 줄 알았는데, 예상 밖의 상황이 일어났다.

몸이 통제를 벗어났다.

내공을 쓰면 해결될 것 같은데, 그러지 않겠다고 약속했으니 백무결은 답답해졌다. 어떻게든 몸을 제어해야 했다.

"으라찻!"

간신히 제자리에서 버티는 것을 성공한 호세량이 요란한 기합과 함께 검을 휘둘러왔다. 이전과 비슷했지만 좀 더 베기에 치중된 공격.

떨림으로 움직임이 이상해지긴 했지만, 충분히 맞받아칠 수 있는 공격이었다. 그 이상도 얼마든지 가능했는데, 백무결은 맞부딪치는 걸 피하고 물러났다. 대책없이 다시 검을 맞대기가 불안했다.

'기본적인 역량이 뛰어남에도 물러나야 하다니!'

백위정이 알았다면 바닥을 뒹굴며 비웃었을 일이다.

그런 백무결의 속을 모르는 호세량은 물러나는 모습을 보고 더욱 기세등등하여 검을 휘둘렀다.

초식이라 보기 힘든 마구잡이식 휘두름.

"큭!"

분했다. 정말 이성이 끊어질 것처럼 분했다.

이성적으로 판단했을 때, 정체를 알 수 없는 뭔가를 포함하고 있는 호세량의 검과 부딪치는 건 피해야 함이 옳았다. 알 수 없는 뭔가를 파악한다거나, 하다못해 어떻게 대처해야 할지 신중하게 생각해 보고 행동에 옮기는 것이 당연한 일이니까.

그런데 그렇게 할 수 없었다.

호세량의 의기양양한 표정을 보면 속에서 뭔가 울컥 치솟았다.

느껴본 적 없었기에 백무결은 잘 몰랐지만 그건 오기였다.

'피하지 않는다!'

내딛는 발끝에서 시작된 힘이 무릎을 타고 올라와 허리로 전달되고, 허리에서 어깨, 어깨에서 팔꿈치, 팔꿈치에서 손목, 손목에서 검으로 전달되며 처음과 전혀 다른 강맹한 힘이 되었다.

내공을 전혀 사용하지 않으면서 무거운 검을 휘두를 수 있는 상승의 비결이 포함된 백무결의 검, 열파가 호세량의 검을 올려쳤다.

내려쳐 오던 검이 위로 치솟았다.

"크윽!"

호세량은 손목과 손아귀에서 느껴지는 통증에 이를 악물었다. 조금이라도 헐겁게 잡고 있었다면 꼴사납게 검을 놓쳤을지도 모를 정도로 어마어마한 힘이었다.

그로 인해 호세량의 정면은 빈틈투성이가 되었다. 가볍게 찔러도 막지 못할 정도로.

문제는 역시 그 기묘한 힘이었다.

이대로 호세량을 제압하기 위해 검을 움직였다가 치명적인 사고가 일어날 수 있었다.

'그냥 후려쳐 버릴까?'

주먹으로 치면 된다. 그럼 몸을 제대로 제어할 수 없어도 크게 사고가 날 리가 없다. 뭉툭한 주먹은 검으로 제압하는 것과 위험의 정도가 확연히 다르다.

"하압!"

백무결이 잠깐 고민하던 사이, 요란한 기합과 함께 치솟았던 호세량의 검이 떨어졌다. 백무결은 뒤로 물러나 검을 피했다.

열파로 인해 제대로 된 육체 제어가 목적인 백무결로서, 육체 제어를 흩뜨리는 호세량의 검과의 부딪침을 피하는 것은 당연했다.

무명공이 만들어진 배경이 외부의 힘에 저항하기 위함이니, 그 뜻을 봤을 때 이는 분명 옳은 행동이었다. 호세량의 검에 담긴 정체불명의 힘은 육체 제어를 악화시키니까. 그런데 물러선 거리를 줄이며 재차 검을 휘두르는 호세량의 표정에서 백무결은 또다시 불끈 솟구치는 뭔가를 느꼈다.

검을 부딪치지 않고 속도나 변화로 싸워도 얼마든지 이길 수 있다.

열파에 포함된 속도와 변화는 호세량이 감당할 수 없을 만큼 빠르고 정교하다. 마음을 불안하게 하는 검과 부딪치지 않아도 이길 방법 따위는 얼마든지 있었다. 호세량에게 치욕적인 패배를 줄 수도 있다.

문제는 불끈 솟구친 오기다.

'피하고 싶지 않다!'

얄팍한 호세량의 검을 피하기 싫었다. 제대로 맞부딪쳐 박살 내버리고 싶다는 생각이 백무결을 지배했다.

쨍!

"캑!"

낡은 검이 부러짐과 동시에 짧은 비명을 지른 호세량은 뒤로 날아가 몇 바퀴를 구르고 난 후에야 멈춰섰다. 아니, 시체처럼 쭉 뻗어 있으니 정지되었다는 말이 더 어울리는 상황이다.

"앗!"

순간적으로 끌어올린 내공 때문에 벌어진 참상에 백무결은 깜짝 놀랐다. 내공을 아주 조금 사용했을 뿐인데 호세량의 검이 부러지고 사람이 날아가 버렸기 때문이다. 이는 가문의 무사들과 비무하며 생긴 기준 때문이지만, 백무결은 그것을 알지 못했다.

알았다면 이런 일이 일어나지 않았을 것이다.

"으으……."

"호 형, 호 형! 괜찮습니까?"

쭉 뻗은 상태로 꿈틀거리던 호세량이 신음을 흘리자 백무결이 당황하며 달려가 그를 살폈다.

일단 큰 외상이 없는 것을 확인한 다음, 맥을 짚어 내상 여부를 점검한 백무결은 안도의 한숨을 쉬었다.

"하아, 다행히 내상은 없습니다."

그때 정신을 잃었을 것이라 생각했던 호세량이 떨리는 손으로 백무결의 소매를 쥐었다. 그리고 반쯤 풀린 눈으로 노려보며 말문을 열었다.

"너, 너어…… 내공… 썼지?"

"……그렇습니다."

"그, 그럼 내가 이겨……."

그 말을 하며 피식 웃음을 터뜨린 호세량은 그대로 정신을 잃었다.

여전히 소매를 꽉 움켜잡고 있는 그의 손을 떼어낸 백무결은 쓰게 웃을 수밖에 없었다. 호세량이 무사한 것은 분명 다행이지만, 세상에 나와 처음 겪은 패배의 상대가 호세량이라니.

비참해서 눈물이 날 것 같았다.

속이 지독하게 쓰렸다.

"하아."

한숨이 절로 나왔다.

그나마 다행인 것은 반성해야 할 것을 깨달았다는 점이다.

상대를 얕본 나머지 제 실력을 제대로 발휘하지 못했고, 감정에 휘둘려 올바른 판단을 내리지 못했다. 거기다 권법을 배운 적 없다는 이유로 제압할 수 있는 상대를 두고 망설였으며, 예상 밖의 상황에 당황해 제대로 대처하지 못했다.

목숨을 걸고 싸웠다면 죽었을 것이다.

"다행이라 생각해야 하는 건가, 이건?"

좋게 생각해도 기분이 나아지지 않았다.

백무결은 봇짐에서 천을 꺼내 박살 난 호세량의 검을 잘 챙겼다. 줘도 안 쓸 검이지만, 호세량에게는 어떤 의미를 가진 검인지 알 수 없다. 혹시라도 중요한 의미를 가진 검이라면 잘 챙겨도 욕먹을 테니까.

"자, 갑시다."

축 늘어진 호세량을 등에 업고 짐을 챙긴 백무결은 걸음을 옮겼다.

"이 새끼들, 거기 서라!"

"……."

음산한 목소리가 뒤에서 들렸으나 밀려드는 패배감 곱씹으라, 축축 늘어지는 호세량 신경 쓰느라 정신이 없었던 백무결은 그 말을 듣지 못했다.

"이 거지만도 못한 새끼들, 칠 일 만에 간신히 잠이 들었는데 감히 내 잠을 깨워!"

허름한 몰골의 노인이었다.

주변을 감도는 추상한 낌새에 도망치듯 길을 떠난 게 대략 보름 전. 그 후 가지고 있던 술을 아끼고 아껴 마셔 간신히 버틴 게 고작 칠 일이다.

그 후 지독한 불면증으로 뜬눈으로 지내다 공터 끝에 위치한 좋은 굴을 발견하고 이번에야말로 잠들 수 있을 것이란 희망을 품고 몸을 뉘였다. 그래서 세상이 점차 밝아오고 있을 때 간신히 잠에 들 수 있었는데, 그걸 요란하게 싸우는 소리에 깼다.

칠 일이다. 오 일도 아니고 육 일도 아닌 칠 일.

평소에 잠이 무척이나 많은 편인 노인에게 칠 일이란 긴 기간 동안의 불면은 지독한 고통이었다.

노인은 이를 갈았다.

"응?"

뒤쪽에서 느껴지는 강렬한 기세에 백무결은 조심스레 고개를 돌렸다. 그리고 고개를 돌리기가 무섭게 기세의 정체를 파악할 수 있었다.

누더기를 입고 있는 노인이 허공에 떠올라 발차기를 날리고 있는 것이 보였기 때문이다.

"개 같은 놈!"

“헉!”

백무결은 갑작스런 공격에 오른손에 들린 짐을 놓고 자유로워진 팔을 세워 노인의 발차기를 막았다.

“큭!”

“감히 날 깨워?!”

발차기에 상당한 내공이 실렸는지 부딪친 발과 팔 사이에서 둔탁한 소리가 터졌다. 부딪치기 전까지 제대로 방비를 못한 백무결은 역도에 밀려 비틀거리며 물러나야 했다.

흔들리는 중심을 잡아야 했고, 몸에서 떨어질 것처럼 흔들리는 호세량도 바로잡아야 했다. 그 두 가지에 신경을 썼기에 백무결은 노인의 움직임을 놓쳤다.

“……!”

중심과 호세량을 바로잡자마자 노인은 땅에서 솟은 것처럼 바로 앞에 모습을 드러냈다. 그리고 강맹한 손바닥을 뻗었다.

목표는 백무결의 복부였다.

“흡!”

노인의 손바닥에 실린 고강한 내공을 느낀 백무결은 짧게 숨을 들이쉬며 오른손으로 공격을 옆으로 흘려버리려고 했으나, 내공의 차이로 실패하고 왼쪽 어깨를 얻어맞았다.

뻑— 하는 소리와 함께 중심이 비틀리고 몸이 떠올랐다. 백무결은 천근추(千斤墜)의 기법(氣法)으로 몸을 바닥에 붙들어 놓고 한 바퀴 회전시키는 것으로 중심을 다시 잡았다. 그리고 갑작스런 공격에 대비하기 위해 한 팔을 세워놓는 것을 잊지 않았다.

'거지만도 못한 놈이 실력은 제법이구나!'

어린놈이 떠오르면 따라가서 발차기를 날리려고 했던 노인은, 제법 노련한 임기응변을 보고 부글부글 끓는 속과 다르게 행동을 멈췄다.

또래에서 찾아보기 힘든 실력과 상황 판단 능력을 보고 어느 문하(門下)인지 묻기 위함이었는데, 백무결이 먼저 소리쳤다.

"이게 무슨 경우없는 짓입니까!"

"짓?"

"얌전히 길 가는 사람 뒤에서 다짜고짜 공격한 것이 정상적인 행동이라 보시는 겁니까, 어르신께서는!"

백무결의 말에 노인의 표정이 일그러졌다.

명문의 문하인 것 같아 분노를 애써 참고 술이 첨가된 대화로 상황을 풀어가려고 하는 찰나, 저 빌어먹을 놈이 제 잘못도 모르고 소리를 지르는 것이다!

"오냐! 네가 진정 죽고 싶은 게로구나!"

"그럴 리 없습니다."

"흥! 알량한 실력을 믿고 날뛰나 본데, 상대를 잘못 골랐다는 걸 느끼게 해주마!"

버럭 소리를 지른 노인은 이성을 상실한 것처럼 달려들었다. 하지만 노인의 발은 매우 기이하고 묘한 보법을 밟으면서 다가와 백무결로 하여금 어느 방향으로 덤벼올지 예상치 못하게 했다.

노인에게 맞은 왼쪽 어깨가 부서진 것처럼 아팠지만, 백무결은 이를 악물고 버티며 검을 뽑았다.

"거절하겠습니다."

"거절하지 못할 것이다!"

노인은 불쑥 다가와 주먹을 뻗었고, 백무결은 무주형을 밟아 뒤로 물러나며 검을 휘둘렀다. 검은 정확히 노인의 손목을 노렸는데, 곧게 뻗어오던 주먹이 뱀처럼 요동치며 검면(劍面)을 후려갈겼다.

그 순간, 노인과 백무결의 표정이 변했다.

노인은 생각했던 이상으로 묵직한 느낌이 드는 백무결의 검에 놀랐고, 백무결은 그 짧은 순간 공격을 피하면서 검면을 노린 노인의 실력에 놀랐다.

"큭!"

백무결은 검이 튕겨나는 충격에 왼쪽 어깨의 고통이 심해지자 신음했다. 때문에 호세량을 업고 있는 왼팔이 불안정해졌지만 그를 내려놓는 순간 저 이상한 노인이 무슨 짓을 할지 몰랐다. 호세량의 안전을 위해서라도 내려놓을 수 없었다.

문제는 노인의 실력이다.

가장 기본이라 할 수 있는 내공의 차이가 뚜렷하다. 거기다 역량도 방금 전 보인 한 수로 보아 더 뛰어난 것 같았다. 이쯤 되면 승산이 거의 없다고 봐야 하는데, 백무결은 거기에 호세량이란 짐까지 떠안고 있으니 승산을 계산하기 민망할 정도가 된다.

진다. 거의 무조건.

백무결은 무주형을 축환무주로 바꿔 껑충껑충 뒤로 물러났
다.

"도망칠 수 있을 것 같으냐! 죽어라!"

흉악망측(凶惡罔測)한 노인의 표정이 그 절정에 다다를 무
렵, 노인은 쫓는 것을 멈추고 왼발을 땅이 울릴 정도로 딛더니
닿을 리 없는 거리에서 주먹을 뻗었다.

쾅!

노인의 주먹에서 뿜어진 희끗한 푸른 기운을 막아낸 검이
떨렸다.

백무결은 정말 놀랐다.

"이건… 권풍(拳風)?"

주먹에서 뿜어진 푸른 기운을 본 순간, 자세가 불안정하긴
했지만 최선을 다해 열파를 펼쳤다. 그런데 그 결과가 겨우 동
수?

노인은 별다른 힘을 쓰지 않고 가볍게 뻗었는데도?

몸을 추스르면 어느 정도는 승산이 생길 줄 알았다. 그래서
뒤로 물러났는데, 막상 뚜껑을 열어보니 열파로 승산을 보기
가 불가능했다.

"빌어 처먹을 놈이 보는 눈은 있구나!"

노인은 백무결의 놀란 표정을 보고 크게 소리치며 뛰어올랐
다. 허공에 떠 있는 불리한 상황이라도 충분히 백무결을 이길

수 있다는 자신감의 표현이었고, 그건 사실이었다.

백무결은 자세를 낮췄다. 호세량을 업은 상태로 마주 뛰어올라 노인을 공격했다가는 아주 큰 확률로 호세량이 떨어져 부상을 입을 것이 뻔했다. 노인이 먼저 뛰었으니 아래에서 공격하거나 유리한 위치를 잡아 공격하면 딱 좋은데, 호세량으로 인해 상황이 따라주지 않았다.

'호 형만 없었어도!'

노인이 허공에서 연달아 다섯 번의 주먹질을 했고, 그때마다 뻗어 나오는 권풍을 읽어내 피하다 불쑥 그런 생각이 들었다.

그 결과는 금방 나왔다.

'최소한 손해는 보지 않아.'

그 결과 탓에 호세량이 더욱 무겁게 느껴졌다. 머릿속을 스친 생각 같아서는 호세량을 저 멀리 던져 버리고 개구리처럼 폴짝폴짝 뛰며 권풍을 뻗어내고 있는 노인을 향해 뛰어가고 싶었지만…….

"사람이 어찌 그럴 수 있을까…….."

그리 말하며 백무결은 자신을 추슬렀다.

계속 밑으로 처지는 호세량을 추켜올리며 검을 휘둘렀다. 무거운 기운이 뭉쳐 있는 검은 피할 수 없는 방위로 밀려오는 권풍의 방향을 틀었다.

쾅!

무의미하게 뻗어진 것 같았던 수많은 권풍은 바닥을 박살

내어 백무결의 발걸음을 방해하고 있었다. 그것은 보법의 진행 방향을 파악했다는 증거였다.

수많은 권풍을 뻗어낼 정도로 엄청난 내공. 그리 많은 시간이 지나지 않았음에도 보법의 진행 방향을 파악할 정도의 눈썰미. 팔목을 노리는 검면을 칠 정도의 실력.

그것들은 노인이 백무결이 어쩔 수 없는 고수라는 증거다.

하지만,

'승월(昇月)을 쓴다면?

존재한다는 자체가 기적인 신도(神刀).

승산이 생긴다.

하지만 요대처럼 허리에 두른 승월을 뽑을 틈이 있을까?

노인은 느릿하게 걸어오고 있지만, 당장에라도 권풍을 뿜어낼 수 있는 고수다.

이 정도 거리는 없는 것과 마찬가지고, 승월을 뽑기 위해서는 호세량을 내려놔야 했다. 거기다 왼손도 움직이지 않으니 장검을 놓고 승월을 뽑는 짧은 순간 무방비가 된다는 뜻.

승월을 뽑는 것 자체가 도박이 된다.

'그렇다고 이대로 있을 수 없잖아?

위험한 상황인데 묘하게 현실감이 없다.

권풍에 맞으면 분명 치명적인 상처를 입을 것이 뻔한데, 이상할 정도로 위기감이 들지 않는다. 마치 꿈을 꾸는 것 같다.

그렇다고 대항하는 걸 그만둘 수는 없다.

'지금은 내 목숨만 걸려 있는 것이 아니니까.'

노인은 다 잡은 물고기를 걷으러 오는 어부처럼 느긋하게 걸어왔고, 반대로 살얼음 위를 걷는 것처럼 조심스레 물러나던 백무결에게 드디어 사단이 일어났다.

털썩.

호세량을 떨어뜨린 것이다.

노인에게 왼쪽 어깨를 호되게 얻어맞은 탓에 통증에 시달렸는데, 호세량을 업고 무리한 탓에 경련이 일었다. 쉬거나 치료해야 했던 어깨를 혹사시킨 대가였다.

'빌어먹을!'

백무결은 도박을 요구하는 상황에 물러나는 것을 멈췄다. 호세량이 떨어진 이상 이 자리에서 결판을 내야 했다.

경련으로 뒤틀리려는 왼팔을 검신(劍身)으로 후려쳐 진정시킨 백무결은, 다리 사이를 벌려 더 이상 물러나지 않겠다는 의지를 내비쳤다. 그 의지는 강한 기세가 되어 노인을 향해 뻗어나갔다.

"제법이구나, 빌어 처먹을 놈아."

잠이 완전히 깨서 정신이 제대로 돌아왔기에 노인은 평온한 얼굴로 감탄했다. 죽기 직전까지 때리고 몇 대 더 때려야 속이 후련해질 놈이지만, 친구를 위해 목숨을 걸고 싸우려는 의지가 가상했기 때문이다.

저런 의리(義理), 쉽게 찾아보기 힘들었다.

한편으로는 작은 의심도 들었다.

'저 빌어 처먹을 놈이 내가 누군지 알고 있나? 그래서 저런 의리를 연기하고 있는 건가?

의심이 시작되자마자 감탄했던 마음이 사라지고, 작았던 의심이 그 크기를 부풀렸다. 처음부터 백무결이 마음에 들지 않았기에 노인은 의심의 싹을 뽑기보다 진실로 만들어 버렸다.

물론 자신만의 진실이었다.

"흥! 네가 그런다고 이 현명한 노인네가 속을 줄 아느냐! 어림도 없다! 이 빌어 처먹을 놈아!"

백무결은 노인이 얼굴을 붉히며 소리치는 내용을 무시했다. 어차피 화를 내는 이유를 짐작할 수 없으니 말로 해결할 수 없다. 그렇다면 오직 노인의 움직임에 집중해야 했다, 조금이라도 유리한 틈을 찾기 위해서.

그것이 또 노인의 심기를 건드렸나 보다.

"뭐야! 이 빌어 처먹을 놈이, 감히 어딜 노려봐!"

노인이 다시 얼굴을 붉히며 고래고래 소리칠 때, 백무결은 느릿한 동작으로 검을 거꾸로 세워 땅에 꽂았다. 다행히 노인은 소리치느라 바빠 백무결의 행동에 신경 쓰지 않았다.

이로써 도박은 성공했다.

이제 남은 것은 단번에 승월을 풀어 휘두르는 것!

승월의 도집은 사실 뽑는 방식이 아니라 활짝 열리는 방식이다. 그리되면 승월은 허리를 중심으로 팔락이며 흩날리게 되고, 때를 잘 잡아 휘두르기만 하면 노인의 명줄을 단번에 끊어버릴 수 있다.

늘어져 움직이지 않는 왼팔과 함께.

‘여기서 바보같이 실수만 하지 않는다면 어떡해서든 저 노인을 죽일 수 있다.’

괜히 신의 도라 불리는 게 아니다.

그렇게 결심했는데, 슬머시 웃음이 나오려고 했다.

만난 지 일주일은커녕 이제 고작 이틀이다. 마음속 깊이 이해하는 것도, 아는 것도 별로 없다. 그런 호세량을 위해 목숨을 걸고 왼팔을 끊을 결심을 했다는 게 백무결을 조금씩 웃게 만드는 이유였다.

‘이런 일, 이야기책에서나 일어나는 일인 줄 알았는데.’

이성적이라 생각했던 자신이 만난 지 이틀밖에 되지 않은 사람을 위해 목숨을 걸 줄이야 상상이나 했을까, 땀 냄새 폴폴 나는 남자를 위해서.

“뭐가 그리 즐거워서 기분 나쁘게 실실 쪼개냐? 맞아죽을 생각을 하니 무서워서 확 돈 거냐, 이 빌어 처먹을 놈아?”

노인의 말에 백무결은 이 두렵고 힘든 상황 속에서 자신이 진짜 웃고 있다는 걸 알았다. 속으로만 웃고 있다고 생각했는데, 그게 밖으로 빠져나왔나 보다.

기분 좋았다.

적어도 죽음을 두려워하거나 자신의 선택을 후회하는 표정으로 시체나 병신이 되는 일은 없을 테니.

“제가 바보라는 사실이 기뻐서 그렇습니다.”

“뭐?”

“그런 게 있습니다.”

백무결은 환하게 웃으며 기세를 더욱 날카롭게 갈았다. 조금 전에 노인이 감탄했던 것보다 훨씬 강하고 날카로운, 그러면서도 어딘가 즐겁고 홀가분함이 느껴지는 팽팽한 기세였다.

위험하다.

그 순간 노인은 진심으로 그리 느꼈다.

'더 이상 다가서면 베인다.'

흉악하게 느껴지는 기세에게 노인은 알 수 있었다. 지금 자신이 딛고 있는 땅이 흉악한 짐승이 노리고 있는 경계선이라는 것을.

이해할 수 없었다.

그저 조금 실력있는 애송이라 생각했던 놈은 더 이상 애송이가 아니었다.

그게 내심 신기했다.

"뭐, 나는 처음부터 바보였지."

갑작스런 말과 함께 뒤에서 불쑥 뻗은 손이 거꾸로 세워진 검을 움켜쥐었다.

노인이야 계속 백무결을 지켜보고 있었으니 쭉 뻗어 있던 호세량이 느릿하게 일어나는 것을 보았다. 하지만, 백무결은 모든 것을 노인에게 집중하고 있어 호세량의 움직임을 전혀 느끼지 못해 깜짝 놀라고 말았다.

"호 형?"

"아아, 나중에 얘기하자고. 일단 저 빌어 처먹을 노인네부터 잡고."

노인의 강함을 아는지 모르는지 호세량은 옆집 닭 서리하러 가자는 말처럼 가볍게 말하며 검을 뽑아 들었다.

"물러나십시오! 호 형이 상대할 수 있는 사람이 아닙니다!"

백무결이 버럭 소리를 질렀다.

목소리에 실린 적지 않은 노기(怒氣)가 그가 진심으로 화났다는 걸 증명하고 있었다. 방금 전까지 자신보다 강한 자를 상대로 생사를 결정지으려 하면서 웃었던 사람이라고 생각할 수 없는 모습이었다.

그런 모습이 짧지 않은 순간 크게 드러난 빈틈을 파고들려던 노인의 움직임을 막았다.

호세량은 노인을 힐끔 살피고 여전히 가볍게 말했다.

"백 형, 바보지?"

"무슨 헛소……."

"난 바보야. 그리고 백 형이 나처럼 바보라는 사실이 지금 기뻐서 미칠 지경이야."

말뜻을 알아들은 백무결은 입을 닫았다. 어떻게든 말려야 하는데, 마땅한 말이 떠오르지 않았다.

"왜 끼리끼리 어울린다[類類相從]는 말도 있잖아? 안 그래?"

백무결도 노인도 호세량의 말에 잠시 행동을 멈췄다.

"자, 그런 이유로."

씩 웃으며 자성검법의 기수식을 취했다.

"저 노인네 잡아야지?"

"물론 그래야 합니다."

대답과 함께 백무결의 기세가 미약한 호세량의 기세와 어우러져 커지기 시작했다.

노인은 그런 두 사람을 보며 감탄하고 감탄했다. 백무결과 대치했을 때도 위험하다 느껴졌는데, 지금은 더 위험해졌다. 기세로 보아 호세량은 보이는 것처럼 삼류에 불과한데, 방해가 되었어야 할 놈이 더해졌다고 이리 상황이 변하다니?

'뭐 이런 경우가 다 있누?'

그 누구도 짧다할 수 없을 정도로 살아왔건만, 이런 경우는 처음이라 위축되는 자신을 느낄 수 있었다. 분명 가진 역량이 모자라지 않건만, 몸과 정신이 앞의 두 사람을 공격하는 걸 거부했다.

난감하게 짝이 없다.

한 놈은 자신의 권풍을 간신히 받아내던 빌어 처먹을 애송이 놈이고, 나머지 한 놈은 애송이라 부르기도 미안한 전형적인 삼류다. 지난 몇십 년간 단련해 온 안목으로 봤을 때 틀릴 수 없는 예상, 아니, 진실일 것이다.

그런데 왜 공격할 수 없을까?

경험상 저 둘을 간단한 주먹질로도 충분히 때려눕힐 수 있다.

'그런데 왜 몸이 움직이지 않을꼬?'

사실 답은 이미 나와 있다.

여섯 번째 감각.

오랜 세월 난장판에서 자연스레 갈고닦은 육감이 저 앞의 두 놈이 위험하다고 경고하는 것이다. 싸우면 반드시 이길 것이나, 그 대가로 사지 중 하나를 잃거나 죽음에 가까울 정도로 중상을 입을 것이라고.

'이거, 어떻게 무를 수 없으려나?'

빌어 처먹을 놈을 죽을 때까지 패주지 못하는 건 아쉽지만, 고작 이런 일로 심하게 다치는 일은 피하고 싶었다.

'그렇다고 내 체면에 도망칠 수도 없고, 숙이고 들어갈 수도 없고…… 끙……'

노인이 부상과 체면 사이에서 티 안 나게 고민하고 있을 때, 호세량이 한걸음 성큼 걸었다. 이에 화들짝 놀란 노인은 그 기묘한 보법을 밟으며 뒤로 물러났다. 그와 동시에 마찬가지로 크게 놀란 백무결은 노인의 눈치를 살피며 호세량의 앞을 가로막았다.

"……"

"……"

그 순간, 노인과 백무결 사이에 공감대가 생겼다.

서로 뜻하는 바는 달랐지만, 호세량이란 요상한 모양의 공이 어디로 튈지 신경을 곤두세우고 있다는 걸 느꼈기 때문이다.

호세량은 공격하기에는 너무 멀어 거리나 좀 줄여볼까 싶어 한 걸음 걸었을 뿐인데, 노인이나 백무결의 반응에 놀랐다. 그래서 백무결에게 따지듯 물었다.

"백 형, 저 노인네 안 잡아?"

“그, 그게……”

“저 노인네 잡을 거면 가만히 있으면 안 되는 거잖아. 그래서 내가 한 걸음 먼저 걸었는데 막는 이유가 뭐야, 대체?”

“으음.”

“끙……”

호세량의 말에 노인과 백무결은 동시에 낮게 신음했다.

물론 둘 다 이유는 달랐다.

노인의 경우에는 애송이에게 저런 덜떨어진 놈 하나 붙었다고 위험하다 느낀 자신이 한심해서였고, 백무결의 경우에는 자신들의 상황을 전혀 짐작하지 못하고 공격하려는 호세량의 무지에 대한 것이었다.

사실 알지 못하는 것은 큰 허물이라 할 수 없다.

그로 인해 죽지 않는다면 말이다.

백무결과 호세량이 노인에게 위협이 될 수 있었던 것은, 그들이 노인의 공격을 받아내야 한다는 점에서 시작된다.

비록 하나라고 하지만 수적으로 우세하여 부담이 덜하고, 반격만 생각하면 되니 서로의 움직임을 방해할 가능성이 적었다. 그리고 사실 수적인 우세보다 서로의 움직임을 방해하지 않는다는 것이 중요했다.

무슨 이유에서인지 모르지만 백무결과 호세량은 서로를 위해 목숨을 걸 정도로 위하고 있다. 하지만 그런 사실과 별개로 둘이 만난 것은 하루밖에 지나지 않았고, 실질적으로 호흡을 맞춘다는 건 불가능했다.

그런 사실을 모르는 노인에게는 문제없지만, 공격하는 과정에서 반드시 파탄이 날 것이라는 사실을 아는 백무결에게는 큰 문제였다. 무엇보다 뻔히 보이는 실력 차이로 인해 공격할 엄두조차 나지 않았다.

백무결이 월등한 실력을 가진 노인의 공격을 막았던 것을 볼 때, 노인은 백무결과 호세량의 합공을 막아내거나 피할 수 있다.

애당초 공격이 성립되지 않는 것이다.

그 사실은 노인도 알고 백무결도 알았다.

"대체 왜 그러는데?"

"으음……."

오직 호세량만 몰랐다.

"관두자, 관둬."

백무결이 끙끙거리는 것을 보고 저런 멍청한 놈들과 티격태격한 것이 한스러워진 노인은 두 팔을 털며 뒤로 물러났다.

더 이상 싸울 의사가 없다는 표현이다.

"노선배님의 뜻에 따르겠습니다."

"웃기지 마! 누구 마음대로 관둔다는 거야!"

받아들인 백무결과 다르게 호세량은 잔뜩 흥분해 달려갔다.

백무결은 간신히 얻은 평화를 잃기 싫어 달려가는 호세량의 손목을 잡아챘다. 그리고 아직도 움직이는 게 불편한 왼손으로 검을 빼앗고 손목을 잡은 오른손을 가볍게 휘둘렀다.

"캑!"

낙법이고 뭐고 바로 등부터 떨어진 호세량은 외마디 비명과 함께 바닥을 뒹굴었다. 그런 호세량을 잠시 보다 검을 거꾸로 쥐고 노인에게 정중히 예의를 표했다.

"이 친구는 어렸을 때부터 산속에서 야인(野人)처럼 살다가 얼마 전에 세상에 내려왔습니다. 때문에 기본적인 예의가 부족하니 노선배님께서 넓은 마음으로 이해해 주시길 바랍니다."

"끙……."

어차피 다시 투덕거릴 생각이 없지만, 백무결이 저렇게 저 자세로 나오자 심사가 슬며시 꼬이기 시작했다.

왠지 모르게 손해 보는 기분이랄까?

물론 노인이 실제로 손해 본 것이 있을 리 없고, 다시 투덕거려서 좋을 것 하나도 없다. 거기다 '한입으로 두말하는 것[一口二言]은 두 아비를 둔 놈[二父之子]이다' 란 말 때문에라도 더 이상 손쓸 생각이 없었다.

"쳇."

그럼에도 노인은 혀를 찼다.

언제라도 검을 휘두를 수 있도록 준비된 상태로 이해를 구하고 있는 백무결의 모습에서 기분이 상한 것이다.

"빌어 처먹을 놈아! 내가 한입으로 두말하는 개 같은 짓을 할 것 같으냐!"

"후배가 아는 무언(武言) 중에 '무인이라면 어떤 상황에서도 자신을 갈고닦는 자세를 가져야 하고, 어떤 상황에서도 대처할 수 있도록 준비하여야 한다' 라는 말이 있습니다."

"'또한 세상의 만물이 스승이니 배우고 또 배워 자신을 완성하는 것이 바른 무의 길[武道]이리라' 라는 거냐?"

"알고 계셨습니까?"

웃는 백무결에게 노인은 버럭 소리를 질렀다.

"이 빌어 처먹어도 시원치 않을 자식이! 내가 만투자(萬鬪者) 어르신의 말씀도 모를 것 같으냐!"

만투자는 무명(武名) 그대로 일만(一萬) 번 싸우며 세상을 주유했던 전설적인 인물이다.

백무결이나 호세량 같은 젊은 사람들은 이름이나 한 번 들어봤을 머나먼 인물이지만, 눈앞의 노인 정도 연배라면 만투자의 투행(鬪行)을 겪거나 생생하게 들었을 것이 분명했다. 그런 노인 앞에서 백무결이 꼭 '오, 알고 있구나?' 하는 식의 반응을 보인 것이다.

물론 노인이 받아들이기에는 말이다.

"이 내가 만투자 어르신의 천팔백사십……."

"왜 사람을 패대기치는 건데!"

노인이 가슴을 쫙 피고 뭔가 말하려고 할 때, 그때까지도 고통 속에서 바닥을 뒹굴고 있던 호세량이 벌떡 일어나 삿대질하며 소리쳤다.

호세량이 일어난 위치가 하필이면 노인과 백무결의 사이라, 꼭 노인의 말을 끊기 위해 일어난 것 같은 느낌을 풍겼다. 덕분에 노인의 이마에서 지렁이 같은 핏줄이 불끈 솟았다. 백무결은 핏줄이 서는 것을 보고 당황하여 호세량을 말리려고 했지만 소용없었다.

"바로 내가 만투자 어르신의 천팔백사십 번째……."

"손만 흔들지 말고 뭐라 말을 해보라니까?"

"이 애송이조차 되지 못할 말아 처먹을 놈이 진짜!"

"뭐야! 이 미친 노인네가!"

서로에게 목소리를 높이기 시작한 노인과 호세량을 보며 백무결은 한숨지었다. 그리고 조마조마한 심정으로 노인이 호세량에게 과하게 손쓰지 않을까 긴장하며 지켜보았다.

다행이랄까?

노인은 손쓸 가치도 없다는 듯이 소리쳤고, 자신의 실력을 알았기 때문인지 몰라도 호세량도 마냥 목소리만 높였다.

"내가! 여기 있는 내가 만투자 어르신의 천팔백사십 번째 투행자(鬪行者)란 말이다!"

백무결에게 했어야 할 말을 호세량에게 외치고 있는 노인이었고, 호세량은 그 유명한 만투자가 누군지도 몰랐다.

불행하게도 말이다.

"그게 뭐 자랑인데! 그 나이까지 늙어서 자랑할 것이 남이랑 싸운 것밖에 없냐, 이 추잡한 노인네야!"

"뭣이!"

노인은 격분했다.

실제로 만투자와 싸운 것은 큰 자랑거리다.

그가 일만 번 싸웠다고 하지만, 강변의 모래알처럼 많은 무인 중 일만이다. 거기에 포함되어 있다는 건 그만큼 뛰어나다는 뜻이고, 과거이지만 천하제일무(天下第一武)와 겨뤘다는 것 자체가 무의 길을 걷는 자에게 자부심이 될 만한 일이다.

그런 일을 고작 싸운 것이라니!

"이 말아 처먹어도 시원치 않을 놈이!"

"왜, 내 말이 틀렸어?"

"한주먹거리도 안 되는 놈이 감히 죽고 싶냐!"

"그 주먹으로 치려고? 쳐봐! 어디 한번 쳐봐!"

그 도발에 울컥한 노인이 주먹을 치켜들었지만, 상대가 너무 약하기 때문에 차마 치지 못하고 몸을 떨었다.

"흥! 곧 죽어도 별수없는 노인네가 힘쓰기는 힘들지? 그렇지?"

"……!"

주먹을 안 뻗는 이유는 한 방 후려갈기면 죽어버릴 것 같아서였다. 그런데 이 천둥벌거숭이가 주제도 모르고 연이어 도발하자 노인은 마음을 고쳐먹었다.

'내공을 안 쓰면 되는 거 아닌가!'

그럼 최소한 죽지는 않으리라.

스스로 타협한 뒤 노인은 호세량의 얼굴을 냅다 갈겼다.

빡!

진짜 때릴 것이라 예상치 못했기에 백무결은 호세량의 고개가 젖혀지는 것을 보고 놀라 검을 휘두르려고 했다. 하지만 호세량이 제자리에 서 있는 것을 보고 검을 멈췄다. 노인이 제대로 때렸다면 호세량이 저리 서 있지 못한다는 걸 알았기 때문이다.

"쳤어?!"

젖혀졌던 고개를 되돌리며 호세량이 화를 내며 소리쳤고, 노인은 한 번의 주먹질로 속이 좀 풀렸는지 살살 웃기 시작했다.

"그래, 쳤다, 이 말아 처먹을 놈아. 어쩔 건데? 엉? 네놈 실력에 어쩔 거냐고? 네 주제에 날 때리기라도 할래?"

"당연히!"

이번에는 호세량의 주먹이 뻗어갔다.

"누가 맞아준다나?"

노인은 주름 가득한 얼굴로 히쭉 웃으며 가볍게 피했다. 확실히 눈에 보일 정도로 실력의 차이가 있는데, 호세량의 주먹에 맞았다면 그건 그것대로 웃기고 황당한 일일 것이다.

"이씨! 피했어!"

"그럼 내가 그걸 맞아야 하냐?"

"당연하지!"

"어이쿠! 이거 파리가 앉겠구나!"

"아악! 좀 맞아라!"

노인은 정말 아슬아슬하게 피하고 있었고, 호세량은 연이어 주먹을 내질렀다. 그래봐야 헛손질일 뿐이지만.

'아, 내가 이러고 있을 일이 아니지.'

웃기고 황당한 장면을 보고만 있던 백무결은 정신을 차리고 열심히 헛손질 중이던 호세량의 팔을 잡았다.

"호 형, 이 무슨 무례한 짓입니까. 그만하십시오."

"뭐? 못 봤어? 봤잖아! 저 노인네가 먼저 시작한 거!"

"지금 그게 중요한 게 아니지."

빡!

"푸헤헷! 약 오르지, 이놈아!"

잠시 시선을 돌린 틈을 타 호세량의 뒤통수를 후려갈긴 노인은 정말 통쾌하게 웃으며 즐거워했다.

백무결은 자신의 생각을 초월하는 노인의 행동에 얼이 빠졌고, 뒤통수를 한 방 얻어맞은 호세량은 백무결의 손을 뿌리치고 괴성을 질렀다.

"오냐! 약 올라 죽겠다! 빌어 처먹을 노인네야!"

예의가 눈곱만큼도 보이지 않는 괴성을 지르며 호세량은 노인에게 달려들었다. 하지만 역시 한 방도 때리지 못하고 허공만 휘저었고, 노인은 그런 호세량을 보며 낄낄거리며 웃다가 간간이 뺨을 때렸다.

손바닥과 뺨이 만나 찰싹 소리가 날 때마다 호세량은 더욱 격분해서 날뛰었다. 그리고 그럴 때마다 더욱 낄낄거리며 웃는 노인.

"……"

왠지 모르게 통쾌하다.

'아, 이러면 안 되는데……'

백무결은 호세량의 뺨에서 찰싹 소리가 날 때마다 가슴속

응어리에서 묵직한 덩어리가 떨어져 나가는 걸 느꼈다.

호세량으로 인해 심장이 떨어질 정도로 놀란 적도 있었고, 여비에 대한 걱정으로 한숨을 쉰 적도 있다. 거기다 같은 또래가 처음으로 패배감을 안겨주었다. 물론 자신이 잘못하기는 했지만, 그래도 왠지 속이 후련하다.

'아아, 역시 난 인간이 덜됐어.'

백무결은 그렇게 자책하면서도 반짝반짝한 눈빛으로 호세량이 노인에게 맞는 모습을 지켜보았다.

"맞아! 제발 좀 맞아라!"

"푸헤헷! 진짜 파리가 앉았구나! 좀 더 빨리 휘두르지 못하겠냐?"

두 사람은 시간 가는 줄 모르고 투덕거렸고, 그 모습을 즐거이 지켜보던 백무결로 하여금 감탄하게 만들었다.

'호 형, 생각보다 체력이 좋군.'

연이어 주먹질을 하는 건 꽤 힘들다. 거기다 저렇게 떠들면서 하는 건 더더욱 그렇다.

"뭐, 나야 짐이나 챙길까?"

언제 끝날지 모르는 한바탕 난장에서 시선을 돌린 백무결은 권풍의 여파로 흩어진 짐을 찾아다녔다.

좀 맞아도 싸니까 상관없다.

죽지만 않으면 된다.

백무결이 그런 생각을 가지고 주변을 기웃거리며 짐을 찾고 있을 때, 다시 한 번 호세량의 목소리가 주변을 쩌렁쩌렁하게 울렸다.

"아아악! 열받아!"

*　　　*　　　*

"하아……."

술잔을 들다 깊은 한숨을 토해냈다.

"어쩌다 이렇게 되어버린 건가."

한숨과 함께 한탄하듯 중얼거리는 이는 백무결이었다.

주변은 시끄러웠다.

술에 취해 고래고래 소리를 지르는 사람이 있는가 하면, 뭐가 그리 즐거운지 지붕이 떠나가라 웃는 사람도 있었다. 거기다 늙은 이야기꾼의 음악과 이야기를 듣기 위해 모여든 아이들과 술꾼들로 더욱 시끄러웠다.

시끄러운 것보다 조용한 것을 좋아하는 백무결에겐 좋은 장소가 아니지만, 그렇게 나쁜 장소도 아니었다. 귀공자로서 즐길 수 없는 서민적이면서도 시끌벅적한 맛이 있었기 때문이다.

어쨌든 백무결이 한숨짓고 기피하고 싶은 건 장소가 아니라 눈앞의 모습이었다.

"푸헤헷! 역시 술 마실 줄 아는 친구구만!"

"하하하! 노형도 술 마실 줄 아는 사람이면서!"

"오! 우리 술 마실 줄 아는 사람끼리 다시 한 사발 하지!"

“나야 좋지!”

항아리를 들어 사발이 넘칠 정도로 들이붓고 서로 경쟁하듯 사발 안의 술을 후루룩 들이마셨다. 그런 다음 사발을 머리 위로 거꾸로 들어 보이고 다시 낄낄거렸다.

“역시 술 먹을 줄 아는 친구라니까!”

“아깐 마신다고 하더니만 이번에는 먹는다고 하네? 노형, 도대체 뭐가 맞는 거야?”

“그런 사소한 거 신경 쓰지 말고 한잔 더 받아!”

“하하하! 사발 보고 잔이라니! 듣는 사발 섭섭하게시리.”

“푸헤헤헷! 그런가? 그럼 정정하지. 자, 우리 한 사발 더 하자!”

“나야 좋지!”

다시 콸콸.

“하아!”

그 꼴을 필연적으로 보거나 들을 수밖에 없는 백무결은 다시 한숨을 내쉬며 술을 마셨다.

“에계! 백 형, 고작 그거야?”

“쯧쯧, 정말 빌어 처먹을 놈이로다. 명색이 사내라는 놈이 꼭 계집처럼 술을 홀짝홀짝 마시다니. 술맛 떨어진다, 이놈아. 차라리 마시지를 마라.”

“에이, 노형. 말이 심하다.”

호세량은 퉁퉁 부어 보기 싫은 얼굴로 말하며 싱글싱글 웃었다.

　노인이야 때리기만 했으니 별 상관 없지만, 호세량은 얼굴
이 두 배로 부풀어 오를 정도로 맞았으면서 마냥 좋다고 웃는
것이 백무결로서는 이해되지 않았다.

　'대범한 건지 기억력이 부족한 건지 모르겠어.'

　그리 생각하면서도 실은 폭력을 휘두른 노인과 저렇게 웃고
떠드는 호세량이 마음에 들었다.

　"그리고 이 술, 백 형이 사주는 건데?"

　"뭐? 젊은 동생은 돈 없나?"

　"내가 돈이 어디 있어. 다 백 형이 사주는 거지."

　"오, 이제 보니 아주 좋은 소형제였군그래. 그런 의미에서
한 사발 더 할까?"

　"좋지!"

　다시 콸콸.

　"하아!"

　한숨이 절로 나온다.

　왠지 모르게 아직 돈이 빠져나가지 않은 주머니가 더욱 가
벼워지는 것 같다. 그리고 조만간 몇 달 굶은 배처럼 홀쭉해지
리라.

　"그건 그렇고……."

　정말 어쩌다 이렇게 됐을까?

　이리저리 흩어진 짐을 찾다 도저히 찾을 수 없는 일부를 포
기하고 돌아갔을 때, 이미 노인과 호세량은 짝짜꿍이 맞아 신
나게 떠들며 웃고 있었다.

평범(?)한 집안에서 평범(?)하게 자란 백무결로서는 적응하기 힘든 풍경이었다.

사실 그게 당연한 거다.

한 대라도 때려보겠다고 바락바락 덤벼들던 호세량과 놀리며 때리던 노인이 잠깐 사이에 어깨동무하고 신나게 떠들고 있는 게 어디 정상적인 모습인가? 그런데 노인과 호세량은 그걸 이해하지 못한다고 좀생이니 분위기 파악 못한다느니 하며 약을 올렸다.

호세량을 위해 비장한 각오를 다지고 작게는 왼팔, 크게는 목숨을 걸고 노인과 격돌하려고 했던 백무결로서는 황당하다 못해 기가 찰 일이었고, 잠시 정신적 공황에 빠져 헤매다가 돌아왔을 땐 이미 술판이 벌어진 다음이었다.

거기다 자신의 돈으로.

이러니 답답하고 황당하지 않겠는가!

"하아……."

무슨 한숨이 숨 쉬는 것처럼 나온다.

백무결은 한숨과 함께 결심했다.

이왕 내 돈으로 산 술, 치 떨리게 만드는 요약한 인간 둘이 다 마시게 두는 것보다 내가 마셔서 없애 버리리.

벌컥벌컥!

"오오, 멋져!"

"오! 남자다! 남자야!"

작은 술잔을 팽개치고 백무결은 항아리를 들어 마시기 시작했다. 마시지 못한 술이 목을 타고 흘러 앞섶을 적셨지만 개의치 않았다. 그저 이 술을 다 마시지 않으면 속이 쓰리다는 생각에 열심히 마셨다.

그 놀라운 모습에 노인과 호세량은 물론 주변의 술꾼들까지 감탄했다. 간간이 앉아 있던 여인들은 얼굴을 붉히며 백무결의 적셔진 앞섶을 살폈다.

"뭐? 젊은 동생이랑 저 백가(家) 녀석이랑 만난 지 고작 이틀밖에 안 지났단 말이야?"

"고작이라니! 이틀씩이나 지난 거라고!"

"푸헤헤헷! 그게 그렇게 되나?"

백무결이 항아리째로 마시고 있는 사이, 호세량과 말을 나누고 있던 노인은 정말 놀랐다.

척 보아도 잘 먹고 잘산 티가 물씬 나는 백무결이, 거기다 이름 높은 하남백가의 소가주란 자가 고작 만난 지 이틀밖에 되지 않은 삼류낭인을 위해 목숨을 걸었다. 비정한 강호의 생리를 뻔히 알 만한 자가 마음이 맞는다고, 고작 낭인을 위해서!

'이러면 빌어 처먹을 백가 놈이 빌어 처먹을 놈이 아니라는 뜻인가? 이건 정말 놀라운 일이로다.'

노인이 그리 생각하고 있을 때, 백무결이 소매로 입을 훔치며 텅 빈 항아리를 거꾸로 들었다. 항아리에서는 몇 방울의 술이 떨어질 뿐 그 이상은 떨어지지 않았다.

"와! 대단하다!"

"멋지다!"

항아리를 들었을 때부터 구경하던 자들이 환호했다.

백무결은 빈 항아리를 내려놓고 환호하는 사람들에게 손을 흔들었다. 환호성이 더욱 커졌다. 그리고 멀뚱히 자신을 바라보는 노인과 호세량에게 웃어주었다.

씨익.

백무결에 대해 감탄했던 것이 머릿속에서 싹 사라졌다. 도발적인 백무결의 웃음에 울컥한 노인과 호세량이 동시에 새로운 술 항아리를 움켜쥐었다. 그리고 백무결처럼 포장을 거칠게 뜯어 항아리째로 벌컥벌컥 마시기 시작했다.

"우와!"

"술 싸움이다!"

지켜보던 사람들이 환호했다.

자고로 가장 재미있는 게 피 터지는 싸움과 강 건너 불구경이고, 그다음으로 재미있는 것이 나중에 어떤 추태가 벌어질지 모르는 술내기다.

그렇게 날이 저물었다.

第三章

일월지보(日月至寶)

일월쟁명

　습관적으로 이른 새벽에 일어나니 좁은 방 안은 역겨운 술 냄새로 가득했다.

　"우욱."

　속에서 뭔가 올라오자 백무결은 반사적으로 손으로 입을 막았다. 그리고 후다닥 움직여 조그만 창문을 활짝 열었다. 서늘한 새벽바람이 밀려왔다. 덕분에 방 안에 역겹도록 가득하던 술 냄새가 확실히 옅어졌다.

　살 것 같다.

　호흡이 안정되니 위장이 뒤틀리는 것 같은 고통과 누군가가 종을 머리에 씌우고 후려치는 것 같은 두통이 느껴졌다.

　백무결은 머리와 배를 감싸 쥐었다.

‘왜 이렇게 아프지?

네모난 바퀴가 달린 마차처럼 덜컹거리는 생각을 이어갔다.

‘그래, 술을 마셨지.’

나중에는 술이 사람을 먹었는지도 모르겠다. 정확히 얼마나
마셨는지 기억이 나지 않을 정도로 많이 마셨다. 그리고 언제
까지 술을 마셨는지도 기억나지 않는다.

백무결은 일단 생각의 방향을 돌렸다.

‘그리고 분명 셋이서 각자 항아리를 하나씩 비우고, 또 하나
씩 더 들고 미친 것처럼 마셨던 것 같은데……?

그리고…….

“으으으…….”

“아.”

작은 소리가 들려 생각을 멈추고 뒤돌아보니 호세량이 추운
지 이불을 둘둘 말고 있었다. 창문을 닫으려 했던 백무결은 여
전히 술 냄새가 가득하자 창문을 그대로 열어뒀다. 대신 자기
가 덮었던 이불을 호세량에게 덮어주었다.

“하아, 모르겠다.”

두 번째 항아리를 내려놓은 다음부터 기억나는 게 별로 없
다. 사실 기억이 어디서부터 없는지도 정확하지 않았다. 그저
막연하게 뭔가 큰 실수한 것 같다는 생각이 머릿속을 맴돌고
있었다.

그게 굉장히 찜찜했다.

백무결은 일단 씻기로 했다. 당장 결과가 나오지 않을 빈 기

억을 붙잡고 있는 것보다 하루를 준비하는 게 옳은 것 같았다.

건물 뒤쪽에 위치한 우물로 가 물을 마시고 술 냄새로 찌든 몸을 깨끗이 씻었다. 젖은 머리를 닦으며 다시 방으로 들어가 안을 둘러보았다.

호세량의 신발이 따로따로 아무렇게나 굴러다니고, 입으라고 주었던 옷은 침상 구석에 비참하게 구겨져 있었다. 그리고 정리하지 않은 짐이 탁자 위에 무질서하게 널려 있었다.

"흠."

일찍 출발하려면 짐을 정리해 두는 것이 좋다. 그런데 막상 정리하려니 어지르는 사람 따로 있고 치우는 사람 따로 있는 것 같아 기분이 썩 좋지 않았다.

"뭐, 별수있나."

작게 투덜거린 백무결은 일단 따로 노는 호세량의 신발을 모아 세워두고, 구겨진 옷을 적당히 펼쳐 호세량의 머리맡에 놓아두었다. 그리고 자신도 모르는 사이 텅 비어버린 주전자에 물을 받아두었다. 하는 김에 자고 일어난 침상도 정리했다.

남은 건 가지고 가야 할 봇짐뿐.

탁자 위에 어지럽게 널려 있는 짐을 하나하나 분류해 정리하기 시작했다. 쓸 수 있는 건 차곡차곡 정리해 두고, 노인의 권풍에 휘말려 사용할 수 없게 된 물건들은 버리기 위해 따로 모아두었다.

그렇게 하나씩 정리하자 마지막까지 탁자 위를 지키게 된 것은 호세량과 비무에서 부러뜨린 검이었다.

“이건 어떻게 해야 하나?”

그에 대해 답해줄 사람은 애벌레처럼 이불을 둘둘 말고 뻗어 있다.

일단 챙겨두기로 했다.

검을 감싸고 있는 천이 더러워져 바꾸기로 하고, 붕대로 쓰기 위해 준비해 두었던 무명천을 탁자 위에 깔았다. 그리고 검편(劍片) 하나하나를 조심스레 옮겼다.

“응?”

검신과 완전히 분리되어 반쯤 깨진 손잡이를 옮기던 중, 깨진 부위에서 하얀 뭔가가 삐죽 빠져나온 것을 발견할 수 있었다.

호기심이 일어나 나머지 부분이 깨지지 않게 조심하며 하얀 무엇을 빼낸 백무결은 그것이 굉장히 가볍다는 것에 놀랐다.

그것은 일종의 천이었다.

본래 천 자체가 별로 무게가 나가지 않지만, 이건 거짓말처럼 전혀 무게가 느껴지지 않았다. 눈으로 보고 있지 않다면, 그 존재 자체를 의심할 정도였다.

무명공으로 인해 감각이 극한으로 발달한 백무결에게는 있을 수 없는 일이었다.

천에 불과하지만, 심상치 않은 물건이었다.

‘펴볼까?’

호기심이 고개를 들었다.

백무결은 무게조차 느껴지지 않는 천을 내려다보며 고민에 잠겼다. 호기심에 깨진 손잡이에서 천을 꺼냈다. 그리고 그 천이 범상치 않다는 것을 알고 나니 호세량을 놔두고 혼자 펼쳐 보기가 꺼려졌다.

"깨울까?"

깨우면 모든 것이 해결된다. 백무결은 호세량이 누워 있는 자리를 돌아보았고, 너무 곤히 잠들어 있는 호세량을 깨우자니 미안한 마음이 들었다. 호들갑을 떨며 깨우고 천을 펴봤다가 아무것도 아니면 그것도 문제고.

'그냥 펴보자.'

마음을 결정한 백무결은 조심스레 천을 펼쳤다. 부피에 비해 천은 면적이 굉장히 넓었다.

태양과 달의 보물[日月至寶].

손톱보다 작은 글자가 천의 대부분을 메우고 있었지만, 백무결은 가장 위에 적힌 네 글자에 시선을 빼앗겼다. 그리고 잠시 후, 그 밑에 적힌 문장을 읽었다.

떨어지는 태양[落日]과 오르는 달[昇月].

오르는 달이란 글자에 심장이 떨어지는 것처럼 놀란 백무결은 천에서 유일하게 글자가 적혀 있지 않은, 자그마한 두 개의 그림이 그려진 부분을 보았다.

거기에는 하나의 검과 지금도 허리에 두르고 있는 연도(軟刀), 승월이 그려져 있었다.

"저, 정말 승월인가?"

도저히 믿을 수 없다.

그림의 크기가 너무 작아서 착각한 것일지도 모른다.

백무결은 자신의 눈을 의심했다. 그래서 눈을 감고 거칠어진 숨결을 가다듬으며 안정을 되찾았다.

호흡이 가라앉고, 마음의 준비가 끝나자 백무결은 일단 요대처럼 두르고 있던 승월을 풀어 식탁 위에 올려두었다. 그리고 작지만 세심하게 묘사되어 있는 도의 그림과 승월을 번갈아보며 꼼꼼히 살폈다.

덕분에 알 수 있었다.

"……정말 승월이다."

과거 잔월광도(殘月狂刀), 혹은 잔월마도(殘月魔刀)라고 불린 인물이 있었다.

은으로 만들어진 귀신 모양의 가면과 시리도록 아름다우면서도 날카로운 연도를 휘두르며 세상을 유린한 자의 무명(武名), 혹은 악명(惡名)이었다. 이미 이백 년 전의 일이지만, 아직도 언급될 정도로 많은 무인을 참살하고 다닌 이름이기도 했다.

물론 처음부터 유명했던 것은 아니다. 잔월광도가 세상에 이름을 날린 근본적인 이유가 바로 그, 아니, 그녀가 지닌 연도가 상상을 초월하는 신도(神刀)라는 점이었다.

당시 하남성에서 제법 유명했던 진도문(振刀門)의 문주(門主)는 산책하는 김에 심심풀이로 들렀던 시장의 끄트머리에서 귀면 형상을 한 가면을 쓰고 치렁치렁한 옷을 입어 성별을 파악할 수 없는 사람을 발견했다.

혹시 적대 세력의 세작(細作)인가 싶어서 유심히 살피던 문주는, 상대의 허리에 감겨 있는 연도의 가치를 알아보았다. 변덕으로 시장까지 걸었던 문주는 하늘에게 감사하며 상대에게 다가가 연도를 팔라고 했다.

당연하다면 당연하게도 그녀는 한마디로 딱 잘라서 거절했고, 문주는 체면까지 벗어던지고 사정사정했었다.

하나의 성에서 위세를 떨치던 진도문의 명성을 고려해 볼 때, 그렇게까지 한 당대의 문주는 분명 괜찮은 사람이었다. 하지만 거절당하자 결국 화를 내며 협박했다.

연도의 주인은 그조차 무시했다.

연도에 대한 욕심과 자신의 부탁을 매몰차게 거절당한 분노로 문주는 도를 뽑았다. 상대도 가만있지 않아 한바탕 싸움이 벌어졌고, 결과만 언급하자면 진도문의 문주는 그 자리에서 머리를 잃어야 했다.

덕분에 그 일대가 발칵 뒤집혔다.

진도문의 세력만큼 문주는 강했다. 그런데 그 문주가 몸 밖의 물건[身外之物]을 탐하다 목숨을 잃었다. 진도문은 수치스런 소문을 막아보기 위해 최선을 다했지만, 소문은 발 있는 말보다 빨리 사방으로 퍼져 나갔다.

소문을 접한 사람들은 궁금해했다.

진도문이란 대문파의 문주가 이성을 잃고 탐할 연도란 무엇일까?

강한 무인을 짧은 싸움 끝에 머리를 날려 버린 자의 정확한 실력은 어느 정도일까?

궁금증과 탐욕으로 수많은 사람들이 움직이기 이전에, 또 하나의 소문이 퍼졌다.

진도문의 해체.

문주의 원수를 갚기 위해, 혹은 문주의 죽음으로 흔들린 진도문의 명예를 지키기 위해 싸움이 벌어진 것이다.

한 사람과 한 문파라는 말도 안 되는 싸움이.

결과는 앞서 말했듯이 진도문의 멸문(滅門).

고작 한 사람과 싸운 결과로 수많은 고수들이 죽어버려서 세력을 유지할 수 없게 된 진도문은 모래알처럼 흩어졌다.

처음에는 아무도 그 소문을 믿지 않았다. 세상엔 가끔 믿을 수 없는 일이 왕왕 벌어지기는 하지만, 한 사람이 진도문을 멸문으로 이끌었다는 건 너무나 허무맹랑했다. 그러나 시간이 지나고 소문이 사실임이 밝혀졌을 때 사람들은 경악에 빠졌다.

홀로 대문파를 멸문시킬 정도의 실력이라니!

상상이 가지 않을 정도로 어마어마한 개인 무력이었다. 귀를 열고 살았던 사람들이 연도의 주인이 가진 역량을 상상하기에 여념이 없을 때, 또 하나의 소문이 사람들을 흔들었다.

도(刀)의 힘이다!

홀로 진도문을 멸문시킬 역량을 가진 고수가 있을 리 없다. 진도문이 멸문한 이유는 문주가 생전 탐하던 도의 힘 때문임이 틀림없다!

꽤 설득력을 가진 소문이었다. 아니, 사실은 터무니없을 정도로 허황된 소문이었지만, 한 사람이 문파를 멸문시킨 소문보다는 덜 허황됐다는 것이 사람들의 생각이었다. 그래서 그 소문은 확인되지도 않았지만, 곧 명백한 사실로 세상에 알려졌다.

신도를 얻는 자, 천하제일인이라!

고작 무기에 불구한 도를 얻으면 대문파를 멸문시킬 힘을 가질 수 있다는 말은, 부평초처럼 떠다니는 사람조차 탐욕에 빠져들게 할 정도로 강력한 마력을 품고 있었다.

결국 진도문 멸문 이후 잔월광도라 불린 그녀는 천하의 적이 되었다.

그 뒤, 그녀에게 있어서는 죽음밖에 없는 세월이었다.

죽여도, 죽여도, 죽여도 욕심을 품고 몰려드는 사람들. 도를 탐하여 덤벼들었다가 죽은 자들의 복수를 위해 원한을 품고 덤벼드는 사람들. 누군가의 명령으로 조금이라도 힘을 소모시키기 위해 부나방처럼 도의 궤적으로 몸을 던지는 사람들.

그 누구도 무사하지 못한 피에 절어버린 세월이었다.

그녀로서는 원하지 않은 길이었지만, 도를 포기하면서까지 거절할 길은 아니었다. 그렇기에 그녀는 더욱더 깊은 피의 늪

속으로 빠져들었다.

하루하루가 지날수록 무감정해져 갔다.

너무 많은 사람들이 눈앞에서 죽어가고, 또한 죽여가니 죽음에 대한 감흥이 사라졌다. 끝이 보이지 않는 길 위에서 베고, 베고, 또 베며 지쳐 갔다.

그렇게 방향을 잡지 못하고 세상을 떠돌다 힘을 다했다.

죽은 자들이 흘린 피구덩이에서 벗어나 이름 모를 산구석에서 다가올 죽음을 기다리고 있을 때, 한 소년이 나타났다.

원한을 느낄 수 없는 맑은 눈동자로 모습을 드러낸 소년을 보고 도를 노리고 나타난 적이라 생각한 그녀는 모든 기대를 버리고 체념하여 눈을 감았다.

소년은 피투성이 여인이 죽을 줄 알고 혼비백산하여 여인의 상처를 살폈다.

그 행동이 파렴치한 행동이라 판단한 그녀는 사라진 줄 알았던 수치심에 이를 악물고 소년의 가슴에 일장을 날렸다.

사람을 구하려다 봉변을 당한 소년은 화를 내려고 했으나, 일장을 날린 다음 여인이 피를 토하고 혼절하자 화를 억누르고 겉으로 보이는 외상을 치료하고 자신이 머물고 있는 동굴로 옮겨 보살피기 시작했다.

얼마 후 도를 노리던 추적자들이 몰려왔지만, 그들은 원하는 것을 찾지 못하고 다른 곳으로 몰려갔다. 그들이 원하는 것은 주인에게 천하제일인의 자리를 가져다주는 신도였지, 내상을 입어 병약해진 소년과 혼수상태에 빠진 여자가 아니었기 때문이다.

아주 위험한 상황이었지만, 어리석게도 잔월광도가 여성임을 세상이 알지 못했기 때문에 소년과 그녀는 위기를 넘길 수 있었다. 거기다 도에 눈이 멀었으면서 협객(俠客)인 척하고 싶어하는 자들에게 유용하게 쓰라고 적지 않은 돈까지 받을 수 있었다.

소년은 그 돈으로 의원을 불러 그녀를 치료했고, 끝내 그녀를 혼수상태에서 깨웠다.

혼몽에 빠져 정신이 없는 그녀에게 어찌 도와주려 했던 사람을 공격할 수 있냐고 한바탕 훈계를 한 소년은, 미리 준비해두었던 죽을 가지고 와 그녀에게 먹였다. 죽을 다 먹은 후 그녀는 잠들었고, 다시 깨어났을 때 상황 파악을 할 수 있었다.

요대처럼 만들어놨던 연도가 구석에 팽개쳐져 먼지가 쌓여 있었고, 사경을 헤매고 있던 자신이 살아 있자 놀란 그녀는 불을 때기 위해 나무를 해온 소년을 보기 전까지 혼란에 휩싸여 있었다.

소년을 통해 기절한 뒤에 있었던 모든 일을 듣고 그녀는 웃을 수밖에 없었다. 고작 가면을 벗은 자신을 알아보지 못하고 이상한 곳을 헤매고 있을 자들에게 사경을 헤맬 정도로 몰려다녔던 것이 허탈했기 때문이다. 또한 가면을 착용하지 않고 이대로 보낸다면 더 이상 피를 보지 않아도 된다는 사실에 안심하기도 했다.

정신을 차리고 이틀 후 그녀는 홀로 길을 떠나고자 했고, 소년은 이를 막았다. 완치되지 못했다는 것이 첫 번째 이유고, 구명(求命)의 은혜를 갚으라는 것이 두 번째 이유였다.

확실히 은혜를 입었으니 갚아야 하는 법.

어떻게 하든 은혜를 갚아야 한다고 결심하고 있었던 그녀는 방법을 묻자, 소년은 부끄러운 듯이 얼굴을 붉히고 조심스레 말했다. 혹시라도 글자를 안다면 글자를 가르쳐 달라고.

잠시 이유를 알 수 없이 두근거렸던 가슴에 의아함을 느끼면서 그녀는 동굴에 머물며 소년에게 글자를 가르쳤다. 소년은 열심히 글자를 배웠고, 그녀는 소년이 글자를 배우는 이유를 곧 알 수 있었다.

소년은 무공을 익히기 위해 글자를 배웠던 것이다.

글자를 배우는 이유를 알게 되자 그녀는 고민에 빠졌다. 소년이 무공을 원하고 있다면 자신의 무공을 전수할 생각이 있었던 것이다. 소년이 익히려 하는 무공보다 훨씬 고강한 무공을. 그런데 막상 사승(師承) 관계를 가지고 무공을 전수하려고 생각하니 가슴이 답답했다. 그 때문에 그녀는 결국 무공을 전수해 줄 수 있다고 말할 시기를 놓쳐 버렸다.

소년이 생각했던 이상으로 뛰어난 인재였던 덕분에 그녀의 예상보다 빠르게 글자를 배우고 내공을 익히기 시작했던 것이다. 지금 머물고 있는 동굴에서 얻었던 비급의 내공심법을 말이다.

그 사실에 그녀는 망설이지 않았다면 더 강한 무공을 전할 수 있었다고 생각해 죄책감을 느꼈고, 동시에 이유를 알 수 없는 안도감을 느꼈다.

그녀가 자신의 마음에 대해 고민하는 사이에 소년은 청년이 되었고, 청년이 된 소년의 무공 또한 상당히 강해졌다. 비록 그녀가 보기에는 미약한 수준이었지만.

과거에 소년이었던 청년은 무공을 익히고, 잔월광도라 불린 그녀는 청년이 무공을 익히기 쉽게 몰래몰래 도움을 주었다.

그렇게 또 몇 년의 시간이 흘러 고수가 된 청년이 거대한 검을 들고 세상에 나왔을 때는 아름다운 부인과 함께였다.

그 거대한 검을 들고 세상에 나온 청년이 바로 하남백가(河南白家)의 시조(始祖).

청년은 세월이 흘러 죽을 때까지 아내의 정체가 잔월광도라는 것과 무공을 감추고 있음을 알지 못했다.

남편의 무공이 가문을 지탱하는 근간이 되자, 그녀는 자신의 무공을 직접 전수하는 것을 포기하고 말았다. 남편의 무공보다 강한 무공이 가문 안에 나타나면 남편의 무공이 후손들에게 외면받을 것이 분명하다고 짐작했기 때문이다. 그렇다고 잔월광도라 불리며 사람을 죽이고 또 죽였을 때보다 고강해진 무공을 사장(死藏)시킬 순 없었다.

결국 그녀는 남편의 무공을 익힌 자만이 익힐 수 있도록 무공을 변형시켜 비급을 만들고, 비급의 앞부분에 자신의 인생을 상세히 기록해 놨다. 자신의 무공을 익힌 후손에게 자신을 알리고 싶은 작은 욕심에서였다.

준비가 끝나자 튼튼한 상자를 구해 그 안에 비급을 넣고, 그

녀를 잔월광도로 만든 도, 승월도 넣었다. 그리고 그것을 가문
의 창고 깊숙이 넣어두었다.

언젠가 후손이 발견하기를 원하며.

결국 그녀의 마지막 바람은 이백 년의 세월이 흐른 후 어린
백무결이 발견하는 것으로 이루어졌다.

그런 물건과 한 쌍인 검이라니!

"뭐냐, 이건?"

창고 깊숙이 숨겨진 상자 속에서 비급과 승월을 얻으며 그
누구도 알지 못하는 이백 년 전의 비사(秘史)를 백무결은 알고
있었다. 한 시대를 제패한 천하제일인(天下第一人)이자 절대적
인 악(惡)이라 불린 시조모(始祖母)의 과거.

그 비사에서도 낙일(落日)이란 이름을 가진 검은 없었다.

그래서 황당했다, 승월과 한 쌍이 분명한 검의 존재가.

목이 말랐다.

백무결은 일단 천을 탁자 위에 곱게 내려놓고 승월을 허리
에 둘렀다. 그리고 떠놓은 물을 한 잔 마셨다. 태풍 만난 배처
럼 요동치던 마음이 빠르게 가라앉았다. 그러다 시선이 펼쳐
진 천에 닿았을 때, 욕심이 솟구쳤다.

낙일.

분명 세상 그 어디에서도 찾아보기 힘든 보물일 것이다. 그
건 그 누구보다 승월을 가지고 있는 백무결 자신이 가장 잘 알
고 있었다. 낙일과 승월. 한 쌍이니 비슷한 가치를 지니고 있
을 것이 틀림없을 터.

그 두 보물을 동시에 가지게 된다면…….

상상만으로 정신이 혼미해졌다.

'가지고 싶다.'

그것은 정말 지극히 인간적인 욕망이었다.

지금이라면 가질 수 있다. 호세량의 검에서 이 천이 나왔다는 건 아무도 모른다. 자신만 입을 다물면 그 누구도 알 수 없다. 그러니 그냥 챙기면 된다. 문제가 생길 수 없다. 그냥 천을 품속에 넣으면 끝난다.

손이 떨린다. 다시 목이 타는 것처럼 말랐다.

"아아……."

과거 시조모가 그랬던 것처럼 천하를 제패할 수 있다. 양손에 낙일과 승월을 들면 그 누가 막을 수 있을까!

손만 뻗으면 된다. 손만 뻗으면 그 구체적인 형태를 가진 힘이 자신의 손아귀에 들어온다. 문제될 것은 없다. 그저 손만 뻗으면…….

"으응……."

"……!"

나직한 신음과 몸을 뒤척이는 소리가 들렸다.

펼쳐진 천을 향해 뻗어가던 손이 재빠르게 돌아갔다.

백무결은 천 리를 달린 것처럼 뛰는 심장을 누르며 고개를 돌려 호세량을 살폈다. 다행히 호세량은 자세만 바꿨을 뿐 여전히 잠들어 있었다.

'다행?'

무엇이 다행인가?

호세량이 여전히 잠들어 있는 게 다행인가? 자고 있어서 낙일과 승월이 적힌 천을 알지 못하는 것이 다행인가? 잠에서 깨어나 이 천을 보지 않은 게 다행인가? 이 천이 여전히 자신의 손아귀에 있는 게 다행인가?

그것을 인식하는 순간, 가슴속에서 부서졌다.

존경하는 부모님의 자식으로서, 어디서도 당당한 하남백가의 무사들을 이끌어야 할 소가주로서, 하늘을 우러러 부끄러움없이 살아왔던 자로서 가졌던 자존심이 부서졌다.

이 무슨 부끄러운 짓인가!

백무결은 몸을 떨며 이를 악물었다.

극단적으로 말하면 고작 물건에 지나지 않는다. 그걸 얻기 위해 자신을 버린 건가? 태어나서 줄곧 갈고닦은 자신을?

그럴 수 없다!

고작 욕망 따위에게 자신을 버릴 수 없다.

눈을 감았다. 천이 눈에 보이지 않자 찰거머리 같은 욕망을 떨쳐 내기가 한결 수월해졌다. 백무결은 차근차근 욕망을 끊어갔다. 단번에 낙일에 대한 욕망을 끊어내는 건 백무결에겐 불가능했다.

이를 악물고 하나의 욕망을 뿌리쳐도 또 하나의 욕망이 손을 뻗었다. 자신을 지키기 위해, 자기가 자기일 수 있도록 욕망을 거부했다.

싸늘한 새벽 공기 속에서도 백무결의 옷이 축축해졌다.

이윽고, 백무결이 눈을 떴다.

"후우."

한숨이 절로 터졌다.

꽉 쥐었던 손을 펼쳐 보니 손톱이 창백해진 손바닥을 파고 들어 피가 흐르고 있었다. 그 상처는 그리 아프지 않았다.

숙취로 두통이 조금 있는 것을 제외하면 머리가 맑았다.

욕망과 싸워 이겨냈다.

일단 지금은 그걸로 충분했다.

백무결의 시선이 손바닥에서 다시 천으로 향했다. 그리고 뚫어져라 그것을 바라보다 작게 웃기 시작했다.

황당했다.

읽어보지도 않은 내용을 지레짐작하고 욕망에 타올랐다가, 그 욕망을 간신히 이겨낸 꼴이라니. 만약이라도 욕망에 굴복하여 저 천을 얻었을 때 그 내용이 낙일이나 승월의 위치를 가리키는 것이라면 상관없지만, 단지 그런 보물들이 만들어졌다는 내용이었다면 과연 자신은 어떻게 됐을까?

'미쳤겠지, 허탈해서.'

미쳐서 날뛰었을지도 모른다.

그런 생각에 백무결은 키득키득 웃었다. 그러다 심호흡을 하고 진정했다. 그리고 순수한 호기심으로 천을 들어 내용을 읽었다.

내용은 생각했던 것보다 간단했다.

깊은 산속에 살던 대장장이가 외출했을 때, 집 근처에 운석(隕

石)이 떨어졌다. 그리고 그 여파로 본인을 제외하고 모든 가족이 죽고, 그 원인이 된 운석을 얻었다.

운석은 기묘했다. 꼭 두 개의 덩어리를 억지로 붙여놓은 것처럼 서로 엉켜 있었다. 이 두 덩어리는 자철석(磁鐵石)도 아니면서 서로 끌어당기면서도 밀어냈다. 그렇게 엉켜 붙어 떨어지지도 못하고 붙지도 못한 기묘한 상태.

대장장이는 모든 기술을 동원해 그 둘을 떼어냈다. 그리고 홀린 것처럼 망치를 두들겼다.

운석은 가족을 죽인 원수였고, 평생 갈구하던 욕망이었다.

생명을 불사르며 망치질한 끝에, 한 자루의 검과 한 자루의 도가 만들어졌다. 그 무엇보다 아름답고 자랑스러우며 저주스러운 두 자루의 병기.

증오하는 마음으로 대장장이는 얼마 남지 않은 목숨을 바쳐 두 자루의 병기를 따로 봉인시켰다. 완전히 분리되자 서로를 갈구하게 된 병기들을 영원히 만나지 않게 하기 위해서, 그리고 일생일대의 역작을 자랑하고 싶은 마음에 두 개의 흔적을 남겼다. 그중 하나가 호세량의 부러진 검이었다.

이 천은 낙일의 행방을 말하고 있었다.

'천병자(天兵者)라……'

처음 들어보는 이름이다. 하지만 낙일과 승월을 만든 자에게 있어 그만큼 어울리는 이름을 찾아볼 수 없으리라.

이미 굳어진 마음은 흔들리지 않았다.

"낙일은 호 형 것이다."

지난 이백 년간, 낙일 같은 신검이 발견되었다는 소문은 없었다. 적어도 하남백가에서 기록에 남길 정도로 확실한 소문은 없었다. 승월을 얻었을 때 가문 안에 존재하는 모든 과거를 찾아보았으니까 이는 확신할 수 있었다.

그렇다면 아주 높은 확률로 낙일은 그 자리에 있다.

찾아가기만 하면 된다.

직접 인도하여 낙일을 얻게 해주리라 다짐하던 때, 불현듯이 시조모의 기록이 떠올랐다.

승월이 어떤 병기인지 알려진 다음에 벌어진 끊임없는 피의 길. 당시 천하제일의 무공을 지녔던 시조모조차 결국 쓰러지게 만들었던 그 길을 호세량이 견딜 수 있을까?

백무결은 천을 반으로 접어두고 고민에 빠졌다.

절대로 무리다.

호세량이 설사 승월을 들어도 최선을 다한다면 충분히 이길 수 있다고 자신할 수 있었다. 그리고 세상에는 자신보다 월등한 고수들이 수없이 많다. 호세량이 낙일을 얻고, 그 존재가 세상에 알려진다면 무조건 죽는다.

'태워 버릴까?'

호세량이 낙일을 얻어서는 안 된다.

지킬 수 없는 보물은 재앙이란 말이 괜히 생긴 게 아니다.

워낙 신기한 천이라 불에 탈지는 모르지만, 타지 않는다면 그 존재 자체를 없애 버리면 된다. 갈기갈기 찢어 흩날리든, 땅 깊숙이 파묻어 버리든 간에 호세량이 모르면 되는 것이다.

낙일을 차지하겠다는 욕심은 없다.

호세량이 얻지 못한다면 낙일 따위는 필요없다. 천을 없애 버리고, 시간을 가지고 기억에서 지우면 된다. 낙일이 누군가의 손에 우연히 발견되어 세상에 나오지 않는 이상, 백무결이 낙일을 떠올리는 일은 없을 것이다.

'분란의 씨앗은 없애 버리는 게 낫다.'

백무결은 고민 끝에 그런 결정을 내렸다. 그리고 천을 들고 태워 버리기 위해 밖으로 나가려고 할 때, 호세량이 다시 몸을 뒤척였다. 백무결은 호세량이 깨어난 줄 알고 당황해 천을 뒤로 숨겼지만, 그는 말 그대로 몸만 뒤척였을 뿐이다.

여전히 자신에게 어떤 일이 일어났는지 모르고 잠들어 있는 호세량을 보며 백무결의 마음속이 복잡해졌다.

천을 뒤로 숨기는 행동이 꼭 값비싼 도자기를 깨고 그 파편을 숨겨 은폐하려는 꼬마의 행동 같다는 생각이 들었기 때문이다.

기분이 묘하게 나빴다.

허탈하기까지 했다.

"관두자."

부러진 검의 주인은 호세량이다. 그 속에서 나온 천의 주인도 호세량이다. 그러니 낙일을 찾거나 말거나 결정할 사람은 호세량이다.

그 뒤에 위기가 닥친다면 최선을 다해 돕자.

그렇게 생각하고 결정하자 어딘가 무거웠던 마음이 한결 편해졌다. 간단하다면 간단한 문제를 가지고 지금까지 고민했던 스스로가 바보 같아 백무결은 자신을 비웃었다. 그리고 천을 잘 챙기고 절반쯤 물이 담겨 있는 주전자를 들어 아직까지도 기분 좋게 자고 있는 호세량의 얼굴에다 부었다.

"어푸어푸! 뭐, 뭐야?"

"잘 잤습니까?"

"이따위로 깨우는데 잘 잤겠냐!"

"소리 지르지 마십시오. 아직 이른 시간이라 자고 있는 사람들도 많을 겁니다."

"하아?"

차분하게 대답하는 백무결의 모습을 멍하게 바라보던 호세량은 꼭 네가 나쁘다는 식의 말에 자신의 귀가 잘못된 건 아닌지 의심했다. 하지만 속이 찢어지는 것 같고 머리가 깨지는 것처럼 아파도 잘 들리는 것으로 보아 자신의 귀는 멀쩡했다. 즉, 몸 상태는 좀 안 좋지만 제대로 들은 것이 맞다.

"야! 아악! 내 머리!"

벌떡 일어나려던 호세량은 비명과 함께 머리를 움켜쥐고 쓰러졌다. 침상 위에서 데굴데굴 구르다 바닥에 떨어진 호세량은 더욱 발광했다.

"거, 소리 지르면 안 된다고 방금 말했지 않습니까?"

"크윽, 너……."

"꼭 그렇게 곤히 잠들어 있을 다른 사람들까지 깨워야겠습니까?"

“끙……..”

태연히 말하고 있지만, 사실 몸 상태는 백무결이나 호세량이나 큰 차이가 없었다. 백무결도 조금만 격하게 움직이면 머리가 깨질 것처럼 아프니까. 거기다 호세량이 소리를 지르면 머리가 울려서 참기 힘들 정도다. 다만 호세량처럼 드러내지 않고 참고 있을 뿐이다.

“일단 물이나 마셔두는 것이 좋을 겁니다.”

아주 약간의 물이 남은 주전자를 흔들며 말하자, 바닥에서 뒹굴던 호세량은 낑낑거리며 침상 위로 올라갔다. 그리고 원한이 가득 찬 눈으로 백무결을 노려보았다.

“너, 나중에 두고 보자.”

“누군가 들었던 말인데, ‘나중에 두고 보자’ 라고 말한 사람치고 나중에 두고 본 사람은 없답니다.”

“난 달라!”

백무결은 얼굴을 찌푸렸다.

“바로 방금 전에 두 번이나 소리 지르면 안 된다고 했는데 또 지르시는군요. 혹시 제가 방금 전에 조용히 해야 한다고 말했던 거, 기억나지 않으십니까?”

“크윽.”

가뜩이나 뒤집어져 있던 속이 또 뒤집어졌다. 하지만 여기서 성질대로 소리쳤다간 또다시 어떤 말을 듣게 될지 모른다. 그렇다고 이대로 참자니 견디기 힘들고, 무력으로 해결하자니 기본적인 역량에서부터 확연히 차이가 나 꿈도 꿀 수 없다.

결국 답답한 것은 자신이다.

훌륭한 답안을 찾아낸 호세량은 더욱더 아파오는 머리를 쥐어뜯으며 괴로워했다.

소리없는 비명을 지르며.

끙끙거리며 괴로워하는 호세량을 보며 충분할 정도로 만족한 백무결은 주전자의 남은 물을 바닥에 버렸다. 물 떨어지는 소리에 놀란 호세량이 침상 끝으로 후다닥 이동했을 때, 주전자를 깨끗이 비운 백무결이 말했다.

"뭐 하십니까? 일어났으면 일단 씻어야 하지 않겠습니까?"

"씻는다! 이놈아!"

얼굴을 붉힌 호세량은 낮은 목소리로 으르렁거리며 침상에서 일어났다. 백무결은 그런 호세량을 보며 다시 웃고 방 밖으로 향했다.

"식은 차라도 가지고 올 테니 그전까지 다 씻으십시오."

"내가 무슨 고양이냐!"

"저랑 만나기 전까지는 안 씻었지 않습니까."

통렬한 일격에 호세량은 다시 침몰했다.

"이겼다."

만족스런 웃음과 함께 백무결은 아래층으로 내려가 막 우려낸 따뜻한 차를 얻을 수 있었다. 그리고 가볍고도 무거운 발걸음으로 계단을 오르려는 그때, 어제 술판을 벌였던 자리로 시선이 향했다.

아직 치우지 않은 탓에 어제 얼마나 많은 술을 마셨는지 알

수 있었다. 열 개가 훨씬 넘는 빈 항아리가 식탁과 그 주변에
뒹굴고 있었고, 주변에는 물인지 술인지 모를 액체로 아직도
흠뻑 젖어 있었다.

식탁 위에는 안줏거리로 시켜놓은 음식들과 깨지거나 정체
를 알 수 없는 어떤 것들이 담겨 있는 사발들이 있었다.

난장판이 따로 없다.

일어났을 때 한쪽으로 미뤄둔 걱정이 살며시 깨어났다.

'내가 무슨 짓을 했을까?

알 수 없다. 알 수 없어서 더욱 무서운 거 아닌가!

세상에 낯을 들고 다닐 수 없을 정도로 부끄러운 짓을 한 건
아니겠지? 가문의 이름에 먹칠하는 실수를 한 것은 아니겠지?
두고두고 화근이 될 잘못을 저지른 것은 아니겠지?

"끙……."

누군가에게 듣기 전까지는 답이 나오지 않는다.

이쯤에서 답 없는 고민을 끝내고 계단을 오르려 했을 때, 백
무결의 뇌리에 차를 꺼내주던 점소이의 시선이 떠올랐다. 뭔
가 부담스럽게, 그것도 엄청 부담스럽게 무언가를 갈구하는
시선. 차를 받았을 때는 대수롭지 않게 넘겼는데, 어제 술을 마
셨던 것과 연관 지으니 뭔가 답이 나올 것 같았다.

그게 뭘까?

점소이가 자신에게 갈구할 것이?

"설마……."

몇 가지 가능성이 떠올랐다 사라졌다.

아닐 것이다. 아니어야 했다.

백무결은 내심 그렇게 중얼거리며 계단을 오르는 발걸음을 빨리했다. 급한 마음에 살짝 축환무주의 기법까지 사용해 순식간에 방에 도착했다. 그리고 문을 열고 들어갔을 때, 다 씻었는지 살짝 젖어 있는 호세량과 침상에 걸터앉은 거지노인을 볼 수 있었다.

"오, 왔는가?"

"아, 예. 오셨습니까."

"그거 물이야?"

"아닙니다. 따뜻한 찹니다."

"오, 좋아. 찬물에 씻었더니 따뜻한 게 마시고 싶었는데, 이리 줘."

"아, 예."

호세량의 말에 주전자를 건네며 백무결은 거지노인의 환대를 이해하지 못했다. 이건 마치 오랜 친구가 찾아온 것처럼 맞이하는 게 아닌가?

"그나저나, 자네는 속 좀 괜찮은가?"

"좀 불편하긴 하지만 그리 나쁘지는 않습니다."

노인의 친근한 어투가 꼭 질 나쁜 옷을 입은 것처럼 껄끄러웠다.

"껄껄, 내 자네는 저놈과 다를 거라 생각했지."

"아니, 거기서 내가 또 왜 나와?"

"이놈아, 머리 아프다, 속 아프다 쉴 새 없이 쫑알거리는 너랑 듬직하게 괜찮다고 말하는 백 소협과 같을 수가 없잖느냐.”

어제 그 난리를 피웠던 노인과 눈앞에서 점잔 떨며 호세량을 나무라는 사람이 동일인물인가? 모습이나 말하는 것을 봤을 때 분명 동일한 사람일 텐데, 이 말로 지적하기도 막막한 차이는 뭔가?

‘그리고 왜 이렇게 친근하게 굴지?

모르겠다. 모르겠어.

겉으로는 웃고 있지만, 도저히 알 수 없는 상황에 백무결이 혼란에 빠져 허우적거리고 있을 때, 호세량이 뚱한 표정으로 말했다.

“주 형, 왜 어울리지 않게 점잔 떨어?”

백무결이 내심 나도 그렇게 생각한다고 고개를 끄덕이고 있을 때, 노인이 얼굴을 살짝 찡그렸다.

“허, 누가 들으면 내가 꼭 억지로 점잖게 하고 있는 줄 알겠구나.”

“맞잖아.”

“호가 이놈아, 누가 들으면 이 주천양(朱川梁)이 가볍고 무례한 사람인 줄 알겠구나.”

“……!”

“가볍고 무례한 사람 맞으면서, 뭘.”

대수롭지 않게 올바른 대답을 하는 호세량과 다르게 백무결은 주천양이란 이름을 듣고 크게 놀랐다.

주천양이란 이름의 무게를 알고 있었기 때문이다.

괴개(怪丐)!

현 무림에서 가장 강하다는 열 사람을 꼽으면 반드시 언급되는 궁가방의 고수이자, 성격을 종잡을 수 없어 기이하고 무서운 거지라 불리며, 순식간에 생각과 행동이 바뀐다 해서 두 얼굴의 거지[二面丐]라고도 불리는 무림의 골칫덩이!

눈앞의 거지노인이 설마하니 그 괴개일 줄이야!

"어허, 아니라니까."

주천양은 이마에 불끈 치솟은 핏대를 슬슬 누르며 점잔을 떨려고 했지만, 호세량이란 천둥벌거숭이는 어쩔 수 없었다.

"점잖았던 게 반 각도 안 지났는데 벌써부터 거부 신호가 오는데, 뭘. 그러게 사람은 있는 그대로 살아야 한다니까."

"크윽……."

"호 형, 그만하는 게……."

호세량의 말에 심하게 공감하지만, 점점 심상치 않게 변해가는 주천향의 표정에 여러 사람에게 들었던 괴개의 이야기가 떠올랐다. 그 이야기들은 하나같이 알 수 없는 이유로 화내고 같이 있는 사람을 곤혹스럽게 만드는 것들.

물론 개중에는 도움이 되는 일도 있었지만, 어디까지나 극히 일부다.

대충 백(百) 중 일(一)의 확률이랄까?

백무결은 호세량을 말리려 했지만 한발 늦었다.

"오냐! 내 성격대로 살아주마!"

"으아악! 그만둬!"

"내 성격대로라니까?!"

"하아……."

결국 주천양이 달려들었고, 호세량은 열심히 저항했지만 괴개란 무명에 실린 수많은 이야기가 거짓이 아니었기에 덧없는 몸짓에 불과했다.

엎치락뒤치락하며 괴롭히려는 주천양과 어떻게든 벗어나려고 발버둥치는 호세량을 보며 백무결은 한숨을 쉴 수밖에 없었다.

역시 괴개는 소문 그대로 괴개였다.

그나마 다행인 건 호세량을 배려해 내공을 사용하지 않고 있다는 것이지만, 백무결 본인도 내공없이 사람을 일격에 죽일 수 있다는 걸 보면 그리 안심할 게 아니다.

물론 천하의 괴개가 힘 조절도 못할 것이라 생각되지는 않았지만 말이다.

"아악! 이 망할 거지!"

"이 말아 처먹을 놈이 감히 어딜?!"

신경 끄자.

백무결은 현명한 결정을 내렸다.

조금 빠른 동작으로 바닥을 뒹굴고 있는 둘을 피해 정리해둔 봇짐을 뒤지기 시작했다. 계단을 오르며 생각했던 답을 찾아야 했다.

봇짐을 뒤지며 백무결은 천지신명께 빌었다.

'제발 내가 생각하는 게 아니기를.'

천지신명은 그를 버렸다.

"헉!"

없다. 정말 없다.

백무결은 없다는 걸 알면서도 자신의 몸을 더듬었다. 그리고 찾는 것이 몸에 없자 침상과 주변을 모조리 살폈다. 이불을 털어 뭔가 떨어지는 게 없나 살피고, 침상을 번쩍 들어 그 밑을 살폈다.

그 모습에 뒹굴던 것을 멈춘 주천양과 호세량이 서로를 쳐다보았다. 그리고는 동시에 고개를 흔들었다.

"쟤 왜 저러나?"

"나야 모르지. 주 형은 뭐 짐작 가는 거 없어?"

"있으면 너한테 물었겠나?"

"그것도 그러네."

주천양과 호세량이 떠들든 말든 백무결은 방을 완전히 뒤엎어 버렸다. 그러고도 원하는 것을 찾지 못하자 침상 위로 쓰러졌다.

호세량은 주천양과 백무결을 번갈아 보다 말했다.

"어이, 백 형? 왜 그래?"

"하아……."

백무결은 절망으로 가득한 한숨을 내쉬며 대답하지 않았다.

"어이, 백가야. 왜 그러냐?"

"……."

이번에는 주천양이 물었지만, 백무결은 대답없이 몸을 뒹굴어 침상 끝에 콕 박혔다. 지금은 말하고 싶지 않다는 표현이지만, 상대는 무림의 골칫덩이라는 주천양과 눈치라고는 쥐뿔만큼도 없는 호세량이었다.

둘은 동시에 백무결의 몸을 잡아당겼다.

"어이, 백 형. 왜 이러냐니까?"

"백가야, 좋게 말로 할 때 왜 이러는지 말해라."

"……."

"백 형? 백 형? 말을 해야지?"

"백가야, 내가 좋게 말로 할 때 말하지 그러냐? 나도 그렇고 너도 그렇고 누구나 그렇지만 맞으면 아프다."

"지금은 말하고……."

대충 대답하고 넘어가려던 백무결은 확실히 알아보는 게 좋지 않을까 하고 생각했다.

정확하지도 않은 짐작으로 끙끙거리는 것보다, 확실히 무슨 일이 있었는지 알고 대처하는 게 옳은 것 같았다. 같이 술을 마시던 주천양과 호세량도 기억이 끊겼으면 모르지만, 그렇지 않다면 확실한 답이 나올 것 아닌가?

생각 끝에 백무결은 앉아 자세를 바르게 했다.

"혹시 제 주머니 못 보셨습니까?"

"주머니? 어떤 주머니?"

호세량은 별생각없이 되물었지만, 주천양은 뭔가 짐작하는 것이 있는지 눈을 가늘게 뜨며 되물었다.

"혹시 붉은 비단으로 된 주머니를 말하는 거냐?"

“예. 그 주머니입니다.”

“그 돈이 들어 있던 주머니를 말하는 거구나.”

“맞습니다.”

불안했던 현실이 실체를 드러내고 있었다.

“응? 그 주머니를 말하는 거야? 그거 백 형이 객잔 안에 있던 사람들 술값도 모두 계산하라고 점소이한테 던져 줬잖아. 남은 건 점소이들끼리 나눠 가지라고 했고.”

“……!”

날벼락이 떨어졌다.

“그리고 뭐라더라? 무슨 뜻인지는 모르겠는데 큰 소리로 ‘금종(金鐘)을 울려라!’ 라고 소리치기도 했지?”

호세량이 뒤이어 말하는 내용은 머릿속에 들어가지 않았다. 다만 주머니 전체를 술값으로 치렀다는 사실이 머릿속을 가득 메웠다.

점소이가 왜 그렇게 갈구하는 눈으로 봤는지 이제야 확실히 알 수 있었다. 수고비로 막대한 돈을 낸 백무결에게 또다시 콩고물이 떨어지지는 않을까 하고 기대했던 것이다.

술값을 제외해도 한 달 벌이는 벌었을 테니까.

백무결은 절망했다.

“어이? 백 형? 왜 그래?”

“쯧쯧, 그러게 작작 마실 것이지.”

대강 상황을 짐작 주천양은 쓰러져 어깨를 들썩이는 백무결을 보며 혀를 찼다.

“그래, 어디까지 기억나나?”

“두 번째 항아리를 비웠던 것까지는…….”

“보자, 두 번째라?”

“엥? 백 형, 어제 술 마셨던 거 기억 안 나?”

“예…….”

백무결은 작아졌다.

이상한 일이지만, 남자에게는 사는 데 전혀 도움이 되지 않는 경쟁심이 있다. 지금 같은 경우에는 ‘누가 더 많은 술을 마셨느냐?’ 하는 것이다. 셋이서 함께 마셨는데, 백무결만 중반 이후에 기억이 없다.

이는 치욕이다!

‘그것보다 돈! 돈! 내 돈!’

그 주머니는 전 재산이었다.

무려 삼 년이나 모아온 돈이다. 먹고 싶은 거 안 먹고, 입고 싶은 거 안 입고, 하고 싶은 거 안 하고 힘들게 모아온 돈이다.

삼년무도행을 조금이라도 편히 하기 위해 힘겹게 참아가며 모은 돈이었다.

그 돈을 하루 술값으로 날렸다!

물론 혹시나 하는 마음에 따로 보관해 둔 비상금이 있지만, 말 그대로 비상금이라 주머니에 든 돈이 십이라 할 때 이삼 정도에 불과했다. 비상금으로는 한 달도 버티기 힘들다.

아끼고 아껴야 한 달을 버틸 수 있을까?

그것도 호세량이 평소보다 월등히 작게 먹어야 가능한 일.

절망했다. 자신에게 너무 냉담한 세상에 절망했다.

"아, 그때쯤인가? 그때 이후로 기억이 없는 거군."

"그때가 언젠데?"

"왜 있잖아. 백가 놈이 너랑 나한테……."

심각하게 절망에 빠진 백무결과 다르게 태연히 말하던 주천양의 표정이 굳었다.

"어이, 백가야."

"……예."

"네가 우리에게 뭔가를 약속했는데, 그것도 기억 안 나지?"

"제가 뭘 약속했습니까?"

"어? 백 형, 그것도 기억 안 나? 나한테 검 사주기로 했잖아, 부러뜨린 거 미안하다면서."

"그랬습니까?"

확실히 약속할 만한 일이다. 실제로 낙일에 대해 알기 전까지 적당한 검을 하나 사줘야겠다고 생각하고 있었다. 그걸 술김에 약속한 모양이다. 그런데 한 가지 걸리는 게 있다면 천하의 괴개에게도 뭔가 약속했다는 건데, 과연 그게 뭘까?

그러고 보니 오늘 보자마자 어울리지 않게 점잔 떨며 살갑게 대했던 것이 그 약속과 관계있어 보였다.

불안감이 해일처럼 밀려왔다.

괴개가 살갑게 대할 정도의 약속이 뭘까?

"검을 사드리겠습니다. 명검이라 불리는 건 힘들겠지만, 쓸만한 것 정도는 구할 수 있을 겁니다."

“오, 고마워.”

“그럼 나는?”

언제 표정을 굳혔냐는 듯 주천양이 웃으며 물었다.

백무결은 호세량에게 대답했던 것처럼 가볍게 된다고 말하고 싶었지만, 뭘 약속했는지 알아야 대답할 것이 아닌가? 상황을 좋게 풀어야 했다. 이 이상 악화될 상황은 없는 것 같았지만, 여차하면 두들겨 맞는 상황이 벌어질 수 있었다.

그건 피하고 싶은 백무결이었다.

“일단 제가 뭘 약속했는지 말씀해 주시겠습니까?”

“술을 사주기로 했다.”

“그 정도라면 가능…….”

“주 형, 주 형이 사달라고 했던 술이 분명 화요주(火堯酒)라고 했지, 아마?”

“화, 화요주입니까?”

“응. 엄청 맛있는 거라고 했어.”

화요주는 백무결도 마셔본 적이 있는 술이다.

굉장히 독하면서 특유의 시원함과 달달함이 있어 많은 이들에게 사랑받고 있는 술이 바로 화요주였다. 다만 문제는 그 많은 이들이 돈 많은 거부(巨富)이거나 고관대작(高官大爵)이라는 것 정도?

살짝 과장해 같은 무게의 은(銀)과 거래된다는 말도 있으니 얼마나 비싼 술인지 충분히 알 수 있다.

지금의 자금 사정으로 볼 때 터무니없는 약속이다.

호세량의 말에 하던 말을 멈췄기에 망정이지, 하마터면 그 비싼 화요주를 사준다고 약속할 뻔했다.

'아니, 약속은 이미 했던가?'

속이 쓰리다. 숙취로 쓰렸던 속이 이제는 구멍이 뚫린 것처럼 아프다.

비상금을 모조리 털어도 화요주 한 병도 못 산다. 고작해야 술 한 잔? 어쩌면 두 잔이나 세 잔일지도 모른다. 그걸 사준다고 내밀었다가 무슨 꼴을 당할까? 만나면 무조건 피하는 것이 무병장수에 도움이 된다는 괴개에게?

죽을지도 모른다.

"저, 주 대협, 어제 술값으로 가진 돈이……."

"그래서? 못 사주겠다는 거냐? 사내자식이 한입으로 두말한다는 거냐? 네가 지금 네 입으로 '나 한입으로 두말하는 빌어처먹을 놈입니다' 라고 말하는 거냐?"

주천양은 퍼런 핏줄이 도드라진 주먹을 보이며 말했다.

여기서 '예, 죄송합니다' 같은 말을 했다가는 절대로 성하여 객잔을 빠져나갈 수 있을 것 같지 않다. 어쩌면 이 자리에서 뼈를 묻게 될지도 모른다.

왜 강호에서는 노인과 아이도 조심하라고 하지 않던가? 그 꼬장꼬장함이 평범치 않다는 걸 보여주는 위대한 경고였다.

"엉? 그런 거냐?"

고개를 들이밀며 말하는 주천양의 주먹에서 아지랑이 같은 게 피어올랐다. 절정(絶頂)의 증거라 할 수 있는 권기(拳

氣)였다.

'그냥 죽여 버릴까?'

냉혹한 생각이 떠올랐다.

지금 생명을 위협하고 있었다. 실제로 죽일 마음이 있는지는 모르지만, 권기로 사람의 생명을 해하는 건 손바닥 뒤집는 것과 같은 일이다.

주천양이 마음먹기에 따라 언제라도 죽을 수 있는 것이다. 하지만 방심하고 있다.

이대로 승월을 풀어 휘두르면 단번에 죽여 버릴 수 있다. 마음껏 움직이기에는 공간이 협소하고, 권기 따위는 승월 앞에서 장애가 되지 않는다. 단지 승월을 풀어 휘두르는 것만으로 무림에서 열 손가락에 꼽히는 고수를 죽일 수 있다.

이대로 죽일 수 있다.

'그건 아니지.'

너무 예민해졌다.

"아, 저 그게……."

"엉? 무슨 말을 하고 싶은 거냐?"

실제로 주천양에게 살의를 찾아볼 수 없다. 단지 위협용이다. 그러니까 좋게 생각하면 무슨 수를 써서라도 약속을 지켜라 정도?

물론 약속이 지켜지지 않을 시 단지 위협으로 끝나지는 않겠지만, 생명이 위험하지는 않으리라.

어제 호세량이 맞은 정도?

'……그냥 죽일까?'

이번에는 실제로 죽인다고 생각한 건 아니었다. 다만 맞기가 싫었을 뿐이다.

한편으로는 필사적으로 머리를 굴렸다. 어떻게든 이 상황을 벗어나야 했다. 덤으로 화요주의 함정에서도 벗어날 수 있다면 더더욱 좋다. 무슨 좋은 방법이 없는 걸까?

백무결은 일단 지금의 상황을 정리했다.

술, 실수, 기억, 괴개, 십대고수, 검, 약속, 화요주, 법, 주먹, 폭력, 협박, 무공, 복수, 인연, 주머니, 돈…….

쓸모없는 게 좀 섞여 있긴 했지만, 대충 저 단어들로 압축할 수 있었다. 그리고 노력이 하늘에 닿아서일까? 몇 개의 단어가 연결되어 어렴풋이 해답이 보였다.

괴개, 약속, 화요주, 무공, 돈.

"아!"

생각나고 말았다!

하나의 돌로 세 마리의 새를 잡는 방법!

"뭐냐?"

"주 대협, 솔직히 말씀드리겠습니다. 어제 술값으로 너무 많은 돈을 쓰는 바람에 화요주를 대접해 드릴 돈이 남아 있지 않습니다."

"그래서? 그래서 한입으로 두말하겠다 이거냐?"

"아닙니다. 제가 감히 어찌 그럴 수 있겠습니까. 삯일을 해서라도 반드시 화요주를 대접해 드릴 것입니다. 다만……."

“다만?”

“저와 호 형이 열심히 일하더라도 한 병 이상은 힘들 겁니다. 주 대협께서도 아시겠지만 화요주라는 것이 워낙 비싸다 보니…….”

결코 편하다 할 수 없는 긴 세월을 살아온 주천양은 백무결이 다른 속셈이 있다는 걸 간파했다. 아니, 솔직히 말하면 모를 수 없을 정도로 노골적으로 말하고 있으니 간파할 수밖에 없었다.

요 맹랑한 녀석이 뭔가 요구할 것이 있는 것이다.

“그만! 무슨 말을 하고 싶은 거냐?”

“아무리 좋은 화요주라 해도 한 병으로는 양이 안 차시지 않습니까?”

“당연하지!”

“그래서 감히 말씀드립니다. 가르침을 주십시오.”

“가르침? 오호라?”

어느새 자세를 바르게 하고 정중하게 고개 숙여 배움을 청하는 백무결의 뒤통수를 내려다보며 주천양은 진한 웃음을 지었다. 이제야 백무결이 말하는 내용이 무엇인지 제대로 파악한 것이다.

유쾌해진 주천양은 백무결의 뒤통수를 치며 말했다.

“클클클. 이제 보니 아주 빌어 처먹을 놈이었구나!”

“그저 무도(武道)에 뜻을 둔 후배의 바람이라 생각해 주시면 좋겠습니다.”

"푸헤헤헷! 좋다! 좋아! 내 친히 너희에게 가르침을 주마! 대신 빌어 처먹을 놈의 백가! 네놈 집안의 기둥을 뽑아버릴 것이야!"

"천하의 주 대협의 가르침이니 그 정도야 당연합니다. 설마 하니 가주님께서 자식의 배움을 모른 척 하시겠습니까?"

넉살좋은 백무결의 대답에 주천양은 손바닥을 치며 즐거워했다.

"오냐! 내 너희 집 기둥을 뽑아 마셔주마!"

이로써 하나의 돌로 세 마리의 새를 잡는 계책이 완성되었다.

한 마리의 새는 폭력의 위기에서 벗어나는 것이고,

한 마리의 새는 위기를 기회 삼아 고수에게 가르침을 받는 것이고,

한 마리의 새는 무작정 삼년무도행을 내보낸 아버지에게 복수하는 것이다.

'후훗. 계획대로.'

백무결. 분명 뒤끝 많은 놈이다.

第四章

일월지무(日月之武)

그저 시늉만 할 생각이었다.

맹랑하게 눈앞에서 계획을 세워 궁지를 빠져나간 놈의 잔꾀가 기특하고 재미있어서 그저 한 수 가르칠까 하다가, 너무나 귀찮다는 문제로 대충 수준 좀 봐주고 간단한 훈수나 해주자는 생각을 가졌었다.

눈앞에 펼쳐지는 모습을 보기 전까지는.

"……."

주천양은 자신의 팔을 쓰다듬어 보았다.

잔뜩 때가 낀 팔에서 오돌토돌한 닭살이 한가득 느껴졌다. 제법 괜찮은 실력이라 생각은 했지만, 이건 정도를 넘었다. 아니, 그런 식으로 딱 잘라 말하기가 애매한 모습이었다. 이건 실력이라기보다 광기(狂氣)다.

몸의 제어에 대한 광기 어린 집착.

'이놈의 백가가 보통 가문은 아니라고 생각했지만, 이건 정도를 완전히 넘는다.'

가문의 절학을 볼 수 없기에 간단한 기초 검술이자 서점에서도 구할 수 있는 삼재검법(三才劍法)을 펼쳐 보라 했었다.

백무결은 간단히, 하지만 세심하게 삼재검법을 펼쳐 냈고, 뭔가 이상함을 느낀 주천양이 다시 요구하여 두 번째 삼재검법을 선보였다. 그리고 또 한 번, 또 한 번.

총 네 번에 걸쳐 펼쳐지는 백무결의 삼재검법에 주천양은 하남백가가 단 하나의 검법으로 이백 년이 넘는 세월 동안 이름을 떨친 이유를 알 수 있었다.

한 치의 오차도 없다.

아니, 한 치 정도가 아니다. 연이어 네 번이나 펼친 삼재검법은 머리카락 하나의 오차도 없이 동일한 길을 따라 움직이고 있었다.

믿어지는가?

인간의 몸으로 머리카락 정도의 차이도 없이 똑같이 검을 움직인다는 것이. 이는 상당한 경지에 오른 검사(劍士)라면 충분히 가능한 일이지만, 백무결처럼 모든 자세가 완전히 똑같을 수 없었다. 같은 길을 찾을 수는 있어도 같은 동작은 불가능했다.

그런데 백무결은 한다.

그것도 네 번이나 똑같이!

'완전히 미쳤구나!'

저런 일은 주천양도 못한다!

'뭐, 이런 놈이…….'

거기다 계속해서 같은 동작을 펼치면서도 흔들림이 없고, 검의 기세도 놀랍도록 예리하게 살아 있다. 거기다 검이 허공을 가르며 나는 소리도 거의 없다. 그만큼 깔끔한 베기와 찌르기라는 뜻이다.

지금까지 보아온 사람 중에 가장 기본이 충실하다.

하기 싫어도 감탄이 절로 나온다.

반면에…….

'뭐 저런 놈이 다 있냐?'

호세량을 보며 주천양은 놀랐다.

물론 놀라는 의미는 백무결과 전혀 달랐다.

'얼씨구! 춤을 춰라, 춤을 춰.'

검이 바람을 가르는 소리가 요란하다.

같은 동작인데도 비슷한 모양새일 뿐, 발을 내딛는 위치나 검이 뻗어가는 방향도 다르다. 좋게 말하면 바람처럼 자유분방하고, 나쁘게 말하면 엉망진창이라 구제할 길이 보이지 않았다.

백무결과 다른 의미로 조언하기 난감한 놈이다.

"하이고."

한숨이 절로 나온다.

　이렇게 안 어울리는 놈들끼리 만나기도 힘든데, 이 둘은 어찌 잘 만나서 서로를 믿고 아끼니 황당하기까지 하다. 어쨌거나 둘의 수준을 보니 계획대로 간단히 훈수하고 넘어갈 상황은 넘었다.

　서로 다른 의미로.

　"그만."

　말이 끝나기가 무섭게 백무결과 호세량은 움직임을 멈췄다.

　"가르침을 청합니다."

　"음, 가르침을 청합니다."

　백무결의 정중한 태도에 호세량도 느끼는 것이 있는지 자세를 고쳐 정중하게 말했다. 주천양은 그 모습을 보다 머리를 긁적이고는 털썩 주저앉았다. 그리고 백무결과 호세량에게 손을 까딱까딱 흔들었다.

　"이리 와서 좀 앉아봐라."

　"예."

　"응? 왜?"

　"잔말 말고 앉아, 말아 처먹을 놈아!"

　투덜거리는 호세량 마저 앉자, 주천양은 짜증의 기색을 지웠다.

　"백가야, 너희 집안, 다 너 정도냐?"

　"그렇지는 않습니다. 제 아버님이 가주신지라 다른 인척들보다 좋은 환경에서 무공을 익힐 수 있었습니다."

　"그럼 차이가 많이 나냐?"

“그리 큰 차이는 나지 않습니다.”

이는 어디까지나 백 씨 성을 가진 혈족(血族)을 말한다.

물론 그것만으로도 주천양 속에서 하남백가의 강함이 월등히 상향 조정되었다. 이는 백무결이 현 가문의 정수라 할 수 있는 무명공을 익히고 있다는 걸 알지 못했기에 일어난 작은 오해였다.

“알았다. 그리고 호가 이놈아.”

“왜?”

“넌 도대체 뭘 배운 거냐?”

“자성검법인데?”

“……아니다.”

형편없는 실력을 비꼬기 위한 질문이었는데, 호세량이 알아듣지 못하자 주천양은 더 이상 놀리는 것을 포기했다.

바보는 놀리는 것도 힘들다 생각하며.

“험험, 어쨌거나 백가 네놈의 기초는 그 누구도 지적할 수 없을 정도로 탄탄하다. 내가 봤을 때 이제까지 해왔던 것처럼 꾸준히 노력한다면, 내 나이쯤 됐을 때는 그 누구도 널 이길 수 없을 것 같다.”

상당한 시일이 걸리겠지만 천하제일이 될 수 있다는 말이다.

이는 진정 놀라운 일이나, 당장 내일 죽어도 이상할 것이 없는 곳이 무림임을 생각해 볼 때, 그 경지에 이르고 싶으면 몸조심하라는 경고였다. 백무결은 경고를 받아들이며 천하의 괴개가 자신을 아주 높게 평가하고 있다는 것에 대해 고무되었다.

옆에서 들었을 때 상당히 좋은 말이라 호세량은 자신의 평가가 궁금했다.

"나는? 나는?"

"너는……."

분위기를 잡고 말하던 주천양이 본래대로 돌아갔다.

"하아! 호가야, 호가야. 말아 처먹을 호가야. 넌 태어나서 지금까지 한 게 뭐냐? 도대체 뭘 했냐?"

"사부 따라 산속에서 무공 익혔지. 왜?"

"넌 기초라는 게 뭔지 아냐?"

주천양은 정말 딱하다는 표정으로 물었다.

"기초? 사부가 자성검법과 천계는 천하제일이라 기초 같은 거 필요없다고 했는데? 그리고 사내라면 한 우물만 파라고 해서 자성검법이랑 천계만 죽자 사자 매달렸지."

"그래그래, 알았다."

대답하며 주천양은 정말 깊은 한숨을 쉬었다.

살다 살다 저렇게 괴물 같은 기초를 가진 놈을 처음 보는가 하면, 살다 살다 저렇게 엉망으로 무공을 익힌 놈도 처음 본다. 주천양은 오늘 하루, 아주 희귀한 경험을 했다. 이래서 오래 살고 볼 일이라는 말이 생겼나 보다.

삼류낭인이라도 기초의 중요성을 아는데, 호세량의 사부라는 인간은 무슨 배짱으로 기초를 완전히 배제하고 제자에게 무공을 익히게 만들었는지 모르겠다.

거기다 자성검법과 천계?

듣도 보도 못한 무공 아닌가?

호세량이 직접 검법을 펼치는 모습을 봤고 내공이라고 부르기도 민망한 기운을 느껴봤으니 더 말할 필요도 없으리라. 호세량은 삼류다. 육체는 수준에 어울리지 않게 잘 만들어졌지만 삼류라 부르기도 민망한 삼류다.

그나마 백무결보다 정이 들었는데, 둘 사이에는 뭐라 말할 수 없을 정도로 큰 차이가 있다. 주천양은 호세량이 눈물이 날 정도로 불쌍했다.

비록 제한을 가지고 한 비무지만, 호세량이 백무결을 이겼다는 사실을 알았다면 바뀌었을 평가였다.

'어쨌든 뭔가 그럴듯한 조언을 해줘야 내 체면도 세우고 하남백가에 가서 마음껏 생색을 낼 텐데…….'

뭘 말해줘야 할까?

백무결은 훌륭했다. 흠잡을 곳이라고는 하나도 보이지 않을 정도로 훌륭했다. 가장 기본이 되는 기초는 자신을 포함한 그 누구보다 월등하며, 하남백가의 하나뿐인 검법, 열파에 대해 조언할 수도 없었다. 처음부터 도움을 줄 수 있는 부분은 한정되어 있는데, 그 대부분이 질릴 것 같은 기초에 막혀 있다.

고민하며 슬쩍 백무결의 눈치를 살피니 굉장히 기대하고 있다는 게 여실히 느껴졌다. 하긴, 현 무림에서 열 손가락 안에 꼽히는 괴개이니 당연하다면 당연한 일이지만, 정작 그 당시 자인 주천양은 부담되었다.

'끙…….'

도저히 답이 보이지 않았다.

'시간을 벌자.'

주천양은 일단 돌아가기로 했다.

"먼저, 호가야, 네놈은 다른 것보다 기초를 만들어야 한다."

"기초? 그건 사부가 필요없다고 했어."

"네 사부가 정확히 뭐라디?"

"자성검법 자체가 기초이며 심화이니 다른 것을 배울 필요 없다고 했지. 오직 자성검법만 파고들면 만 가지를 익힌 것과 같다[萬流歸宗]고 했어."

이에 주천양의 실제 생각은 다음과 같았다.

'호랑이가 풀 뜯어 먹는 소리 하고 자빠졌네. 하나를 파고들면 만 가지를 익힌 것과 같다고? 어디서 주워들어 처먹은 건 있어 가지고 아무렇게나 지껄였구나. 병신 같은 게 잘 모르면 제대로 주워듣던가! 제자를 병신 만들려고 작정을 했구나! 기초가 없는데 하나를 깊게 파봐야 뭘 알 수 있다는 거냐? 아무 것도 모르는 상태에서 한 구멍만 파봐야 경지에 도달은커녕 저 멀리 비껴 나가지나 않으면 다행이지. 하여튼 쥐뿔도 모르는 것들은 하나같이 병신 삽질이야.'

이 같은 속내를 직접 말해줄 정도로 주천양은 경우가 없진 않았다.

다른 건 몰라도 사부나 부모, 주군에 관해서는 함부로 말하면 안 된다는 게 주천양의 생각이었다.

"네 사부의 말은 심히 옳다!"

그 대상이 자성검법이 아니라면 말이다.

차라리 삼제검법이 나을 지경이다.

"오직 자성검법만 익혔기 때문에 그런지 몰라도, 호가 네놈의 검은 바람처럼 자유롭고 활기차다. 검끝이 언제 어떻게 변화할지 예상할 수 없으니 그 변화무쌍함은 내가 간단히 말할 수 없구나."

확실히 어떻게 변할지 예상할 수 없었다.

예상할 필요조차 없으니까.

"다만, 네 검은 너무 자유분방하여 얼핏 봤을 때 너무 가볍게 느껴진다. 변화를 추구하는 것도 좋지만, 좀 더 높은 곳을 바라본다면 기초를 다지며 식(式)을 세우는 것도 나쁘지 않을 것이다."

몸은 어느 정도 완성되어 있으니 기초만 제대로 세운다면 별 볼일 없는 삼류에게 칼 맞고 요절할 일은 없을 것이다. 백무결과 함께 있으니 그것도 걱정할 일은 아니지만, 세상일이라는 게 어떻게 돌아갈지 모른다.

지금 당장 백무결과 호세량이 헤어져도 이해할 수 있는 게 세상인 것이다. 그러니 최소한 살길은 마련해 줘야 했다.

하루 동안 든 정을 생각해서라도.

'저런 천둥벌거숭이 같은 놈, 흔치 않거든.'

한 놈쯤은 저런 게 있어야 무림이 심심치 않다.

"그럼 나도 백 형처럼 천하를 노릴 수 있을까?"

“응?”

“왜, 내 검은 자유롭다며? 그 검에 주 형 말처럼 기초를 다져서 식을 세우면 저 백 형처럼 천하를 내려다볼 수 있을까? 먼 훗날이라도.”

“푸헤헤헤헷!”

얼토당토않다.

천하? 한 마을이라도 제대로 내려다볼 수 있다면 다행일 것이다. 그게 솔직한 주천양의 생각이었지만, 굳이 천하를 꿈꾸는 어수룩하고 천진한 아이에게 재 뿌릴 필요는 없으리라.

설사 그게 죽음을 불러도 꿈꾸는 것이 본디 무인의 삶이 아니겠는가?

“뭐야! 왜 웃어!”

“푸헤헤헷! 좋다! 좋아! 내 분명히 말해준다! 무한히 자유로운 네 검에 형과 식이 세워지고 지워진다면 넌 분명 천하를 내려다볼 것이다!”

“좀 찜찜하긴 하지만, 내 주 형 말이니 믿지.”

“푸헤헤헷! 암, 믿어야지! 천하의 신개(神丐)가 하는 말인데 믿어야지!”

주천양은 정말 즐겁게 낄낄거렸다.

오랜만에 깊은 곳에서부터 우러나오는 즐거운 웃음이었다.

무림, 아니, 굳이 무림이 아닐지라도 세상은 더럽고 험난한 곳이라 이렇게 진심으로 웃어본 것이 얼마만인지 모른다. 그래서 지금 이 즐거운 웃음이 얼마나 기쁜지 주천양은 정말 눈물이라도 날 것 같았다.

"암! 그렇고말고! 너희 둘 다 후에 천하를 내려다볼 것이
야!"

웃는 주천양과 다르게 백무결은 내심 그럴 리 없다고 생각
했지만, 그 생각을 입 밖으로 내지는 않았다.

걷기 시작한 순간부터 검을 잡고 노력해도 도달하기 지난한
목표가 주천양이 말하는 천하를 내려다보는 일이다. 백무결은
물론, 다른 명문가(名門家)의 자손들이나 명문대파(名門大派)
의 제자들은 그리 노력해도 평생 도달하지 못한다.

익힌 무공이 뛰어나고 가진 재능이 뛰어나면서도 자만하지
않고 손바닥에 피 터지게 노력해도 지난한 목표를 호세량이
도달할 수 있다?

농담조차 되지 않는다.

만약 그리된다면 수많은 사람들의 노력은 도대체 뭔가?

수십 년의 고련(苦練)이 필요없다는 것 아닌가?

호세량이 지금부터 노력하고 앞서 쌓은 십여 년의 노력이
헛되지 않는다 해도 결코 그런 일은 일어나지 않는다. 백무결
은 물론, 세상에 병기를 들고 무림에 몸을 담고 있는 사람이라
면 누구라도 그리 생각할 것이다.

그게 당연한 것이고.

한참 낄낄거리던 주천양은 백무결을 보았다.

"백가야, 내가 봤을 때도 너는 훌륭하다. 이미 완성된 무인
이라 봐도 좋다. 하지만 어딘가 안타까운 점이 있구나."

"주 형, 안 어울린다니까 그러네."

"나도 폼 좀 잡아보자, 이 말아 처먹을 놈아!"

폼 잡으려 할 때마다 딴죽을 거는 호세량에게 버럭 소리를 지른 주천양은, 여전히 바른 자세로 가르침을 청하는 백무결을 보고 헛기침을 터뜨렸다.

"험험, 어쨌든 그 안타까움은 다른 게 아니다. 네 동작, 아니, 네 검은 너무 자유가 없구나."

사실 이것은 호세량의 검을 논할 때 생각해 낸 것이다. 너무나 어처구니가 없는 호세량의 검에 조금이라도 칭찬해 주기 위해 짜내고 짜냈던 바람 같은 자유로움이, 제대로 된 조언을 할 수 없을까 고민하던 주천양에게 돌파구가 되었다.

실제로도 도움이 될 것 같기도 해서 말하는 데 망설임은 없었다.

"이건 하남백가의 검이 아니라 네 검에 대해서 말하는 것이니 오해하지 말도록 해라."

"오해하지 않을 것입니다."

"좋다. 그럼 다시 제대로 말해주마."

주천양은 잠시 생각을 정리하다 입을 열었다.

"비록 삼재검법만 보았을 뿐이지만, 네 검이 어디에 도달했는지 알 수 있었다. 그건 천하의 신개가 처음 본다 할 만큼 강맹하고 정교했다. 평범한 삼재검법 뒤로 보이는 그 흔적이 아마 너희 가문의 절기인 열파검법이겠지. 내가 검을 익히지 않았으니 잘 모르겠다만, 천하의 검을 든 그 누구라도 네 경지를 폄하할 수 없을 게다. 다만 조금 전에 말했지만, 네 검에는 자유로움이 보이지 않는다.”

“변초(變招)를 말씀하시는 것입니까? 그렇다면…….”

“다르다. 내가 말하는 건 변초가 아닌, 네 검에서 느껴지는 기상(氣像)을 말하는 것이다.”

아무래도 잘 모르는 검에 대해서 말하려니 껄끄럽다.

“한 번쯤은 들어봤을 것이다. 상승 무공은 자연을 흉내 내기 위해 시작된 것이고, 그 경지가 높으면 자연스레 그 기상을 품게 된다는 말을.”

거기까지 말한 주천양은 잠시 단어를 골랐다.

“좀 뜬구름 잡는 얘기다만, 먼저 네 생각을 묻자. 네가 생각했을 때, 자유로운 바람과 같은 기상이 변초에서 나타날 것 같으냐?”

“아닙니다.”

“그래, 나도 그것은 아니라고 생각한다. 바람과 같은 기상은 형태보다 품고 있는 마음이나 이상에서 나온다고 믿는다.”

“…….”

주천양은 잠시 뜸들이다 말했다.

“하나, 네 검은 기상보다 정확함에 대한 노력과 집착이 보인다. 하나의 초식을 펼치더라도 내딛는 발과 몸의 중심, 기세가 뻗어나가는 방향, 그 외의 모든 것들조차도 한 치의 흐트러짐이 없다. 이는 검의(劍意)에 도달하기 좋은 방법이라고 하나, 너는 거기에 너무 집착하여 다른 것을 생각할 틈이 보이지 않는다. 아까 세량이 말했던 것처럼 만류귀종이란 말이 있으나, 그것은 어디까지나 궁극(窮極)에 도달한 자들이나 말할 수 있는 것이다. 나 또한 그 경지에 도달하지 못하여 한 우물만 파기보다 손발이 편할 수 있도록 다른 무공을 익히고 쓰고 있는 형편이다. 이는 물론 네가 세량처럼 한 우물만 파고 있다는 뜻이 아니다.”

기색이 이상해 힐끗 호세량을 돌아보니 불만이 가득한 표정이다.

주천양은 혀를 찼다.

저 멍청이는 정말로 제 사부를 철저하게 믿고 있다. 저런 제자를 둔 그 사부란 작자는 정말 복받은 것이고, 그 사부를 둔 호세량은 정말 최악의 상황이다. 살살 꼬여서 기초를 다지게 만들어줄 테지만, 정말 칼 맞아 죽기 딱 좋은 놈이다.

어쨌든 지금 중요한 것은 그게 아니다.

“너는 하나의 무공, 아니, 하나의 초식에서 오직 그 초식만의 오의(奧義)를 얻으려고 한다. 무(武)라는 것은 광대하여 얼핏 보면 각자 따로 노는 것 같지만, 그물보다 복잡하게 얽히기도 하여 둘을 얻은 자가 셋을 더욱 쉽게 얻을 수 있다. 물론 그렇지 않을 수도 있다. 다만 지금과 달리 좀 더 넓게 본다면, 도달해야 할 곳의 지름길을 만들어줄지도 모르는 일이다.”

“…….”

“그리고 이건 다른 이야기이고 어디까지나 내 짐작이지만, 너는 네 가문 사람들과 비무를 했을 시 다음 수가 너무 쉽게 읽히는 경우가 없더냐?"

"……있었습니다."

"역시 그렇구나."

주천양은 고개를 끄덕이다 바닥에 곧은 선과 꾸불꾸불한 선을 하나씩 그렸다.

"자, 이걸 보아라. 이 선들이 하나의 초식이라고 가정하자. 이 곧은 선이 네가 익힌 초식이고, 이 밑에 구불구불한 선에 세량이 익힌 초식이다."

백무결은 물론 호세량의 시선도 선을 바라보자 주천양은 두 선의 시작 부분에서 한 치 간격으로 나뭇가지처럼 삐죽한 선들을 그렸다.

백무결의 초식은 자로 잰 것처럼 일정한 선들이 보기 좋게 그려졌고, 호세량의 초식은 길이도 일정하지 않은 선들이 이리저리 삐죽여 산만해졌다.

"이게 너희가 같은 초식을 사용했을 시 변초의 모습이다."

"……?"

"이게 내 거라고? 뭐가 이리 엉망이야?"

"푸헤, 큼. 네가 기초를 쌓으면 좀 나아질 거다."

호세량을 비웃으려다 분위기를 잡고 있는 중이라는 것을 상기한 주천양은 경박한 웃음을 멈추고 진지하게 대답했다. 그러나 호세량의 얼굴에 가득한 불만의 기색은 지워지지 않았고, 백무결은 얼굴을 찡그렸다.

천하의 괴개가 한 말이다. 분명 무슨 문제가 있다고 말하는 것 같았는데, 반듯하게 그려진 변초를 보면 무엇이 문제인지 도저히 알 수 없었다.

"모르겠느냐?"

"……예, 가르침을 주십시오."

"간단히 말하마. 네 검은 읽기가 쉬울 것이다."

"예?"

"읽기가 쉽단 말이다. 너와 같은 초식, 같은 무공을 익힌 자들이 너를 봤을 때, 너는 형(形)의 정석과 같을 것이다. 너의 변초는 초식의 뜻과 모양을 그대로 따르고 있기 때문에 보고 익히기에는 모범적일 것이나, 그로써 그 초식을 알고 있는 자들에게 모조리 읽힌다."

"……!"

"거기다 네 초식은 이 그림과 같을 것이다. 그렇기 때문에 너의 초식은 절대로 초식의 틀을 벗어나는 일이 없을 것이고. 조금만 더 깊으면 상대를 찌를 수 있는데, 더 깊이 들어갈 경우 올바른 초식의 틀을 벗어나기에 차라리 다른 초식으로 넘어가는 경우도 있을 것이다. 내 말이 틀렸느냐?"

"……맞습니다."

"반면에 이 세량의 초식을 봐라. 초식부터 올바르지 않기에 변초가 어디서 어떻게 변할지 모른다. 네 입장에서 볼 때 이는 분명 엉터리라 할 수 있으나, 세량의 경우 조금만 더 깊으면 상대를 찌를 수 있다고 판단될 경우 얼마든지 깊게 들어갈 것이다. 그 초식이 무너지든 말든 기회가 생기면 일단 깊게 들어가 상대를 찌르고 말 것이야. 이게 네 검의 단점이고, 세량이 검의 장점이다."

"……."

백무결은 큰 충격을 받았다.

다른 누군가도 아니고 호세량과 비교당해 못하다는 말을 듣다니!

자충수(自充手)로 비무에서 패했던 경험이 조금 전의 일처럼 덮쳐 왔다. 그만큼 너무나 충격적인 일이라 백무결은 말을 잃고 말았다.

반면, 호세량은 이게 칭찬인지 욕인지 헷갈려 아무 말도 못했다.

"이제 네 검이 왜 쉽게 읽혔는지 알겠느냐?"

"예, 이제는 알겠습니다."

"이게 다 네가 너무 정확한 것에 집착하여 일어난 일이다."

"아니, 잠깐. 주 형, 정확하면 좋은 거 아니야?"

"하이고, 이 말아 처먹을 호가 놈아. 넌 도대체 지금까지 뭘 들었냐? 너무 정확해서 타인에게 읽히기 쉽다는 말을 몇 번이나 했는데 못 알아들어?"

호세량은 얼굴을 찌푸렸다.

"이상하잖아. 주 형 말처럼 그만큼 정확하다는 건, 그만큼 초식의 뜻에 다가갔다는 말이잖아. 그럼 그 초식 안에서는 그만큼 자유로운 거 아니야?"

"그건 또 어디서 듣도 보도 못한 개소리냐?"

"아니, 내 말은 그러니까 내가 이만큼 할 수 있는데, 당연히 그 초식에 나보다 더 다가선 백 형은 이 이상 할 수 있지 않겠어?"

"당연히 할 수 있지. 하지만 문제는 저 백가 놈이 지금까지 그걸 못했단 말이다. 할 수 있음에도 불구하고."

호세량은 정말 몰라 백무결의 상처에 소금을 뿌렸다.

"왜?"

"쯧. 너무 높은 이상을 가졌기 때문이다."

"이상이 높으면 좋은 거 아니야?"

"좋지. 좋다마다."

주천양은 그리 대답하고 참담한 표정으로 눈을 감은 백무결의 모습을 살폈다.

이목구비가 뚜렷하여 매우 잘생겼다. 피부는 여자의 그것처럼 곱고, 먹을 듬뿍 먹인 붓으로 그려놓은 것 같은 짙은 눈썹은 남자답다. 무예로 단련된 육체는 옷 때문에 제대로 보이지 않아도 아름답고, 질 좋은 의복과 무기는 잘사는 집안을 나타낸다.

삼류인 호세량을 친우로 받아들일 정도로 성격이 좋고, 술버릇이 좀 문제이긴 하지만 나쁜 것도 아니다. 거기다 무림인으로서도 나무랄 것이 없을 정도로 오랜 세월 노력해 왔다는 것이 여실히 드러난다.

좋다. 어떻게 보아도 매우 좋다.

방금 지적한 것도 사실 크게 잘못된 것은 아니다. 백무결처

럼 이상이 높아 노력하는 무인은 전형적인 대기만성(大器晩成)
형이다.

가진 이상이 드높아 많은 시행착오를 거칠 것이나, 시행착
오의 끝에는 남들보다 드높은 하늘이 있다. 백무결은 아직 그
시행착오를 거치지 않았음에도 불구하고 범상치 않은 실력을
지니고 있으니, 계속해서 노력한다면 후에 진정으로 천하제일
이라 불릴 수 있으리라.

주천양이 백무결에게 천하를 내려다볼 수 있다 말한 것은
그런 이유였다. 그리고 그것은 명백한 진심이었다.

어디까지나 살아남는다면 말이다.

사실 백무결처럼 높은 이상을 따라 자신을 갈고닦은 입장에
서 볼 때, 주천양이 지적한 것은 잘못된 것이다.

초식이 무너지면 어떻게든 파탄이 드러나게 된다. 이는 상
대를 격살하는 것을 떠나 공수일체(攻守一體)를 중시하는 참된
무예를 벗어나는 일이다. 차라리 백무결처럼 다른 초식으로
넘어가 공격을 이어나가는 것이 옳다. 다만 그러기 위해서는
상대보다 역량이 높아야 한다.

상대가 어느 정도 눈썰미가 있다면, 이 문제점을 알아차릴
수 있다. 그리고 그 정도 눈썰미를 갖춘 상대가 약할 가능성은
별로 없다. 약점을 유리하게 이용할 능력을 갖췄다는 뜻이다.
그리고 그 상대가 생사를 결해야 할 적이라면 백무결은 죽는
다.

주천양이 저것을 지적한 이유는 다른 게 아니었다.

너무 높은 이상에 집착하여 문제점을 그대로 품고 있지 말고, 차라리 눈을 낮춰 살아남으라고 말하는 것이다.

"다만 높은 이상만 따라가는 것보다 살길을 찾으라는 거다. 이상을 고집하다 요절해 버리면 죽도 밥도 안 되니까."

사실 이 문제점은 백위정도 알고 있었다. 그런데도 그것을 말해주지 않은 까닭은, 주천양과 다르게 잔재주나 편법에 의지하지 않아도 이상을 따라 꾸준히 역량을 쌓으면 자동적으로 극복되는 문제였기 때문이다.

백위정과 주천양의 차이는 단 하나다.

백위정은 충분한 역량을 쌓을 때까지 백무결이 버틸 수 있을 것이라 믿었고, 주천양은 그 문제점을 눈치챌 만한 적에게 죽을 가능성이 높다고 여겼다는 것이다.

이로써 백무결은 선택해야 했다.

지금까지 해왔던 것처럼 이상을 따라 역량을 쌓을 것인지, 아니면 주천양의 조언을 따라 이상을 낮춰 편법을 얻을 것인지를.

결코 쉽지 않은 문제였다.

"……."

백무결의 고민이 깊어질 무렵, 호세량이 말했다.

"그럼 이상은 그대로 놔두고, 잡기는 맛만 보면 되겠네."

"뭐?"

"맞잖아? 어차피 이상은 높은 게 좋은 거라면, 이상은 그 자리에 놔두고 살길만 찾아보고 다시 이상을 추구하면 되는 거 아니야?”

“허, 말아 처먹을 호가 놈이 미쳤구나.”

주천양은 호세량의 말이 틀렸다고 생각했다. 이상(理想)이란 타협할 수 있는 것이 아니라고 생각하고 있었던 탓이다. 그래서 백무결에게 고집이나 집착이란 부정적인 단어를 골라 사용함으로써 이상을 버리라 말한 것이다.

다만, 백무결은 호세량의 말에 놀랐다.

“아······.”

정말 순수하게 놀랐다.

이상을 그 자리에 놔두고 살길만 찾은 다음 다시 이상을 추구하면 된다니? 그렇게 단순하고 합리적인 생각, 해본 적 없었다. 그저 두 가지의 길만 있었을 뿐이다. 나아가느냐, 물러서느냐 하는 단 두 가지의 길.

주천양의 말이 맞았다.

자신은 지금까지 하나의 초식에서 오직 하나만을 추구해 왔다. 그리고 그 초식에서 얻은 하나를 가지고 다른 것에 도움을 얻으려 했던 적은 단 한 번도 없었다. 오직 처음부터 끝까지 하나의 초식만 추구했다. 백무결에게 있어서 그것은 당연했고, 옳았으며, 단 하나의 길이었다.

지금은 아니었다.

이어져 갔다.

지금까지 따로따로 놀던 수많은 것들이 어부가 그물을 엮어 가듯 하나둘씩 이어졌다. 당연하다 생각했던 것이 더 이상 당연한 것이 아니게 되었고, 그르다 생각했던 것이 더 이상 그르지 않게 되었다. 이미 충분히 올랐다 생각했던 고지가 순식간에 멀어지고, 아직 멀었다 생각했던 정상이 어느새 발밑에 위치했다.

그것은 환희다!

백무결은 지금껏 느껴보지 못한 감동에 몸을 떨었다.

"하하하하하!"

감동은 커다란 웃음이 되었다.

백무결의 뜬금없는 웃음에 서로를 헐뜯던 주천양과 호세량은 다툼을 멈추고 백무결을 바라보았다. 그리고 다시 둘이서 시선을 맞췄을 때, 호세량이 손가락으로 자신의 옆머리를 빙빙 돌렸다. 아무래도 백무결이 문제점을 지적받은 충격에 미친 것 같다는 뜻이었다.

물론 주천양의 생각은 달랐다.

주천양은 백무결이 무엇을 얻었는지 알았다. 무인이 저리 기쁨을 주체하지 못할 일은 별로 없다. 그리고 이 시점에서 백무결이 저리 기뻐한다는 것은 단 하나를 뜻했다.

불가(佛家)에서는 돈오(頓悟).

도가(道家)에서는 득도(得道).

무가(武家)에서는 각성(覺醒).

흔히 깨달음이라 불리는 것을 얻은 것이다.

"푸헤헤헷! 이걸로 아주 기둥을 뽑아야겠구나!"

주천양은 경박하게 웃었다. 이걸로 하남백가에 가서 화요주로 코가 삐뚤어지게 마시고 목욕을 해도 당당할 수 있으리라.

"……?"

호세량은 상황을 이해하지 못해 고개를 갸웃거리고 있었다.

뜻하지 않은 기회로 자신의 무예를 다듬게 된 백무결은 기꺼운 마음으로 푸짐한 저녁을 시켰다. 그리고 자러 올라가서 침상을 치고 후회했다.

"돈, 끙!"

이제 정말 한계다.

주천양과 호세량은 정말 너무 많이 먹었다. 백무결이란 인간이 셋은 있어야 먹을 수 있는 양을 홀로 먹으니 생각했던 것 이상으로 돈이 쭉쭉 빠져나갔다. 이대로 가다가는 한 푼도 없는 거지가 그리 멀지 않았다.

안 된다. 그럴 순 없다.

백무결은 침상 위에 앉아 생각했다.

'무슨 일을 해야 돈을 벌 수 있을까?'

나무꾼처럼 나무를 베어 팔아야 할까? 아니면 시장 바닥을 돌아다니며 삯일거리라도 찾아야 하는 걸까? 사냥꾼처럼 짐승을 잡아다 가죽과 고기를 팔아야 할까?

"끙……."

답이 없다. 아니, 나무꾼을 할 수 있고, 삯일도 할 수 있고, 사냥꾼 역시 할 수 있으니 답이 없는 건 아니다.

문제는 저 일들을 하기가 싫다는 것이다.

사실 호세량과 어울려서 그렇지, 백무결은 어딜 내놔도 빠지지 않는 귀공자다. 고매한 인성, 풍부한 지식, 명문대가라 할 수 있는 집안 등, 그 누구와 비교해도 빠지는 것이 없으니까 말이다. 그러니 하찮다면 하찮은 일을 하기 싫을 수밖에.

그렇다면 할 수 있는 게 뭐가 있을까?

없다.

무공을 파는 낭인 짓도 뭘 좀 알거나 일이 있을 때 할 수 있다. 나름 귀하게 자란 백무결은 낭인에 대해 아는 것도 없어 어떻게 일을 얻는지도 모른다. 그 하기 싫은 하찮은 일을 제외하면 정말 할 수 있는 게 없다.

"하아……."

한숨이 깊어질 무렵, 주천양이 벌컥 문을 열고 들어왔다.

"백가야! 써라!"

그렇게 대뜸 외치며 백무결 앞에 종이를 펼쳐 놓고 먹을 듬뿍 먹은 붓을 손에 쥐어주었다.

"뭘 쓰란 말입니까?"

"네놈이 나에게 가르침을 받고 깨달음을 얻었다는 걸 써줘야 하남백가에 찾아가서 생색을 내든지 말든지 할 것 아니냐!"

"그걸 왜 지금……."

"망할 방주(幇主) 놈이 제 제자 좀 봐달라고 오라잖아. 어쩐지 밑에 애새끼들 기색이 수상하더라니, 다 이유가 있었어. 별 개뼈다귀 같은 놈이 왜 나를 오라 가라 하는지, 망할 놈. 지가 방주면 다야? 방주면 다냐고? 내가 한참 돌아다닐 때 빌빌거리

며 맞고 다니던 놈이 불쌍해서 한 수 가르쳐 줬더니 그 은혜 평
생 잊지 않겠다고 졸졸거리면서 따라다닐 때는 언제고, 이제
는 오라 가라야? 그래, 과거의 은혜는 어떻든 간에 지금은 방
주라 이거지? 개뼈다귀 같은 놈, 어디 한번 두고 보자."

"주, 주 대협?"

"아, 그냥 내가 어디 가볼 데가 생겼다는 말이다."

순식간에 쏟아지는 말을 다 받아들이지 못했지만, '망할 방
주 놈'이나, '개뼈다귀 같은 놈', '빌빌거리며 맞고 다니던
놈' 등은 분명 천 개의 그림자를 가진 거지[千影乞]라 불리는
현 방주임이 분명했다.

일단 못 들은 척하는 게 좋았다.

"아, 그럼 지금 써드리겠습니다."

백무결은 최대한 간결하게, 하지만 들어가야 할 내용은 모
조리 넣어 하남백가의 가주 앞으로 보내는 편지를 썼다.

말미에 백위정을 약 올리는 사족도 살짝 적어두었다. 그리
고 붓을 내려놓자마자 주천양은 종이와 붓을 챙겨 들고 후다
닥 빠져나갔다.

"백가야, 말아 처먹을 호가 놈한테 다음에 볼 때 기초를 제
대로 안 세워두면 죽는다고 말 좀 전해라! 그럼 난 간다!"

"……."

마르지도 않은 편지를 들고 사라져 버린 주천양의 모습에
백무결은 헛웃음을 지었다. 욕하면서도 방주의 명에 착실히
따르는 것이 눈에 보였기 때문이다.

그것보다…….

‘앞으로 밥값이 굳었군.’

부담스러워 미칠 것 같은 큰 입 하나가 떨어져 나갔다. 이제 조금이라도 더 오려 버틸 수 있는 기반이 마련되었다. 지금은 그걸로 족했다.

백무결은 웃었다.

“낙일? 당연히 찾아야지!”

백무결은 자신이 너무 설명을 빈약하게 했는지 의문을 가졌다. 천하와 적이 될 수 있다고 그렇게 위험성을 강조했는데, 조금도 망설이지 않고 찾는다니?

“호 형? 정말입니까?”

“당연히! 대대로 사문의 문주에게 전해진 검에서 나온 거니까, 찾는 게 문주의 의무 아니겠어?”

“문주의 의무입니까…….”

한숨이 절로 나온다.

뭐, 일인전승(一人傳承)을 전통으로 하는 문파도 엄연한 문파이니 문주라는 말이 틀린 것은 아니다. 하지만 문파도 문파 나름 아닌가?

“알겠습니다. 그럼, 소림사를 방문해 보는 건 다음 기회로 미루도록 하고 낙일을 찾아 호북(湖北)으로 가는 걸로 합시다.”

“오, 좋아! 가자고!”

그렇게 결정된 목적지 탓에 백무결과 호세량은 지금까지 왔던 길을 되돌아가야 했다.

낙일을 찾아가면서 백무결과 호세량은 바빠졌다.

앞으로 써야 할 돈이 태산인데, 가지고 있는 돈이 얼마 없으니 어쩔 수 없는 일이었다. 덕분에 백무결과 호세량은 최대한 인적이 드문 곳을 찾아다니며 사냥에 열을 올렸다.

백무결에게는 불행 중 다행하게도 호세량이 무두질을 할 줄 알았기 때문에 그저 가문의 경신법을 살려 사냥에만 열중하면 되었다.

그렇다고 백무결이 사냥하고 있을 때, 호세량이 노는 것은 아니었다. 백무결이 열심히 짐승을 쫓아다니고 있을 때, 호세량은 한쪽에서 가죽을 정리하거나 기초를 수련했다. 그리고 백무결이 사냥감을 가지고 돌아오면 가죽을 벗겨 무두질하고, 반대로 백무결은 한숨 돌리며 수련에 힘썼다.

그렇게 꽤 많은 거리를 움직였고, 질 좋은 가죽을 한 보따리씩 팔아 제법 돈을 만질 수 있었다.

그럴 때마다 호세량은 술 사달라고 노래를 불렀지만, 그 망할 놈의 술 때문에 가진 돈의 대부분을 날리는 경험을 한 백무결은 결코 술을 사지 않았다. 호세량만 마시면 된다고 하지만, 그건 그것대로 얄밉지 않은가? 그리고 뭔가를 살 때마다 악마 같은 호세량이 옆에서 다른 것도 사자고 유혹했지만 꿋꿋이 이겨내고 꼭 필요한 물건만 샀다.

‘정말 힘겨운 나날이었다.’

고기를 굽던 중 백무결은 그렇게 과거를 회상했다.

사실 다른 물건도 사고 싶은 건 호세량보다 백무결이 더 심했다. 풍족하게 살다 아끼면서 살아가는 백무결이 쭉 빈곤하게 살아온 호세량보다 편의를 찾는 건 당연했다. 그걸 참는 데 도움을 주진 못할망정 방해하는 호세량이니, 백무결이 곱게 볼 리가 없다. 덕분에 호세량은 쉴 틈 없이 기초를 빠르게 쌓아가고 있었다.

“아이고! 죽겠다, 죽겠어.”

“먼지 납니다. 고기에 먼지 묻으면 책임질 겁니까? 저리 가십시오.”

“끙! 너, 두고 보자.”

“저번에도 말했던 것 같습니다만, ‘나중에 두고 보자’ 한 사람치고 다시 두고 본 일이 없습니다. 그러고 보니 호 형도 저번에 ‘두고 보자’ 해놓고 지금까지 아무것도 안 했군요.”

기초 훈련으로 뻗은 호세량을 발로 밀어내며 백무결이 말했고, 호세량은 질질 밀려나며 이를 갈았다.

“오냐! 지금 두고 보자!”

“…….”

“…….”

침묵이 감돌았다.

호세량은 뻗은 자세 그대로 고개만 돌려 백무결을 노려보고만 있었고, 백무결은 기가 막혀서 아무 말도 못했다.

'그러니까, 지금 이게 두고 보는 거?'

분명히 맞다.

두고 본다는 건 '어떤 결과가 될지를 일정 기간 동안 살펴본다'는 뜻이니 틀린 말은 아니다. 하지만 이건 아니지 않는가?

"하아."

백무결은 결국 한숨과 함께 고개를 돌렸다.

"후훗, 이겼다."

호세량이 의기양양하게 말하자, 저절로 이가 갈렸지만 참았다. 굽고 있던 고기를 태울 수는 없었기 때문이다. 그저 이 일을 머릿속에 새겼다.

기필코 복수하리라!

"음?"

"왜 그래? 벌써 다 익었어?"

굳은 결심과 무관하게 열심히 고기를 뒤집고 있던 손이 멈췄다. 호세량은 침 흘리며 물었지만, 백무결은 대답없이 고개를 돌려 뒤쪽을 바라보았다. 그러다 어느 순간, 백무결의 눈매가 가늘어졌다.

'다가온다.'

처음에는 잘못 들은 줄 알았는데 제대로 들었다. 쇳덩이가 부딪치는 소리가 끊이지 않고 들렸다. 그것도 점차 소리가 커지는 것을 보아 이쪽으로 다가오고 있다. 백무결은 뻗어 있는 호세량을 살폈다.

좋지 않다.

고기에 눈을 떼지 못하는 것을 볼 때 힘이 남은 것 같지만, 실은 무리한 기초 훈련으로 당장 걸을 힘도 없다. 움직일 힘이 있었다면 보는 게 아니라 굽고 있었을 것이다. 주천양과 헤어진 이후 꾸준히 반복된 일상이었기 때문에 백무결은 그 사실을 쉽게 짐작할 수 있었다.

즉, 호세량은 지금 철저하게 짐이다.

'피해야 할까?'

그러기는 싫었다.

약관의 나이로 절정의 경지[絶頂之境]를 밟았다. 다른 절정 고수와 비교하면 내공이 부족할 것이 틀림없지만, 다른 것이 부족할 것이라고는 생각되지 않았다.

그러니…….

'물러서지 않는다.'

오히려 앞으로 나아가 이쪽으로 오지 못하도록 막는다.

"어! 야! 치사하게 혼자……."

"제가 오기 전까지 다른 곳으로 가지 마십시오."

백무결은 그리 말하며 굽고 있던 고기 중 하나를 입에 물었다. 그리고 나머지 하나를 호세량에게 대충 던지고 소리가 들리는 방향으로 달렸다.

뒤에서 '아악! 내 고기!' 하는 유쾌한 비명이 들렸지만, 여운을 즐길 겨를도 없었다.

절정에 오르며 정말 많은 것이 변했다.

검을 쥐는 법, 검을 휘두를 때 팔에 들어가는 힘의 정도, 발을 딛는 위치, 타격해야 할 지점이라 생각했던 곳. 지금까지 몸에 익혀왔던 거의 모든 것들이 전혀 다르게, 혹은 조금씩 변했다. 마치 자신이 아닌 것처럼.

그러나 변한 것에 의해 더 강해졌고, 오히려 더 익숙해졌으며, 더 효율적이었다.

지금 펼치고 있는 축환무주처럼.

한 걸음 내디딜 때마다 들어가는 내공과 육체적인 힘은 절정에 오르기 이전보다 줄었다. 눈에 띄게 준 것은 아니지만, 백무결은 줄었다는 걸 느낄 수 있었다. 그리고 한 걸음에 나아가는 거리가 늘어났다. 이전과 같은 힘을 쓴다면 전과 비교하기 미안할 정도로 빨라지리라.

'다 왔다.'

쉿소리가 앞을 가로막은 나무 뒤에서 들려왔다.

백무결은 검을 뽑아 들고 절정의 증거, 검기를 피워내어 앞을 가로막고 있는 나무들을 단번에 베어냈다.

시리도록 푸른 섬광이 번뜩이고, 다섯 그루의 나무가 요란하게 쓰러졌다.

백무결은 일단 멈춰 서서 그 모습을 지켜보았다.

부러진 나뭇가지들이 튀어 오르고, 진득한 수액이 나뭇잎과 함께 흩어졌다. 그 뒤로 붉은 옷을 입은 십여 명의 무사와 파란 옷을 입은 다섯 명의 무사가 검을 맞대고 이쪽을 바라보고 있었다.

백무결은 빠르게 그들을 살폈고, 뜻밖에도 아는 얼굴을 발견했다.

'남궁휘성(南宮暉晟)?'

현 남궁세가(南宮世家)의 가주 남궁휘정(南宮暉鼎)의 막냇동생이자, 철검십이식(鐵劍十二式)을 완벽하게 익혔다는 고수. 그리고 개인적으로 백위정과 호형호제(呼兄呼弟) 할 정도로 친해 백무결이 숙부라 부르는 사람이었다.

"무결? 무결이냐?"

"오랜만에 뵙습니다, 숙부님."

상황과 어울리지 않게 한가롭게 인사말을 주고받던 때, 붉은 옷을 입은 무사들은 강자로 보이는 백무결의 등장에 일단 뒤로 물러섰다. 그러자 남궁휘성과 같은 옷을 입고 있는 네 명의 무사는 자연스럽게 백무결과 합류하게 되었다.

"저들이 누구인지 아십니까?"

"모른다. 제갈세가(諸葛世家)로 향하던 중이었는데, 다짜고짜 공격하여 맞서 싸우는 중이었다."

"천하의 남궁세가를 건드릴 정도로 담대한 자들이군요."

내용은 고왔지만, 그 기세는 결코 가볍지 않았다. 그때, 붉은 옷을 입은 자들 중에 유난히 광대뼈가 도드라진 자가 나섰다.

"육합동맹(六合同盟)과 관계 없는 자라면 물러서라. 우리는 괜한 피를 보고 싶지 않다."

"육합동맹? 혹시 세가연합(世家聯合)을 말씀하시는 겁니까? 확실히 저희 가문은 육합동맹과 관계가 없습니다만, 여기 계신 철암검(鐵岩劍) 남궁 숙부님께서는 부친과 호형호제하는 분이시라 물러서지 못하겠습니다. 호의에 보답하지 못해 죄송합니다."

"권주(勸酒)를 마다하고 벌주(罰酒)를 들겠단 말이냐?"

"말하자면… 그렇게 되는군요."

"그래? 그럼 죽어라!"

붉은 옷의 사내는 말이 끝나기도 전에 검을 찔렀지만, 백무결은 한 걸음 물러서며 가볍게 검을 휘둘렀다. 제대로 된 초식은 아니었지만, 백무결의 검은 열파의 오의를 그대로 담고 있어 매우 무거웠다.

"큭!"

가볍게 부딪쳤음에도 듣기 힘든 굉음이 터졌고, 찌르려 했던 검이 옆으로 튕겨졌다. 사내가 검을 놓치지 않기 위해 안간힘을 쓰는 동안, 정면이 빈틈투성이가 되어 백무결은 가볍게 검을 찔렀다.

굉음이 다 사라지기도 전에 푹— 하는 작은 소리와 함께 백무결의 검이 사내의 심장을 관통했다.

백무결을 제외한 모두가 순식간에 심장을 찌른 검을 경악의 눈으로 바라보고 있을 때, 백무결은 검을 옆으로 휘둘러 몸을 갈랐다. 심장부터 왼쪽 겨드랑이까지 갈라진 사내가 폭포수처럼 피를 쏟아내며 쓰러지자 백무결은 자세를 바로잡았다.

"죽는 건 거절하겠습니다."

그 대답을 들어야 할 사람은 이미 황천(黃泉)으로 넘어갔다.

백무결은 시선을 돌려 어정쩡하게 서 있는 붉은 옷의 무리를 바라보았다. 아마도 위기에 빠진 동료를 도우려고 했던 모양인데, 도울 틈도 없이 죽어버린 탓에 당황한 것 같았다. 하긴, 놀랄 만도 했다. 고작해야 약관에 불과한 백무결이 이 정도로 고수일 것이라 누가 생각이나 했겠는가?

"계속하실 겁니까?"

"이, 뭐 하는 거냐! 저들을 죽여라!"

"하늘 밖[天外]의 힘을 보여라! 고작 남궁가의 애송이들이다!"

위축된 것을 극복하기 위해 사내들은 소리를 지르며 동시에 달려들었다. 어차피 싸우던 적이라 남궁세가의 무사들도 기세를 세우며 마주 덤볐다.

'천외(天外)?'

백무결은 처음 들어본 명칭에 미간을 찌푸리며 가장 앞서 검을 휘두른 자와 마주했다.

캉!

열파와 부딪친 검은 맥없이 튕겨났지만, 상대도 예상했는지 검을 따라 몸을 날려 이어진 백무결의 검을 피해냈다. 하지만 그래서는 절대로 열파를 이겨낼 수 없다.

열파는 하남백가의 모든 것이고, 무주형 또한 열파의 한 축이다. 백무결의 발이 무주형을 따라 바빠지며 허공에 떠 있던 적의 배후를 잡아냈다.

그걸로 끝이었다.

또다시 한 명을 베어버린 백무결은 다른 먹잇감을 찾아 검을 휘둘렀다.

이 사태는 중검법인 열파가 커다란 검에 의지하지 않게 됨으로써 벌어진 일이었다.

무림 전체에 걸쳐 무거운 기법은 커다란 무기로 펼친다는 게 상식처럼 잡혀 있어, 백무결이 하남백가의 사람이라는 것을 모르는 이상 평범한 장검으로 열파 같은 상승의 중검법을 쓴다는 사실을 알지 못한다. 그래서 일반적인 상식에 따른 힘으로 이를 막으려 하고, 압도적인 역도에 당황하여 빈틈을 보인다.

백무결로서는 따로 생각할 것 없이 그 빈틈만 공략하면 되는 것이다.

물론 상대도 바보가 아닌 이상 곧 중검법에 어울리는 힘으로 대항하겠지만, 열파는 세상에 널려 있는 그저 그런 중검법이 아니었다.

적이 힘으로 대항하려는 순간, 백무결의 검이 뱀처럼 기묘하게 움직여 전혀 예상치 못했던 옆면을 타격했다. 검을 아래로 내려칠 때, 옆에서 때리면 목표를 벗어나게 된다. 이와 같은 이치로 백무결을 노리던 검은 허공만 찔렀고, 백무결은 빠르게 검을 휘둘러 또 하나의 적을 베었다.

'강하다.'

수월하게 셋이나 베었지만, 백무결은 상대를 경시하지 않았다. 아니, 오히려 긴장했다.

셋을 벤 것은 실력이라기보다 어떻게 대항할 방법을 찾지 못한 괴물 같은 열파 때문이지, 역량의 차이가 아니라는 걸 알기 때문이다. 무엇보다 검을 맞부딪칠 때마다 적의 반응이나 역도 같은 것들이 약한 자들이 아님을 알려줬다.

그러니,

'열파에 대응할 방법을 찾기 전에 끝낸다.'

백무결의 몸이 바빠졌다.

분명 가볍게 휘두르는 것 같은데, 다른 사람과 달리 압도적인 힘을 지닐 수 있는 이유는 뭘까? 그것은 백무결과 백위정이 골몰하는 육체제어에 답이 있다.

겉으로 보기에는 남들보다 설렁설렁 움직이는 것 같지만, 실제로는 엄지발가락에서 시작된 힘을 조금도 소모시키지 않고 반대로 착실히 증폭시켜 검까지 전달하는 게 열파의 오의다. 당연히 남들보다 육체제어에 노력할 수밖에 없고, 무명공으로 인해 육체능력과 제어하는 것조차 다른 인간들보다 월등히 강력해진 백무결이 그 오의를 이용하면 상상 이상의 효과를 보게 되는 것이다.

현재 백무결은 이백 년간 한 성에서 최고의 위치를 지켰던 하남백가가 꿈꾸던 이상적인 조건을 갖췄다. 그런 백무결이 이 정도 무위를 발휘하는 건 어찌 보면 당연한 일이었다.

백무결을 상대하기 위해 붉은 옷을 입은 자들이 셋이나 달려들었다.

하나가 빈틈이 생기면 하나는 방어하고 나머지 하나는 공격

했다. 혹은 둘이 동시에 달려들어 빈틈을 드러낸 동료를 공격
하지 못하게 했다. 그러나 백무결의 검은 무거울 뿐만 아니라
빠르고 변화가 심해 셋이서는 제대로 감당할 수 없어 또 하나
가 합류해 고착상태에 빠지게 되었다.

이대로라면 시간만 끌게 된다.

백무결은 강하게 휘몰아치다 슬쩍 주위를 둘러보았다.

순식간에 셋이나 베었지만, 수는 여전히 붉은 옷을 입은 자
들이 많았다. 남궁휘성에게 셋이나 붙어 있으면서, 나머지 넷
에 붙어 있는 수는 다섯이었다.

'좋지 않다.'

이대로 시간만 보내면 절정에 올랐다 해도 죽어 자빠지는
것은 이쪽이다.

어떻게든 승부수를 띄워야 이길 수 있고, 백무결에게는 이
상황을 극복할 수 있는 비장의 한 수가 있다. 아니, 굳이 그 수
를 쓰지 않아도 부지런히 움직이면 얼마든지 극복할 수 있지
만 자랑하고 싶었다.

내가 절정에 올랐다고!

백무결의 눈에서 푸른 빛이 치솟았다. 그리고 연이어 쭉 뻗
은 검에서 푸른 검기가 피어올랐다.

"억!"

전혀 생각지도 못했던 검기의 등장에 백무결과 싸우던 네
명의 입에서 경악성이 터졌다. 그리고 그 직후 검기가 그들을
휩쓸었다.

“……”

“……”

격렬하게 부딪치는 주변과 다르게 백무결과 넷 사이에는 침묵이 내려앉았다. 그리고 그 침묵은 넷의 육체가 갈라지면서 짧게 끝났다.

피가 솟았다.

마치 지하에서 콸콸 솟구치는 지하수처럼 사방에 흩뿌려졌다. 백무결은 그 피에 젖으며 아직도 서 있는 하체를 밀어 쓰러뜨렸다. 그 순간, 격렬했던 주변이 조용해졌다.

“거, 검기……”

누군가의 중얼거림이 그들이 얼마나 놀랐는지 알려줬다. 그리고 그것은 남궁세가의 무사들에게 승리의 환호성이 되었고, 천외라는 곳에 소속된 무사들에게는 사신의 속삭임이 되었다.

“저들을 주살(誅殺)해라! 동료들의 원한을 갚아!”

“우오오오!”

남궁휘성의 외침에 남궁세가의 무사들은 격한 함성을 지르며 몰아쳐 갔다.

순식간에 상황이 역전되었다.

백무결이 손을 더하지 않았음에도 당하고만 있던 남궁세가 사람들이 이번에는 적들을 몰아치고 있었다. 이대로 가만있어도 이길 수 있는 상황이 되었지만, 홀로 고기를 뜯으며 희희낙락하고 있을 호세랑을 생각하면 빨리 돌아가 봐야 할 것 같아 백무결은 싸움에 뛰어들었다.

남궁휘성을 도와 순식간에 셋을 쓰러뜨리자, 넷을 상대로 싸우고 있던 자들의 손발이 어지러워졌다. 그때 남궁휘성이 분노를 터뜨리며 달려들었고, 붉은 옷을 입은 자들은 금세 피를 쏟아내며 쓰러졌다.

상황은 곧 정리되었다.

"정말 고맙구나. 적이 너무 많아 이곳에서 뼈를 묻는가 싶었는데, 네 도움으로 적들을 물리쳐 죽은 이들의 원한을 갚았다. 뭐라 감사해야 할지 모르겠구나."

"괜찮습니다. 숙부와 조카 사이 아닙니까. 당연히 해야 할 일을 한 것뿐입니다."

"아니다. 정말 네가 아니었다면 죽어서도 눈을 감지 못할 뻔했다."

이런 공치사는 별로 달갑지 않았다. 백무결은 말을 돌렸다.

"그런데 육합동맹은 무엇입니까?"

"아, 네가 말했듯 세가연합이다. 정확히 말하자면 한 고수를 주축으로 새로이 뭉쳐 육합동맹으로 이름을 바꿨을 뿐이지."

"고수? 가주님이십니까?"

"아니, 전혀 다른……."

그때 백무결이 뒤쪽으로 고개를 돌렸고, 그 모습을 멀뚱히 지켜보던 남궁휘성도 뭔가를 느꼈는지 표정을 굳히고 고개를 돌렸다. 심상치 않은 모습에 남궁세가의 무사들이 긴장하고 있을 때, 그들이 모습을 드러냈다.

"으음……."

백무결은 신음했다.

새로 모습을 드러낸 자들은 총 열세 명이었는데, 그 차림새가 바닥에 쓰러진 자들과 유사했다. 붉은 옷과 오른쪽 어깨에 수놓아진 글자 비(秘)까지 같았다. 앞서 상대한 자들과 비슷한 실력으로 보여 크게 걱정할 사태는 아니지만, 문제는 그들이 나타난 방향이었다.

처음 자신이 나무를 베며 난입해 온 방향이었다.

저 방향에는 호세량이 있다, 육체가 고단해 걷는 것조차 힘들어하는 호세량이. 저들이 호세량과 만나 해하려 했다면, 이미 이 세상 사람이 아니리라.

저들이 뽑아 든 검에 묻은 피가 그것을 증명하고 있었다.

"남궁가의 찌꺼기 주제에 감히 동(洞)의 무사를……."

"이곳에 오면서 사람을 해쳤습니까?"

"사람? 그딴 것은 사람이라 부르지 않는다, 버러지라 부르지."

"버러지라……."

몸이 떨렸다.

참기 힘든 분노에 이성을 잃을 것 같아 백무결은 이를 악물었다.

"그럼 알아두십시오, 당신들이 죽는 건 그 버러지 때문이라는 걸."

말이 끝나기가 무섭게 질풍처럼 달려가 검을 뽑았다. 발검(拔劍)과 함께 시리도록 창백한 푸른 검기가 피어올라 긴 선을 그었다. 그 선의 자취가 사라지기도 전에 마치 장난처럼 하나의 머리가 허공으로 떠올랐다.

동시에 백무결은 검을 회수해 목 없는 몸을 지나 붉은 옷의 사내들 사이로 난입했다. 그들은 빠르게 반응해 자신들이 강하다는 것을 알려줬지만, 백무결이 더 빠르고 정확히 움직였다.

백무결의 몸을 노리고 찔렀던 검은 허공만 가로질렀고, 검들 사이로 몸을 비틀면서도 정확히 열파를 펼쳐 사방에 피를 뿌렸다.

순식간에 한 명을 죽이고 세 명에게 중상을 입혔지만, 백무결은 사방에서 포위당했다. 위기의 순간이었으나, 이곳에는 백무결만 있는 것이 아니었다.

"무결을 도와라!"

남궁휘성의 외침과 함께 남궁세가의 무사들이 검을 휘두르며 싸움에 합류했다. 백무결을 포위하고 절정고수를 잡았다고 희희낙락하던 자들은 멍청하게 미처 생각지 못했던 공격을 당해 대지에 피를 뿌렸다.

안쪽에서 상처 입은 호랑이처럼 날뛰는 백무결과 밖에서 공격해 오는 남궁세가의 무사들 탓에 붉은 옷을 입은 자들의 피해가 순식간에 커졌다.

중상을 입은 세 명은 진작 죽어 쓰러졌고, 나머지도 빠른 속도로 죽어나갔다. 비록 백무결처럼 절정에 오르지는 못했지만, 남궁휘성은 결코 만만한 고수가 아니었다.

그런 고수가 철저하게 빈틈만 노려 공격하니 버틸 재간이
없었다. 거기다 안쪽에서 날뛰는 백무결의 검에 실린 역도를
이겨내지 못해 빈틈이 드러나니, 사방에 퍼져 기회만 노리는
남궁세가의 무사들에게는 좋은 사냥감에 지나지 않았다.

"컥!"

결국 마지막 남은 자는 백무결의 검에 등을 베이고, 남궁휘
성의 검에 목이 날아가는 것으로 죽음을 맞이했다.

"하아……."

한숨과 함께 검에 묻은 피를 소매로 닦아낸 백무결이 급히
말문을 열었다.

"숙부님, 일행이 있어 더 이상 함께하지 못할 것 같습니다."

"허, 뭐라 감사의 말도 하지 못했는데 가려느냐?"

"예. 친구가 거동이 불편해 혼자 두고 와서, 빨리 가서 살펴
봐야 할 것 같습니다."

뒤에서 듣고 있던 남궁세가의 무사들은 안타까운 표정을 지
었다. 절정고수인 백무결과 함께 움직인다면 마음이 든든할
텐데, 저리 말하니 어쩔 수 없었다. 그렇다고 따라가자니 황급
히 움직이느라 챙기지 못한 동료들의 시신이 마음에 걸렸다.

남궁휘성도 같은 생각이었는지 마지못해 고개를 끄덕였다.

"알았다. 네가 그리 말하는데 어쩔 수 없지. 우리도 동료들
의 시신을 수습해야 하니 함께하지 못하겠구나. 하지만 조만
간 시간을 내어 육합동맹에 방문하겠다고 약속해라. 나를 은
혜도 모르는 호래자식으로 만들 생각이 아니라면 말이다."

"꼭 찾아뵙도록 하겠습니다."

백무결은 남궁휘성 뒤쪽에 자리한 무사들에게도 인사했다.

"부디 그때까지 보중하십시오."

그리고 대답도 듣지 않은 채 바람처럼 달려갔다. 그 모습을 뒤쫓던 무사 중 하나가 무언가를 깨달았는지 신음을 흘렸다.

"왜 그러느냐?"

"저 방향, 방금 적들이 들이닥쳤던 방향입니다."

"그래? 저놈이 서두르는 이유가 있었구나. 그럼 우리도 돌아가도록 하자. 동료들의 시신을 짐승 먹이로 놔둘 수는 없지 않느냐."

"예."

남궁휘성과 그 부하들은 경미한 부상을 대충 치료하고 왔던 방향으로 돌아갔다. 부하들은 뭐가 그리 아쉬운지 백무결이 사라진 방향을 힐끔힐끔 보았으나, 성큼성큼 앞서가는 남궁휘성의 뒤를 따라가는 수밖에 없었다.

그렇게 그곳에는 시체만 남게 되었고, 한참 후 피비린내를 맡은 짐승들이 하나둘씩 모여들었다.

'없다.'

예상했던 것과 다르게 아무도 없었다. 시체가 되어 나뒹굴고 있을 호세량이 없었고, 혹시나 지키고 있을지도 모르겠다고 예상한 붉은 옷의 사내들도 없었다. 어수선하게 붉은 옷의 사내들이 지나갔다는 흔적만 남아 있을 뿐 모아둔 가죽이나 봇짐조차 그대로 있었다.

호세량만 없을 뿐이다.

근처 어디에도 피를 본 흔적은 없다. 물론 피를 보지 않고 죽이는 방법은 얼마든지 있지만, 그들이 죽이고 친절하게 시체까지 치워줬을 것이라 생각하기 힘들었다. 그렇다면 어딘가에 살아 있을 가능성이 컸다.

'죽지 않았다.'

희망적인 가능성을 떠올리자 긴장이 절로 풀렸다.

"찾기만 해봐라. 날 놀라게 한 대가를 톡톡히 치르게 만들 테다."

호세량이 앞으로 치러야 할 대가를 열심히 궁리하며 한결 가벼워진 발걸음으로 백무결은 주변을 살폈다. 어디선가 그가 뒹굴고 있을 것이라 생각하며.

하지만 호세량은 보이지 않았다.

하루가 지나고 또 하루가 지나는 동안 주변을 돌아다니며 찾았음에도 불구하고.

＊　　＊　　＊

"아, 저 치사한 놈! 후! 후!"

바닥에 떨어진 고기를 향해 뒹굴뒹굴 다가가 묻은 먼지를 불어내며 호세량은 쉴 새 없이 투덜거렸다.

분명 제대로 줄 수 있었음에도 바닥에 던진 것은 치졸하게 짝이 없는 복수인 게 분명했기 때문이다. 그렇다고 투덕거리 며 다투기엔 실력이 원체 모자라니 입으로 투덜거리는 것밖에 답이 없었다.

그렇다고 달콤한 복수를 잊을 호세량이 아니다. 무슨 수를 써서라도, 방법이 정 없다면 팔아야 할 가죽에 상처를 내서 벌 돈을 떨어뜨려서라도 복수하고 말리라.

일단 그때는 그때고, 지금은 부지런히 먼지를 털어야 했다.

"아, 이놈의 기름! 이걸 어째!"

고기에서 배어 나온 기름에 묻은 먼지나 모래가 잘 털리지 않는다.

호세량은 시무룩해져 고기를 바라보다 다시 한 번 굳게 복 수를 다짐한 다음 핥아서 떨어뜨릴 수 있는 먼지나 모래를 제 거하고 한입 베어 물었다. 처음에는 그럭저럭 괜찮았는데 퍼 석한 모래가 씹이자 얼굴을 찌푸렸다.

"아! 진짜 치사한 놈! 더러운 놈! 온갖 착한 척 다하면서 더 럽게 뒤끝 있는 놈! 내 오늘의 수모를 잊지 않겠다!"

하루에도 몇 번씩 하는 맹세를 다시 한 호세량은, 그래도 버 릴 수 없어 어쩔 수 없다는 표정으로 맛있게 고기를 씹었다.

"우물우물. 음, 좀 덜 익었지만 먹을 만하네."

백무결이 들었으면 또 한바탕 수모를 겪었을 소리를 태연히 하며, 커다란 고기를 순식간에 끝장낸 호세량은 몸을 뒤집어 하늘을 보았다.

"아, 모자라."

백무결이 먹은 양의 두 배는 먹은 호세량이 내뱉을 말은 아니었지만, 그는 정말로 먹은 양이 부족했다.

호세량이 익힌 천계란 내공심법은 본디 세 개의 심법을 익혀야 진정한 하나[三功一體]가 되는 특수한 것이었다.

육체를 다듬어 완벽하게 만들어주는 인계(人階)와 완성된 육체를 바탕으로 큰 힘을 불러일으키는 지계(地階), 큰 힘을 자신의 손발보다 섬세하게 다룰 수 있게 만드는 천계가 바로 그 요소다.

호세량의 문파 일정문(日鼎門)은 본디 세 개의 내공심법을 다 보유하고 있었지만, 어느 순간부터 하나씩 유실되어 천계만 남게 되었다. 세 개가 모여 하나가 되는 공부가 하나만 남았으니 제대로 될 리가 없었다.

사실 일정문은 처음부터 일인전승의 전통을 지닌 문파가 아니었다.

일정문의 문도가 백이 넘을 때, 크나큰 사건으로 입문한지 얼마 되지 않은 일부 제자를 제외한 모든 문도가 몰살하며 구전(口傳)되던 인계가 사라지게 되었다. 그래서 새로이 일정문을 잇게 된 문주와 갓 입문한 제자들은 혹시라도 있을지 모를 인계의 비급을 찾는 한편, 인계 없이 빈틈을 메울 수 있는 방법을 연구했다. 그러나 일정문의 악재는 그것만이 아니었다.

고수의 몰살과 인계의 유실로 지계와 천계가 제 역할을 하지 못해 세력이 밑도 끝도 없이 위축되기 시작했다. 그 탓에 제대로 배우지 못한 제자들은 외부의 압력에 뭉쳐 대항하는 것보다 일정문을 등지고 떠나는 것을 선택했다.

그 후 유일하게 남은 제자가 문파를 이어가기 시작한 것이 현재 호세량이 일인전승의 문파라 생각하게 된 이유였다. 그 와중에 세 다리 중 또 하나의 다리인 지계가 유실되며 일정문의 문주들을 압박했다.

몇 대가 거쳐 노력한 끝에 인계 없이도 완벽한 육체를 만드는 데 성공했지만, 그 완벽한 육체도 지계가 없으니 쓸모가 없었다. 비로소 그 사실을 깨달은 선대 문주가 지계를 찾아 세상을 떠돌았지만, 이미 사라진 지 백여 년이 지난 지계가 모습을 드러낼 리 없었다.

절망에 빠진 문주는 실의에 빠져 의욕을 잃었으나, 다행히 그 제자가 인계를 대신할 수신단결공(修身端潔功)과 천계, 일정문의 절기인 자성검법을 이어나갔다.

수신단결공은 과거 인계처럼 완벽에 가까운 육체를 만들어 주나, 그를 유지하는 데 기를 이용하는 인계와 다르게 먹는다는 행위를 매우 중하게 여긴다. 이때 신기한 것은 몸에 탁기(濁氣)를 쌓이게 만드는 육류 같은 음식을 가리지 않는다는 점이다.

덕분에 호세량을 비롯해 수신단결공을 익힌 역대 문주들은 보통 사람과 비슷한 몸매를 가졌으면서도 먹는 양은 월등히 많았다.

그런 상황의 호세량이니 보통 사람보다 적게 먹는 백무결의 두 배를 먹는다 하여 배부를 수가 없었다. 백무결의 입장에서는 '사람의 탈을 쓰고 어떻게 저리 먹을 수 있어!' 겠지만, 호세량의 입장에서는 '고작 이거 먹고 간에 기별이라도 가겠어?'인 것이다.

그런 이유로 호세량은 배가 고팠다.

"배고파. 배고파. 배고파."

쉴 새 없이 중얼거리며 땅바닥에서 먼지가 묻든 말든 신경 쓰지 않은 채 뒹굴기에 여념이 없던 호세량이 커다란 바위에 딱 부딪쳤다.

평평한 곳에서 구르고 있었기 때문에 아프지는 않았지만, 왠지 기분이 나빠진 호세량은 바위를 뚫어지게 노려보았다. 그리고 딱 붙은 상태에서 바위의 아래위를 살피며 누워 있는 상태로 다리를 건들거렸다.

"뭐 이런 백무결 같은 놈이 다 있어? 확 박살… 어?"

되지도 않는 말을 중얼거리다 보고 말았다. 바위 밑 부분, 이렇게 누워 있지 않다면 볼 수 없는 위치에 적혀 있는 네 글자.

출입지사(出入之死).

"들어오면 죽는다? 어떻게 들어가는지 알려줘야 들어가서 죽든지 말든지 할 거 아니야? 뭐 이렇게 불친절한 게 다 있어?"

말은 이렇게 했지만, 호기심이 강한 호세량의 손은 바위를 더듬으며 혹시라도 있을지 모르는 뭔가를 찾고 있었다. 그리고 시선이 닿지 않은 곳에서 움직이고 있던 손이 무언가를 눌렀다.

"어?"

덜컥!

그 순간, 바위가 들리고 땅이 꺼지며 호세량을 삼켰다. 그리고 잠시 후, 별다른 소음도 없이 꺼졌던 땅이 솟았고, 바위가 제 위치를 찾아 내려앉았다.

얼마 후, 붉은 옷을 입은 자들이 급하게 지나갔고, 피로 흠뻑 젖은 백무결이 돌아와 호세량을 찾았으나 사흘이나 지나도록 찾지 못했다.

우당탕탕!

"아아아악!"

땅이 꺼지며 생긴 꼬이고 꼬인 내리막길을 따라 신나게 구르게 된 호세량은, 몸을 멈추고 나서도 움직일 수가 없었다. 가뜩이나 근육통으로 쑤시던 몸이 격렬하게 구르며 이리저리 부딪치니 미칠 것처럼 아팠기 때문이다.

물론 칼에 찔리거나 뼈가 박살 나는 고통에 비교할 수는 없겠지만, 아직 그런 고통을 느끼지 못한 호세량에게는 이 정도로도 정신을 못 차릴 정도로 충분히 아팠다.

고통으로 몸을 들썩거리기를 아홉 번째가 되었을 때, 저쪽에서 우르릉 하는 둔탁한 소리가 들려왔다. 그리고 한쪽 벽이 열리며 '혈룡의 후예는 공부를 얻을 수 있다[血龍之裔得功]' 라는 글자가 드러났다. 하지만 고통에 정신이 팔린 호세량은 그 사실을 알지 못했다.

"아파! 아파! 아씨! 백무결 같은!"

한참 동안 발광하다 진정한 호세량은 일단 몸을 일으켰다.

"여긴 뭐야?"

분명 땅속으로 굴러떨어졌는데 주변은 낮처럼 밝았다. 주변을 두리번거리다 위를 올려다본 호세량은 이유를 알 수 있었다.

"오, 돌이 빛난다."

그것도 한두 개가 아니었다.

앞으로 쭉 뻗은 통로를 따라 일정한 간격으로 빛나는 돌[夜明珠]이 박혀 있었다.

야명주가 뭔지 몰랐지만, 왠지 모를 돈 냄새가 짙게 풍기는 것 같아 호세량은 통로를 따라 걸어가며 착실하게 야명주를 파내어 챙겼다.

열다섯 개의 야명주를 챙겼을 때, 통로는 두 갈래로 갈라졌다.

혈룡의 깨우침[血龍之覺]

깨우침의 근본[覺之根本]

두 통로의 이름이었다.

"혈룡지각(血龍之覺)과 각지근본(覺之根本)이라? 뭐지, 이것

들은?'

호세량은 그제야 이 공간의 심상치 않음을 알 수 있었다.

'하기야, 땅속에다 이런 걸 넣어놨는데 평범하다 말하면 이 상한 거겠지?'

그런 생각을 하며 호세량은 신중하게 두 통로를 살폈다. 그 리고 이내 결심했는지 아픈 몸을 이끌고 '각지근본' 이라 쓰인 통로로 들어갔다. 이는 어디까지나 '근본(根本)' 이란 단어를 좋아했던 전대 문주의 취향 탓이다.

"와, 많다."

가장 먼저 호세량을 반긴 것은 쾌쾌한 냄새였다. 그리고 세 개의 야명주가 함께 박혀 있어 통로보다 밝은 공간과 그 벽면 을 가득 메운 책들이었다. 호세량은 머리털 나고 이렇게 많은 책을 지금껏 보지 못했다.

한참을 두리번거리며 책을 살피던 호세량의 관심이 시들해 졌다.

"뭐야, 이건? 삼합귀정(三合歸正)? 얼씨구? 대라강기(大羅剛 氣)? 삼양신공(三陽神功)? 허어, 대승범천신공(大乘凡天神功)도 있네?"

하나같이 황당하기 짝이 없는 이름이 적혀 있었다.

제일 처음 본 삼합귀정은 모르겠으나, 대라강기와 삼양신공 은 무당검파(武當劍派)의 이름 높은 신공절학(神功絶學)이다. 그리고 대승범천신공은 백무결과 함께 방문하기로 결정했던 소림사의 신공절학 아닌가? 그런 신공절학이 이곳에 있을 리가 없다!

호세량은 '각지근본' 이란 공간 자체에 흥미를 잃고 돌아가려고 했다.

바닥에 떨어진 책을 보지 못했다면 말이다.

"지계? 지계라고?"

곧 부스러질 것 같은 책자에 적혀 있는 두 글자.

지계(地階).

호세량은 저도 모르게 떨리는 손으로 책을 들었다. 그리고 조심스럽게 책을 펼쳐 내용을 살피기 시작했다.

"진짜다! 진짜 지계다!"

격한 감동에 몸을 떨면서도 호세량은 지계를 읽는 것을 멈추지 않았다. 일정문의 문주들이 얼마나 애타게 찾아 헤맸던 지계인가! 그토록 찾아도 보이지 않던 지계가 이런 지하에 묻혀 있을 줄 누가 알았겠는가!

몇 대에 걸친 숙원을 풀게 된 호세량은 배고픔도 잊고 지계를 읽고 또 읽었다. 그리고 몇 번이나 읽었는지 모르겠지만, 그 내용을 모조리 외운 다음 다른 책들에 관심을 가졌다.

지계가 진짜라면 다른 책도 진짜일 수 있었다.

호세량은 지계를 잘 챙긴 다음, 다른 책을 꺼내 들어 읽기 시작했다.

한 번에 머릿속에 꽂히는 것처럼 들어오는 책도 있었고, 아무리 읽어도 무슨 내용인지 짐작조차 가지 않는 심오함을 넘어 괴상한 책도 있었다. 처음 접해보는 이 신기한 세계에 푹 빠져 호세량은 시간과 배고픔을 잊었다.

"하아……."

한숨과 함께 삼양신공을 덮자 현실이 호세량을 흔들었다.

꼬르르르륵!

텅 비어 굶주림을 호소하는 배와 터질 것처럼 아파오는 오줌보와 당장에라도 뚫릴 것 같은 뒷문이 호세량을 자극했다.

"허억!"

꿈에서 깨어나니 현실이랄까.

호세량은 비척비척 일어나 일단 통로로 나갔다. 그리고 통로가 갈라지는 곳까지 가다가 더 이상 참지 못하고 요란한 소리와 함께 모조리 쏟아냈다.

"하, 살 것 같다."

무당의 신공절학 삼양신공의 비급으로 뒤처리를 한 호세량은 다시 각지근본으로 들어가려다 배고프다 못해 아파오는 배를 움켜쥐었다. 아무리 무공이 좋아도 일단 먹어야 살 수 있을 것 같았다.

처음 들어왔던 길을 돌아가기보다 혹시나 싶어 혈룡지각 안으로 들어가게 된 호세량은 넓은 공간과 그 중앙에 놓인 여러 권의 책, 작지만 금으로 만들어진 상자 네 개를 볼 수 있었다.

무공은 얼마나 지났는지 모를 시간 동안 많이 봤기에 호세량은 책을 팽개치고 네 개의 상자를 모두 열었다.

"이게 뭐야? 도라지? 무? 이건 물이고, 이게 벽곡단(僻穀丹)이라는 건가?"

각 상자를 열어 들어 있는 물건들의 정체를 보고 호세량은 실망했다.

호세량이 실망한 내용의 진정한 정체는 이랬다.

도라지라 불렀던 것은 천년삼왕(千年蔘王)으로, 제대로 복용하면 엄청난 내공을 얻을 수 있는 귀물이었다.

무라 불렀던 것은 천년하수오(千年何首烏)로서, 이 역시 제대로 복용하면 엄청난 내공을 얻을 수 있는 귀물이었다.

물이라 불렀던 것은 공청석유(空淸石乳)로서, 어떤 바탕을 가진 내공이라도 효능을 볼 수 있어 세상에 나타났다가는 피바람을 불러일으킬 보물이었다.

마지막으로 벽곡단이라 불렀던 것은 설명이 필요하지 않은 소림사의 보물 중의 보물 대환단이었다.

이 네 가지 영약(靈藥)을 취한다면 수십 년간 내공만 쌓은 사람보다 많은 내공을 얻을 수 있었다.

백무결이 이중에 하나라도 얻었다면 천지신명께 감사했겠지만, 호세량은 그 대단한 천년삼왕을 도라지라 부르고 천년하수오를 무라고 부르는 등 만행을 저질렀다.

백무결이 이를 알았다면 영약들에게 사과하라고 멱살을 쥐었을 것이다. 그러나 영약들에게는 불행하게도 이곳에는 호세량밖에 없었다.

"일단 이거라도 먹어야겠다."

다른 무림인들이 알았다면 무슨 수를 써서라도 죽였을 소리를 태연히 내뱉으며 호세량은 일단 대환단을 삼켰다. 맛을 느낄 틈도 없이 꿀꺽 삼키고, 그다음으로 천년삼왕을 씹었다. 쓰디쓴 천년삼왕을 다 먹은 후 천년하수오를 먹었다.

"이건 도라지보다 먹을 만하네."

이게 입가심으로 공청석유를 마시면서 내뱉은 말이었다.

"오? 신기하네? 고작 이거 먹었는데 배가 부르네?"

평소라면 입맛만 버렸을 양을 먹고서도 이상하게 배가 불렀다. 생각지도 못한 상황에 호세량은 만족하며 쭉 뻗어 배를 토닥이며 여유를 즐겼다.

그 여유는 금방 끝났다.

포근한 기운이 순식간에 치솟자 호세량은 화들짝 놀라 일어나 앉았다. 그리고 본능에 따라 가부좌를 틀고 앉아 기운을 제어하려고 했으나, 호세량이 가지고 있던 쥐뿔만 한 내공으로 제어할 수 있는 크기가 아니었다.

천계로 낑낑거리며 노력하다 뭔가 떠오르는 것이 있어 지계로 바꾸니 포근한 기운이 순식간에 불어났다. 불어난 기운이 막혔던 혈도를 뚫고, 시냇물보다 가느다란 길을 개천처럼 넓히며 온몸을 돌아다녔다. 그러기를 한참 후, 탈진할 것 같은 노력 끝에 포근한 기운은 어느새 지계의 기운으로 바뀌어 단전에 자리 잡았다.

드디어 끝났다고 한숨을 쉴 찰나, 온몸을 태울 것 같은 뜨거운 기운이 치솟았다. 그 뒤를 이어 온몸이 얼어붙을 것 같은 차가운 기운도 치솟았다. 이 둘은 좁은 호세량의 몸을 전장 삼아 싸우기 시작했다.

두 기운이 부딪칠 때마다 까무러칠 것 같은 고통이 뒤따랐지만, 호세량은 필사적으로 정신을 지켰다. 하지만 호세량의 바람과 다르게 두 기운은 점차 커지며 싸워댔고, 호세량은 한계를 넘어 정신을 잃으려 했다.

그때 포근한 기운이 일어나 두 기운을 화해시키고, 온몸을 돌며 내상을 입은 육체를 진정시켰다. 그리고 모든 내상을 치유시키고도 몸을 돌던 기운은 이내 호세량의 몸을 재구성하기 시작했다.

뼈가 어긋났다가 진정한 제 위치를 찾았으며, 피부가 노릇노릇하게 익더니 벗겨져 깨끗한 속살을 내밀었다. 피부가 익을 때 털도 모조리 타올랐다가, 마지막 기운이 몸 안을 돌 때 무럭무럭 자라났다.

환골탈태(換骨奪胎)!

절대의 경지[絶對之境]에 오른 자들만 겪는다는 기적을 호세량이 겪고 있었다.

이 기적은 그 누구도 알지 못하는 동안 이루어졌다. 기적을 겪고 있는 호세량조차 마지막 기운이 솟아오를 때 이미 정신을 잃었기 때문이다.

그렇게 아무도 모르는 기적이 일어났다.

第五章
일월지연(日月之緣)

일월쟁명

이상하게 죽었다고 생각되지 않는다.

지난 사흘 동안 주변을 꼼꼼하게 살펴보았지만, 스스로를 '동(洞)의 무사' 라 칭했던 자들과 싸웠던 흔적 외에 어떤 흔적도 발견되지 않았다. 적어도 그때 싸웠던 자들 외의 핏자국은 발견되지 않았다.

그게 살아 있다는 증거가 될 수는 없지만, 백무결은 호세량이 죽었을 것이라고 도저히 생각되지 않았다.

'살아 있을 거야. 분명.'

그렇게 생각하면서도 불안했다.

호세량의 실력은 그 누구보다 잘 알고 있다.

그 생각하기도 싫은 기묘한 기운이 있지만, 그건 내공을 사용하지 않았을 경우의 일이다. 내공을 사용하는 자가 적일 경우, 호세량의 본 실력은 어디까지나 삼류, 그것도 꽤 높게 잡아 줘야 그랬다. 어디선가 눈먼 칼에 맞고 죽었다는 소식을 들어도 이상하지 않을 실력. 그런 실력을 가진 호세량이 갑자기 사라졌으니 불안한 것은 당연했다.

'살아 있을 거야. 분명.'

다시 한 번 마음속으로 중얼거리며 백무결은 짐을 챙겼다.

호세량이 어딘가에 살아 있다면, 낙일을 찾을 것이라 생각되었다.

낙일을 찾는 것이 문주의 의무라 말하고 다녔으니까. 그렇다면 이곳에서 마냥 시간을 죽이는 것보다 한발 먼저 낙일이 있는 곳으로 가 어슬렁거리며 올 호세량을 기다리는 게 나았다. 사냥으로 모은 가죽으로 충분한 돈을 벌었으니, 한곳에 정착하여 급성장한 무공을 가다듬을 필요가 있다.

그렇게 계획하고 백무결은 가죽을 챙겨 길을 떠났다.

그 뒤에 남은 것은 나무에 새겨진 네 글자.

다시 보자[再見].

무한(武漢).

호북(湖北)으로 향하는 여정은 편안했다. 그리고 심심했다.

항상 시끄럽게 떠들면서 귀찮게 했던 호세량이 없자, 여유가 넘쳐 주변 풍광을 감상하다 마음이 동하면 신나게 검을 휘두르고 다시 나아가는 단조로운 시간이 흘러갔다.

홀로 세상을 주유한다는 것이 이렇게 지루하다는 걸 미처 알지 못했던 백무결은 시간이 지날수록 커지는 호세량의 빈자리를 느낄 수밖에 없었다.

시끄럽고, 엉뚱하고, 점잖지 못하고, 이것저것 참견하기 좋아하는 호세량.

조용하고, 상식적이고, 점잖고, 사리 판단이 올바른 백무결.

누가 봐도 전혀 다르고, 같은 것이라고는 지기 싫어하는 성깔밖에 없음에도 잘 어울릴 수 있었던 것은 너무 달랐기 때문일까?

자신도 모르는 사이에 마음속에서 너무 크게 자리한 호세량을 떠올리며 백무결은 슬쩍 웃는 일이 많아졌다. 그러다 답답해지면 목이 터져라 고함지르고, 다리가 후들거릴 정도로 신나게 내달렸다. 또한 인적이 드문 산속으로 들어가 신나게 검을 휘두르며 자신과 열파를 가다듬었다.

그러다 보면 호세량에 대한 생각이 슬쩍 옅어졌다가 밥을 먹을 때가 되면 어김없이 다시 떠올랐다.

"고작 그거 먹고 어떻게 살아 있냐?"

"이게 사람이 먹을 양이냐!"

"아, 좀 빨리빨리 구워봐! 넌 지금 고기를 굽고 있는 거지, 돌을 굽고 있는 게 아니라고! 고기 먹으려다 뱃가죽이 등에 달라붙겠다!"

한 끼를 때울 때마다 요란하게 다퉜던 기억들.

더 내놔라, 이걸로는 못 버틴다, 나를 굶겨 죽이려고 작정을 했느냐 등 호세량이 고래고래 소리치면, 능력껏 사냥해 오면 먹게 해준다, 충분히 버틸 수 있다, 당신이 나보다 두 배는 더 먹는데 어떻게 굶어 죽느냐 등 마주 소리쳤던 자신.

지금 생각해 보면 웃기기만 하다.

'왜 그랬을까?

분명 사소한 것에 민감한 성격이 아니지만, 이상할 정도로 사소한 것까지 치열하게 대립했다. 그리고 그 대립에서 승리하면 아이처럼 기뻐했고, 패배하면 땅이 꺼져라 한숨을 내쉬었다. 그것은 호세량도 마찬가지여서, 둘은 너무 다르면서도 닮은 모습을 쭉 보였다.

백무결은 그리 멀지도 않은 과거를 회상하며 그 사실을 알았다.

'그러고 보니 호 형이 끼리끼리 어울린다고 했던가?

지금 생각해 보면 맞는 말이다.

기본적인 외형이나 생활양식은 너무나 다르지만, 사소한 것에 집착하거나 유치한 말로 다투는 걸 보면 너무나 닮았다.

호세량과 어울리지 않았다면 평생 알지 못했을 사실.

하남백가의 소가주로서 타인을 대하는 데 그 위치에 걸맞은 예의를 갖춰야 했다.

본성을 감추고 위치에 어울리게 대범한 척해야 했고, 자신의 사소한 것보다 타인과 집단을 위한 큰 것을 생각해야 했다.

말투도 점잖게 사용해야 했고, 행동할 때 타인에게 어떻게 보일지도 생각해야만 했다.

그건 백무결이란 인간이 아니었다.

하남백가의 소가주일 뿐이었다.

그 사실을 이제야 알았다.

'난 백무결이다.'

처음으로 하남백가의 소가주가 아니라 백무결이란 개인이 드러났다.

그건 지금까지 생각지도 못했던 크나큰 즐거움이었다.

비꼬는 말 한마디, 사소한 장난, 가벼운 도발에 계산없이 울컥하는 자신. 그 모든 것이 소가주란 위치가 아닌, 지극히 개인적이고 이기적인 백무결이란 인간이었으니까.

그래서였는지도 몰랐다.

한낱 떠돌이 무인에 불과한 호세량에게 깊은 정을 느끼고, 어디에 있는지, 어떻게 지내는지, 건강하게 있는지를 걱정하게 된 것은.

'다시 만나면, 먹는 걸로는 구박하지 말아야겠어.'

백무결은 지켜질지 알 수 없는 결심을 했다.

그렇게 하루하루가 흘렀다.

목적지가 가까워질수록 백무결이란 무인은 좀 더 강인하고 섬세하게 다듬어졌다. 지금까지 쭉 수련해 온 것이 지금을 위해서라고 말하는 것처럼, 검을 든 순간부터 휘둘러온 열파가 나날이 새로운 모습을 보여줬다.

빠름이 필요하다 생각했던 길이 한없이 느려지고, 느리게 가야 한다 생각했던 길이 목적지로 향하는 지름길이 되었다. 무겁다 생각했던 검이 가벼워지고, 가볍다 생각했던 검이 지금까지 휘둘러 왔던 그 어떤 검보다 묵직해졌다. 그리고 무겁게 휘두를 때마다 모든 것을 압도적으로 찍어 눌렀던 기세가 봄날의 바람처럼 가볍게 살랑거렸다.

그것은 환희(歡喜).

'이것이 진정한 열파검법.'

그제야 이해할 수 있었다.

수많은 고수들이 우글거리는 무림에서 하남에 자리 잡고 최고라 불리며 지금까지 버틸 수 있었던 진정한 힘을. 가족들 앞에서는 항상 가볍게 행동하던 백위정이 하남에서 세 손가락에 꼽히는 위대한 검객이라는 걸 제대로 이해할 수 있었다.

들어서, 혹은 보아서 아는 것이 아니라, 자신의 손에 들린 평범한 장검을 휘두르며 진정으로 이해할 수 있었다.

중검이 강하다는 걸.

열파가 대단하다는 걸.

진정으로 이해하고 느낄 수 있었다.

그것이 기쁘고 신나서, 휘두르는 검이 좀 더 확고하게 열파를 따라가며 굳건해질 때, 문득 과거가 떠올랐다.

영원히 계속될 것 같은 수련에 지쳐 검을 내팽개치며 검이 싫다고, 아버지도 싫다고 울면서 소리쳤던 일과 그런 자신에게 검을 다시 들어라 말하며 냉정하게 다그치던 백위정의 모습, 그리고 어쩔 수 없이 울면서 검을 휘두르는 자신에게 언젠가 쌓아온 노력에 보답하여 진정한 모습을 보여줄 친구라고 말하던 백위정의 말.

그것도 이제야 이해할 수 있었다.

지난 세월, 손아귀가 터지고 아물고 다시 터지기를 수없이 반복하며 휘둘렀던 검이 드디어 진정한 모습을 보이기 시작했다. 마치 도도한 아가씨처럼 늘 모른 척하다가 지금까지 쌓은 노력을 봐서 봐준다는 것처럼 새침하게 얼굴을 내밀었다.

그것이 참을 수 없이 사랑스러웠다.

'아, 이것이 열파.'

너무 도도하여 길을 벗어나 스스로 움직이려 하는 검이 인간의 한계를 서서히 초월하기 시작한 힘에 제어되어 만들어진 길을 따라 움직였다.

사대가 노력하여 만들어낸 무명공이 제 효력을 내고 있다는 뜻이다.

그 또한 기뻤다.

그렇게 스스로가 그려가는 검의 길에 취해 온몸이 흠뻑 젖을 정도로 움직이던 백무결의 시선이 자신의 허리에 닿았다.

존재 자체가 기적인 보물.

승월.

'열파검법이 새로운 모습을 보였다면, 불명신월도(不瞑新月刀) 또한 새로운 모습을 보여주지 않을까?

'눈을 감지 않는 초승달의 칼[不瞑新月刀]' 란 이름을 가진 시조모의 도법.

무엇보다 천하제일신병으로 펼치는 도법.

마음이 동한다.

백무결은 검을 넣고 좀 더 깊은 산속으로 들어갔다. 그리고 사방을 뛰어다니며 근처에 사람이 있는지를 살핀 다음, 미리 정해둔 장소로 이동했다.

공터는 아니지만, 나무와 나무 사이가 다른 곳보다 넓어 충분히 병기를 휘두를 수 있는 공간이었다. 백무결은 근처 나무 밑에 짐을 모두 풀어놓고 차분한 걸음걸이로 그 중앙에 섰다.

딸깍.

작은 소리와 함께 도집이 열렸다. 그 순간, 요대처럼 허리에 감겨 있던 승월이 하늘거리며 흩날렸고, 백무결은 그것을 조절해 단번에 전면을 갈랐다.

너무 예리해서 공기를 가르는 작은 소음조차 허용하지 않은 도의 길.

지금까지 휘둘렀던 감각과 너무 달라 백무결의 전신에 소름이 돋았다. 이건 마치 크고 둔한 목검을 휘두르다가 처음으로 잘 빠진 진검을 휘두른 것 같은 느낌이었다. 아니, 그것보다 차이가 컸다. 말로 설명할 수 없을 만큼 엄청나게 컸다.

"뭐, 뭐지?"

승월은 신도(神刀)다.

그것은 단지 사물을 잘 벨 수 있어서 붙은 이름이 아니었다. 과거 승월의 뒤를 쫓았던 사람들은 승월을 그런 물건으로 취급할지 모르겠지만, 직접 사용해 본 시조모나 백무결은 승월이 왜 신(神)의 도(刀)인지 이유를 알고 있었다.

휘두르면 휘두를수록 베는 기술이 예리하게 살아난다.

보통, 사물을 잘 벨 수 있는 예리한 무기를 휘두르는 자는 그 무기를 휘두르면 휘두를수록 실력이 퇴보하게 된다. 그 이유는 간단하다. 무기의 날카로움에 의지하여 사물을 베느라 스스로의 역량을 키우지 않기 때문이다. 그럼으로써 역량은 퇴보하게 되고, 무기에 대한 의존도가 높아진다.

결국 죽게 된다.

퇴보하고 퇴보하여 무기의 예리함조차 도움이 되지 않는 적을 만나게 되어.

승월은 다르다.

승월은 다른 그 어떤 무기보다 예리하여 사물을 잘 벨 수 있게 한다. 다만 다른 무기들과 다르게 사물을 베면 벨수록 '벤다'는 행위에 대한 역량을 높여주어서 나중에는 굳이 승월에 의지하지 않더라도 예리한 베기를 할 수 있게 만든다.

이는 승월 자체가 베기의 올바른 길을 알고 있어서다.

이를 가능케 하는 원리는 간단하다.

승월로 잘못된 베기를 하면 팔목에 쇳덩이라도 두른 것처럼 무거워지고, 반대로 제대로 된 베기를 하면 본래의 무게조차 느껴지지 않을 정도로 가벼워진다. 이런 상태로 꾸준히 반복하면 베기 자체가 예리하게 살아나게 되는 것이다. 후에 승월이 없더라도 바위라도 벨 수 있는 것처럼.

그런데 이번 휘두름은 달랐다.

그것은 마치, 마치…….

세상을 베어낸 것 같았다.

손이 절로 떨려왔다. 이전까지 흘렀던 더운 땀이 아니라, 차갑게 식은 땀이 온몸을 차갑게 식혔다.

'나'를 둘러싼 세상을 베어내는 것 같은 지독한 이질감. 예리하게 살아난 손의 감촉. 미친 것처럼 두근거리는 심장.

기대했던 것 이상이다.

상상했던 것 이상이다.

'이것이, 이것이 내가 알지 못했던 불명신월도.'

그리고 승월.

"하하하하!"

기뻤다.

새침데기 미인 열파가 못 이기는 척 얼굴을 보여준 것보다, 저 하늘 위에서 고고하게 내려다보는 월궁항아(月宮嫦娥)의 자태가 더 아름답고 가슴을 뛰게 했다.

시조모의 생각이 맞았다.

같은 눈높이에서 보면 시조가 남겨 지금까지 심화된 열파보다 시조모가 남긴 불명신월도가 아득히 높은 곳에서 자리 잡고 있었다. 이런 상황에서 불명신월도가 열파와 같이 가문에 내려왔다면, 열파는 지금처럼 심화되지 못했을 것이다.

아니, 분명 불명신월도에 묻혀 빛을 보기도 어려웠으리라.

가슴이 터져 나가라 웃으며 도가 허공을 베어나간다.

기쁨에 들떠 자세가 흐트러지면 팔에 무게가 실려 자연스럽게 동작이 바로잡힌다.

시간이 흐를수록 동작이 자연스러워지며, 가지고 있는 모든 역량을 동원하여 하늘을 우러러보며 달을 향해 애타게 손을 뻗어도 닿지 않는다.

그저 내려다볼 뿐.

안타깝다.

모든 힘을 소진한 백무결은 주저앉으며 여전히 찬란하게 빛나는 승월을 보았다.

조금만, 조금만 더 노력하면 닿을 것 같은데, 더 이상 몸이 따라주지 않았다. 무명공의 성취로 일 할 가까이 사라져 버린 내공이 이렇게까지 사람을 슬프게 할 줄 몰랐다.

확신은 없다. 다만, 다만 그 내공이 있었더라면 지금보다 더 달에 다가갈 수 있었을지도 모른다고 생각하니 방금 전까지 웃었던 게 다른 이야기인 것처럼 서글펐다.

"하아……."

나지막한 한숨과 함께 몸에 살짝 힘이 돈다.

가벼운 승월조차 버겁게 느껴져 벌벌 떨리는 팔로 허리에 둘렀다. 그렇게 승월이 평범한 요대로 돌아가자 백무결은 풀썩 쓰러졌다.

별이 보였다.

검을 휘두른 것이 점심을 먹기 전 가볍게 몸이나 풀자는 의미였는데, 지금은 주변이 어둠 속에 잠겨 있다. 산속이라 어둠

이 빨리 내린다고 하지만, 이렇게까지 많은 시간이 흘렀을 것
이라고는 예상치 못했다.

"좋다……."

아직 식지 않은 땅바닥에 미지근하게 몸을 데우고, 서늘한
바람이 온몸을 흠뻑 젖게 만든 땀을 식혀주었다. 온몸이 빡빡
하고 노곤하여 마음을 뿌듯하게 해줬고, 그대로 눈만 감으면
사르르 잠이 들 것 같은 느낌.

백무결은 잠드는 대신 하늘을 보았다.

하늘에는 수많은 별들이 빛나고, 주변의 별들을 물리치고 홀
로 외로이 떠 있는 달은 서늘한 빛으로 세상을 비추고 있었다.

백무결은 떨리는 손을 들어 달을 향해 뻗어보았지만, 닿지
않는다.

'당연하지.'

달은 저 드넓은 천공(天空)에 자리 잡고 있다.

한낱 미약한 인간이 잡을 수 있는 게 아니다. 그러나 왠지
오늘은 잡을 수 있을 것 같아 손을 뻗어보았지만, 역시나 아무
것도 없는 허공만 움켜잡는다.

피곤함이 밀려왔다.

이대로 잠들면 안 되지만, 모든 게 귀찮아졌다.

백무결은 눈을 감았다. 그 순간, 현실과 서서히 멀어졌다.
당장에라도 끊어질 것처럼 아팠던 팔다리가 무감각해지고, 치
열하게 달을 쥐기 위해 노력했던 정신이 아래로 가라앉았다.
그렇게 곯아떨어질 찰나,

꼬르륵.

배가 고파졌다, 그것도 미칠 듯이.

“끙.”

백무결은 번쩍 눈을 떠 끙끙거리며 힘겹게 몸을 움직였다. 봇짐을 열어 먹을 것을 꺼내 일단 한 입 베어 물고 여기저기 수북하게 널려 있는 나뭇가지를 모아 불을 피웠다. 그리고 차갑게 식은 먹을거리를 불에 데워 먹다가 잠에 빠져들었다.

입에 반쯤 남은 만두를 문 채로.

웬만한 사람보다 무거운 것 같은 눈꺼풀을 힘겹게 들자 보이는 세상은 한바탕 폭풍이 지나간 것 같은 폐허였다.

“…….”

눈앞의 상황을 이해하는 데 약간의 시간이 걸렸다.

‘내가 이렇게 만든 건가?’

아마도 반쯤 넋이 나가 승월을 휘두른 여파일 것이다. 가로막는 것이 있으면 무조건 베었으니 지금과 같은 풍경이 만들어질 수 있었으리라.

“심하다.”

수십에 가까운 나무들이 쓰러져 있고, 아마도 동글동글했을 바위는 반으로 갈라져 대패질이라도 한 것처럼 밋밋한 면을 드러내고 있었다. 그리고 몸을 움직이기 전까지 알지 못했던 사실도 하나 있었는데, 입고 있는 옷 전체가 수액을 뒤집어써 끈적끈적하고 딱딱하게 굳어 있었다.

‘버려야겠군.’

무명공으로 만들어진 괴력으로 옷을 간단히 찢어버리고, 봇
짐에서 다른 옷을 꺼내 입었다.

백무결은 먹다 잠들어 버려 입에 물려 있던 남은 만두를 씹
으며 산을 내려갔다.

몸은 무거웠지만, 발걸음은 가벼웠다.

마을에 들어서기 전에 큼지막한 멧돼지 한 마리를 잡아 통
째로 팔아버렸다. 그리고 마지막으로 가지고 있던 여우 가죽
도 괜찮은 가격에 팔 수 있어서 자금이 제법 넉넉해졌다.

백무결은 예전처럼 두둑해진 주머니를 느끼며 느긋하게 시
장을 돌아다녔다. 일단 찢어버린 옷을 대신할 여분의 옷을 사
고, 소금을 비롯해 노숙을 하거나 임시로 먹을 수 있는 육포를
사서 잘 챙겼다.

어느새 커져 버린 봇짐을 보며 백무결은 반성했다.

필요한 것만 사겠다고 생각했는데, 주머니가 두둑해졌다고
꼭 필요한 물건이라 할 수 없는 편의를 위한 물건도 제법 사버
린 탓이다.

‘물건은 계획을 세우고 사야겠어.’

호세량이 있을 때는 이러지 않았다.

시장을 같이 돌아다닐 때 호세량이 이것저것 사자고 요구하
면, 백무결은 비판적인 생각을 가지고 필요성을 따져 그 요구
를 거절했다.

그 결과 편의를 위한, 혹은 사치라 할 수 있는 물품은 구매하지 않았다. 그런데 지금은 아니다.

혼자와 둘은 전혀 달랐다.

의외의 곳에서 호세량을 떠올린 백무결은 피식 웃었다.

객잔에 들어가 방을 잡고 저녁을 먹었다. 그리고 점소이가 그릇을 치우고 나서 봇짐을 풀어 안에 든 물건을 제대로 정리했다. 시장에서 마구잡이로 넣은 탓에 울퉁불퉁 보기 싫었던 봇짐을 제대로 정리한 백무결은 가볍게 운기조식을 한 후에 잠이 들었다.

다음날, 언제나처럼 일찍 일어난 백무결은 운기조식을 한 후에 깨끗이 씻었다.

미리 잘 정리된 봇짐을 들고 내려가자, 바닥이며 식탁이며 청소하고 있던 점소이가 인사를 해왔다. 백무결은 웃으며 대답해 주었고, 간단한 아침을 시켰다.

잠시 후, 음식이 나오고 백무결은 깨끗이 그릇을 비웠다.

포만감을 느끼며 따로 준비해 놓은 교자를 대충 봇짐에 쑤셔 넣고, 떫은 엽차를 마시고 있을 때 몇 사람이 계단을 통해 내려왔다.

그들은 세 명의 사내와 두 명의 여성이었는데, 각자 무기를 지닌 것으로 보아 무인이 틀림없었다. 거기다 질 좋은 비단으로 만들어진 화려한 의복으로 봤을 때, 잘 먹고 잘사는 집안의 자식으로 보였다.

백무결은 쓴웃음을 지었다.

호세량과 어울리며 생각하는 게 바뀌어서 그렇지, 자기 자신도 잘 먹고 잘사는 집안의 자식이다. 실제로 삼년무도행을 떠나기 전에는 돈이 없어 곤란해 본 적 없었고, 호세량과 어울리지 않았다면 지금도 돈을 사용하는 데 거리낌이 없었을 것이다.

'나도 변했군.'

한 달도 안 되는 짧은 시간, 그사이에 변한 자신을 확인할 수 있었다.

새삼 사람들이 왜 여행을 떠나는지 알게 된 백무결은 떫은 차를 마저 마셔 버리고 길을 떠나기 위해 자리에서 일어섰다.

"응? 무결 형님 아니십니까?"

자신을 부르는 소리에 떠나기 위해 막 봇짐을 챙겨 들던 백무결은 멈칫거렸다.

"이야, 무결 형님 맞네요. 이거 오랜만입니다."

백무결은 반갑게 웃으며 다가오는 사내의 얼굴을 살피다 슬쩍 떠오르는 얼굴이 있어 조심스레 물었다.

"남궁지정(南宮持貞)?"

"예, 맞습니다. 이게 얼마만인가요? 한 오 년은 지났나요?"

"그게 벌써 그렇게 되었구나. 오랜만이다. 잘 지냈느냐?"

"못살지는 않았지요. 다만, 형님 덕분에 힘들었습니다."

"나 때문에?"

"예. 형님 때문이지요. 당시 형님 성취를 보고 가문으로 돌아가 휘성 숙부께서 저희 또래를 모두 모아놓고 얼마나 닦달

했는지 모릅니다. 매일같이 손바닥에서 피가 터지고 조금이라
도 게으름 피우면 정말 죽일 듯이 때리셨지요."

남궁지정은 몸을 부르르 떨었다.

그 모습을 지켜보던 백무결이 픽 웃었다.

"그게 내 탓이더냐?"

"당연히 형님 탓입니다. 당시 형님이 그 정도 성취를 얻지 않
았더라면 휘성 숙부께서 그럴 이유가 없지 않습니까? 그리고
이 생각은 당시 그 힘든 수련을 함께 받은 다른 형님들은 물론,
소가주 형님까지 모두 같습니다. 특히 본가의 소가주 형님께서
는 수련의 원인이 되신 무결 형님에 대한 사심이 굉장해서 만
나기만 하면 반드시 승부를 결하겠다고 맹세까지 하셨지요."

"……만나지 않는 게 좋겠구나."

"뭐, 인연이 있다면 언젠가는 만나지 않겠습니까?"

난감해하는 백무결을 바라보며 남궁지정은 웃었다. 그때 둘
의 대화를 지켜보던 남궁지정의 일행 중 아담해 귀여워 보이
는 여인이 나섰다.

"남궁지정 공자, 이제 저희에게도 좀 소개해 주시겠어요?"

"아, 너무 반가워 깜빡했군요. 이 소저는 제갈세가 가주님의
손안에 있는 보옥[掌中寶玉]이라 불리는 제갈민설(諸葛珉雪) 소
저시고, 이쪽은 낙양은가(洛陽銀家)의 영애이자 은류창(銀流
槍)이란 무명을 지닌 은예선(銀睿璇) 소저십니다. 그리고 이쪽
은 하북팽가(河北彭家)의 팽소문(彭紹雯) 공자고, 이쪽은 단목
세가(端木世家)의 단목휘(端木暉) 공자입니다."

남궁지정은 장황하게 일행을 소개한 다음, 백무결을 가리키며 말했다.

"이쪽은 이름 높은 하남백가의 소가주이시자 남궁세가 내의 또래들에게 막대한 원한의 대상이신 백무결 형님이십니다."

자신의 소개에 백무결은 쓴웃음을 지으며 포권을 취했다.

제갈민설은 아담하면서도 이목구비가 뚜렷한 대단한 미인이었고, 은예선은 여자치고는 조금 큰 키에 팔다리가 시원시원하게 뻗어 아름다운 몸매를 지니고 있었다. 팽소문은 큰 덩치에 짙은 눈썹과 각진 얼굴을 가져 사내다워 보였고, 단목휘는 남자치고는 호리호리한 몸매를 가졌지만 날카로운 눈매가 인상적이었다.

대충 인사가 끝나자 남궁지정이 물었다.

"그나저나 형님, 어디 가시는 길입니까?"

백무결은 잠시 고민하다 말했다.

"삼년무도행을 시작했다."

"삼년무도행이요?"

"삼년무도행. 가주위(家主位)를 이을 소가주가 삼 년간 세상을 주유하며 비무를 하거나 지금껏 알지 못했던 것을 새롭게 경험하고, 여러 사람을 만나봄으로써 좀 더 큰 사람이 되라는 뜻을 가지고 행해지는 하남백가의 전통. 맞나요?"

그 말을 한 것은 은예선이었다. 백무결은 삼년무도행을 자세히 알고 있는 은예선을 놀라 바라보다 그녀가 누구인지 깨닫고는 고개를 끄덕였다.

“맞습니다.”

낙양은가는 하남백가와 같은 하남성에 존재하고, 가주끼리 나이가 비슷해 가끔 만나 술과 무를 겨루는 등 매우 친하게 지냈다. 가문끼리 거창한 교류는 없었지만, 친하게 지내는 것과 마찬가지였다.

그만큼 상대 가문에 대해 많은 것을 들었고, 상대방에게 알렸다.

무엇보다 양가의 가주가 머리끝까지 취기가 오른 상태로 자식들 간의 혼인을 약속했던 것을 바로 앞에서 들었던 백무결로서는, 은예선이 삼년무도행을 아는 것이 당연하다 생각되었다.

사실 그런 일이 있었음에도 은예선을 바로 기억하지 못한 것이 이상한 일이지만, 나름대로 합당한 이유가 있었다.

'한 사오 년 지났나?'

시간이 제법 흘렀고, 당시 백무결의 나이가 어렸다는 이유도 있었다. 제일 중요한 이유는 하남백가의 가주 구무검(求武劍) 백위정과 낙양은가의 가주 사풍귀창(射風鬼槍) 은창서(銀彰瑞)가 술김에 한 그 약속을 기억하지 못한다는 점이었다.

어린 나이에 갑작스럽게 결정된 혼인에 밤잠을 설쳤던 백무결에게는 참으로 섭섭하고 황당한 결말이었다.

'그 약속이 이행되었다면 저 소저가 내 약혼자였겠군.'

그리 생각하니 살짝 묘한 기분이 들어 백무결은 아주 잠깐 은예선을 살폈다.

“그럼 백 공자는 지금부터 삼 년간 세상을 주유할 거라는 말인가요?"

"일단은 그렇습니다."

백무결이 대답하자, 은예선과 제갈민설이 시선이 은밀히 교환되었다.

"그럼 당분간이라도 저희와 함께 다니시는 건 어때요?"

"제갈 소저, 그것은……."

팽소문이 인상을 찡그리며 뭔가 말하려고 했으나, 제갈민설은 이를 무시하고 백무결을 빤히 바라보며 다시 물었다.

"삼년무도행이라는 건 사람을 사귀라는 의미도 있다고 했죠?"

"그렇습니다."

"그럼 당분간 저희와 함께 다녀도 상관없겠네요. 이렇게 만나서 얼굴만 익히는 것보다 함께 지내면서 서로를 알아가는 것이 더 그 의미에 부합되는 것 같으니까요. 안 그래요?"

"맞습니다만 저는 지금 더 많은 것을 보기 위해 무한을 목적지로 움직이고 있습니다. 그러니 함께 움직이는 건 무리……."

"어머, 목적지가 무한? 잘됐네요. 저희는 무한까지는 안 가지만 효감(孝感)까지는 길이 겹치니까 그때까지 같이 다니는 것도 괜찮을 것 같은데, 은 언니는 어떠세요?"

"나야 상관없어, 제갈 동생."

"와, 그럼 된 거죠?"

제갈민설이 그렇게 좋아하자 남궁지정은 백무결이 동행해도 별 상관이 없기에 아무렇지도 않았지만, 팽소문과 단목휘는 노골적으로 표정을 일그러뜨렸다.

그렇다고 말을 꺼낸 제갈민설에게는 반박하지는 못하고, 동행의 대상이 된 백무결만 노려보았다.

눈치가 빠른 백무결이 그런 기색을 못 느낄 리가 없었다. 거기다 효감까지라도 자신을 싫어하는 사람과 동행하는 것이 불편하여 거절하려고 했으나 제갈민설이 먼저 입을 열었다.

"아, 그런데 남궁 공자의 말대로라면 백 공자는 어렸을 때부터 상당히 강한 거네요?"

"아마도? 실제로 백 공자는 하남백가에서 백 년 이내 최고의 기재라 기대를 받고 있다고 했으니까."

"와, 백 년 이내? 하남백가에서 그 정도 소리를 들을 정도란 말이에요, 은 언니?"

"응. 하남백가의 전대 가주께서 백 공자가 태어났을 때 그 근골(筋骨)을 보고 기뻐하며 삼 일 동안 잔치를 벌이셨다는 건 우리 아버님들 또래에서 매우 유명했던 이야기야. 물론 나도 아버님께 들었고."

"대단하시네요, 백 공자는."

노골적으로 눈을 빛내며 좋아하는 제갈민설의 모습에, 팽소문과 단목휘는 물론 남궁지정까지 얼굴을 일그러뜨렸다.

백무결은 질투하는 게 빤히 보이는 세 남자의 시선을 의식하며 어색하게 웃었다.

"흥, 근골이 좋다고 다 대단한 고수가 되는 건 아니지. 근골이라는 건 어디까지나 바탕이니까, 피나는 노력이 없는 이상 좋은 근골 따위가 무슨 소용이야. 안 그런가, 단목 공자?"

"물론일세. 아무리 근골이 좋아도 노력없이는 고수가 될 수 없는 법이지. 남궁 공자의 생각은 어떤가?"

"……"

남궁지정은 쓰게 웃으며 침묵을 선택했다.

질투로 가득한 마음은 팽소문과 단목휘처럼 뭐라 말하고 싶었지만, 과거 하남백가를 방문했을 때 수련을 끝마친 백무결의 모습을 본 적이 있었다.

터진 손바닥을 감쌌던 붕대가 피로 물들었고, 쥐고 있는 검조차 피에 젖었다. 붕대를 다 적시고도 남아 튄 피와 땀으로 젖은 옷. 당장에라도 쓰러질 것처럼 후들거리는 다리로 눈을 빛내며 의젓하게 인사하던 모습.

그후 숙부의 말과 호기심으로 백무결의 수련을 똑같이 따라 하다 반도 못 따라가고 구토하며 쓰러졌던 경험까지 있었으니 침묵할 수밖에 없었다.

"헤에? 남궁 공자는 그렇게 생각하지 않나 보네요?"

제갈민설의 물음에 남궁지정은 백무결의 눈치를 살피더니 조심스레 대답했다.

"아뇨. 물론 저도 그렇게 생각합니다. 확실히 팽 공자나 단목 공자의 말은 맞습니다. 근골은 어디까지나 바탕에 지나지 않지요. 근골이 아무리 천하제일이라도 그 근골의 소유자가 노력하지 않는 이상 고수가 될 수 없다고 봅니다. 노력이 없다면 말입니다."

"그럼 백 공자의 생각은 어떠세요?"

"저도 그렇다고 생각합니다."

"그런가요? 그럼 백 공자는 노력하셨어요?"

"예, 노력했습니다."

"그럼 얼마나 강해요?"

그 질문과 함께 제갈민설은 함께 동행하던 세 남자를 노골적으로 훑어보았다. 그 기색을 느낀 세 남자의 눈초리가 사뭇 흉흉해졌다.

"본가의 가주님보다 약합니다."

백무결은 살짝 웃으며 농담으로 넘어가려 했으나, 제갈민설은 쉽게 포기하지 않았다.

"그럼 가문의 가주님을 제외한 다른 모든 사람들보다는 강하다는 뜻이에요?"

"그건 제가 가문의 모든 사람과 겨뤄보지 못해 잘 모르겠습니다. 다만 확실한 것은 저보다 강한 사람은 많습니다."

"그럼 우리 일행 사이에서는 어떨 것 같아요?"

"그것도 앞서 말한 것처럼 겨뤄보지 못해 잘 모르겠습니다. 하지만 다들 각 세가에서 배출한 후기지수이니 만만치 않은 실력을 쌓은 고수들일 겁니다. 그러니 함부로 평할 수 없고, 그럴 능력도 없으니 대답할 수 없습니다."

그리 대답하는 사이, 미리 주문해 놓았는지 남궁지정 일행이 먹을 음식이 나왔다.

"시키신 음식 나왔습니다."

“와, 맛있겠다!”

제갈민설은 백무결의 대답을 무시하고 언제 시빗거리를 만들려고 했냐는 듯 점소이가 들고 나온 음식을 반겼다.

남궁지정은 그러한 제갈민설을 웃으며 바라보다 뒤늦게 백무결에게 양해를 구한 후 아침을 먹었다.

얼떨결에 같이 앉아 있던 백무결이 자리에서 일어나려고 할 때, 은예선이 오물오물 씹던 것을 삼키고 말했다.

“백 공자, 무한에 가는 건 황학루(黃鶴樓)를 보기 위함인가요?”

“예. 그런 이유도 있고 동호도 한번 보고 싶었습니다. 그리고 그 뒤에 무한에서 장강을 거슬러 올라가 볼 생각입니다.”

“와, 그럼 백 공자는 용(龍)이 되시는 건가요?”

제갈민설의 말에 백무결은 잠시 말문이 막혔다.

순간적으로 이게 농담인지 진담인지 구분이 되지 않았기 때문이다. 참으로 이상한 곳에서 사람을 흔드는 여성이라 생각하며, 백무결은 농담으로 대처했다.

“아닐 겁니다. 저는 잉어처럼 헤엄쳐서 장강을 거슬러 오르는 게 아니라, 걷거나 배를 타고 거슬러 오를 생각입니다. 그런 제가 만약 용이 된다면 이미 강호는 사람들 속에 수많은 용을 품고 있을 겁니다.”

“헤, 역시 그렇죠?”

“그럴 겁니다.”

백무결과 제갈민설이 웃으며 대화를 나누는 것을 본 팽소문은 신경질적으로 음식을 씹어 삼켰다. 그 덕분에 남궁지정 일행의 식사가 빨리 끝났고, 떠날 기회를 노리던 백무결의 의도가 수포로 돌아갔다.

결국 의도했던 것과 다르게 그들과 같이 길에 오르게 되어 떫은 표정의 백무결이었다.

"그런데 여러분이 효감에 가시는 이유는 무엇입니까?"

신나게 조잘거리는 제갈민설의 말을 한 귀로 흘리던 백무결이 돌연 묻자, 제갈민설과 세 남자가 차례차례 눈을 맞췄다. 그러다 단목휘가 내키지 않는다는 표정으로 입을 열었다.

"이번에 세가연합이 육합동맹이란 이름으로 새로이 출범하게 되었소. 그런데 이 출범 자체가 너무 갑작스러워 많은 어르신들이 이 소식을 알지 못하고 계시오."

"그럼 여러분께서는 효감에 계신 어르신께 육합동맹의 소식을 전하러 가시는 것입니까?"

"에헤헤, 전혀 아니에요."

"저희도 형님처럼 길이 겹치는 효감까지 같이 가는 겁니다. 그 뒤에는 각자 명을 받은 대로 흩어져 어르신들에게 소식을 전할 겁니다."

백무결은 고개를 끄덕이다, 은예선을 봤을 때부터 품었던 의문을 물었다.

"그럼 은 소저도 같은 이유로 움직이시는 겁니까?"

"아니요. 전 그저……."

"은 언니는 제 부탁으로 함께 움직이시는 거예요. 은 언니는 은류창이란 무명을 가지신 대단한 고수니까요.”

그리 대답한 제갈민설은 배시시 웃으며 말을 덧붙였다.

“강호는 여자 혼자 다니기 심심한 곳이잖아요.”

백무결이 차마 대응하지 못한 이 농담에 팽소문이 크게 웃었다.

“하하하! 과연 그렇소. 강호는 여자 혼자 다니기에는 심심한 곳이오.”

“역시 팽 공자!”

“뭘 그런 걸 가지고 그러시오.”

사뭇 거만한 표정으로 자신을 깔아보는 팽소문의 태도에 백무결은 제갈민설의 말이 칭찬이라 생각하고 넘어가기로 했다.

사실 그게 칭찬이든 조롱이든 간에 팽소문과 특별한 친분은 고사하고 노골적으로 싫어하는 기색을 보이기에 따로 언급할 이유가 없었던 것이다. 그리고 무엇보다…….

‘뭐, 본인이 좋은 게 좋은 거 아니겠나?’

어딘가 호세량스러운 생각으로 상황을 마무리한 백무결은 살짝 뒤로 빠졌다.

그러자 팽소문에게 경쟁심을 느낀 남궁지정과 단목휘가 제갈민설의 주변으로 모여드는 것이 한눈에 보였다.

제갈민설은 기꺼운 미소로 그들을 맞이했다.

‘여우군. 여우야.’

그렇게 제갈민설에 대한 확고한 평판을 굳힌 백무결은, 그들과 살짝 떨어진 곳에서 은빛 창을 까딱거리며 걸어가는 은예선의 뒷모습을 보았다.

　백무결의 입장에서는 그나마 은예선이 있기에 도망가지 않았던 것이다.

　햇살은 여전히 밝았다.

　'더운 일정이 될 것 같아.'

＊　　　＊　　　＊

　"아, 잘 잤다. 잤다? 내가 잔 건가?"

　벌떡 일어나 기지개를 켜던 호세량은, 자신이 중얼거린 말 속에서 이상함을 느끼고 그걸 되새겼다. 그렇게 고개를 갸웃거리며 생각에 빠져들 때, 문득 서늘함을 느끼고 자신의 몸을 살펴보았다.

　"어? 옷이 어디 갔지?"

　옷이 없었다. 그것도 속옷까지 모조리.

　호세량은 바닥에 굴러다니는 야명주를 주섬주섬 챙기며 주위를 살펴보았지만, 다 타버린 옷이 발견될 리 없었다.

　"뭐가 어떻게 된 거지?"

　일단 비어 있는 상자에 야명주를 담고 잠들기 전의 기억을 떠올렸지만 그 속에 옷이 사라질 이유 따위는 없었다. 누군가 이곳에 들어와 금으로 만들어진 상자를 들고 갔으면 들고 갔지, 그것을 놔두고 팔아봐야 제대로 돈도 받을 수 없는 옷을 벗겨갈 이유가 없었던 것이다.

“아니지. 나처럼 벌거벗었으면 지 상자보다 그냥 옷을 가지고 갔을지도… 웅? 그런데 여기가 이렇게 밝았던가?”

파온 야명주가 바닥을 뒹굴고 있었을 때는 분명 다른 곳보다 월등히 밝았지만, 지금은 금으로 된 상자에 넣었기 때문에 천장에 박혀 있는 다섯 개의 야명주밖에 없었다. 그런데도 마치 한여름의 땡볕 밑에 서 있는 것처럼 사방이 훤히 보였다. 야명주가 아무리 대단해도 태양에 비할 수는 없는데, 그처럼 밝게 보이니 신기할 따름이었다.

“신기하네?”

주변을 둘러보며 신기해하던 호세량은 곧 또 다른 것을 발견했다.

“오오! 상처가 없어졌어! 여기도 없고, 여기도 없고…….”

수신단결공을 완성한다고 험하게 몸을 움직였던 탓에 몸 여기저기에 있었던 지렁이같이 굵직한 상처들이 완전히 자취를 감췄다.

혹시나 싶어 기억하고 있는 모든 상처를 찾아봤지만, 흔적도 없이 깨끗했다. 그것도 오랜 고생으로 꺼칠한 피부가 아니라, 여인의 그것처럼 뽀얀 피부가 전신을 뒤덮고 있었다.

자신의 몸뚱이가 아닌 것 같아 너무 낯설었지만, 백무결의 깨끗한 피부를 보며 내심 부러워했던 호세량이기에 만족스럽기까지 했다.

그리고…….

“헉? 이게 뭐야?”

습관적으로 쥐뿔만 한 내공을 천계로 움직이자 평소에는 있
는지 없는지도 헷갈리던 것이 쏟아지는 폭포수처럼 어마어마한
기세로 꿈틀거렸다. 그 기세는 실로 대단해 그 주인인 호세량조
차 숨이 막힐 것 같았다. 과거에 천계로 힘겹게 키웠던 것은 내
공이 아니라는 듯 강대한 기세로 전신을 휘도는 엄청난 내공!
　실감보다 어색함이 전신을 치달렸다.
　마치 자신의 몸이 아닌 것 같은…….
　'내 몸이 아니야?
　그런 생각이 들자 호세량은 검과 상자를 내려놓고 자신의
몸을 자세히 살폈다.
　확실히 자신의 몸이 아니었다. 수신단결공은 완성하기 위해
서는 지독하다는 말이 부족할 정도로 심한 수련이 필요했다.
그 와중에 근육이 찢어지며 피를 쏟을 정도로 큰 상처를 입기
도 하는데, 그 흔적들이 하나도 남아 있지 않았다. 거기다 살짝
만 움직여도 용트림하는 어마어마한 내공 또한 지계없이 내공
운용에 중점을 둔 천계만으로 내공을 키웠던 자신과 연관없는
힘이었다.
　얼굴을 쓰다듬어 보았지만 평소처럼 껄끄럽지 않았다. 그리
고 무엇보다 손, 손바닥에 빡빡하게 박혀 있어야 할 굳은살 또
한 없었다.
　덜컥 겁이 났다.
　'정말 내 몸이 아닌 건가?
　문득 사부가 강호에 대해 말하며 언급했던 기기묘묘한 사

술(邪術) 중에는 사람의 몸을 바꿔 버리는 것이 있다고 했는데, 그 사술에 걸린 것은 아닌지 걱정스러웠다.

'근데 이 몸이 내 것보다 좋은데?'

자존심 상하지만 지금 몸은 수신단결공을 완성했던 몸보다 상태가 좋았다. 강제로 몸을 만드는 것과 자연스럽게 완성된 몸의 차이란 컸다. 그리고 단전에 굳건하게 자리 잡은 놀랍기만 한 내공 또한 쥐뿔만 한 자신의 내공과 비교하기조차 미안하지 않은가?

바꿀 이유가 없다.

'그러고 보니 천계로 움직이는 게 아주 매끄럽다.'

천계는 오직 지계로 만들어지는 강대한 힘을 조절하는 것을 목적으로 하는 독특한 심법인 탓에, 다른 심법으로 쌓은 내공을 어쩌지 못한다. 아니, 움직일 수는 있지만 안 움직이는 것만도 못하기에 일정문의 역대 문주들은 인계를 찾아 세상을 떠돌면서 다른 심법을 구하고도 천계를 버리지 못해 익히지 않았다.

그런 사정을 호세량도 너무나 잘 알고 있기에 천계로 매끄럽게 움직이는 이 힘이 지계로 쌓은 것이라는 걸 알았다.

'그럼 내 몸이 맞나?'

이 세상에 천계를 익히고 있는 자는 자신밖에 없다. 그리고 인계를 대신할 수신단결공과 지계를 찾아 익힌 것도 자신밖에 없다.

고로 자신의 몸이 맞다.

　호세량은 다시 손을 들어 얼굴을 쓰다듬었다. 촉감이 너무 달랐지만, 확실히 얼굴이 자신의 것이 맞는 것 같았다.

　그러면서도 긴가민가했다.

　'진짜 내 몸?'

　너무 다르지 않은가?

　"에이, 나가서 물에 얼굴을 비춰보면 알겠지."

　여기서 아무리 고민해 봐야 나오는 건 없다. 오히려 자신의 몸이 맞는 것 같으면서도 아닌 것 같아 복잡하기만 할 뿐이다.

　"그나저나 이렇게 나갈 수는 없는 노릇인데."

　비록 산속에서 야인처럼 살아왔지만, 수치가 뭔지 알고 옷이 필요하다는 것도 안다. 그러니 이렇게 벌거벗은 몸으로 나가 돌아다닐 수는 없는 노릇이 아닌가? 옷, 그것도 아니면 대체할 수 있는 뭔가가 필요했다.

　호세량은 대낮처럼 밝은 혈룡지각을 모조리 살폈다. 그러나 천 쪼가리는커녕 아무것도 발견되지 않았고, 헛되이 힘만 소진했을 뿐이다.

　배가 고파왔다.

　이전처럼 배가 찢어지게 고파오는 것은 아니지만, 이대로 어정거리고 있다가는 그리될 것이 분명했다. 상황이 좋지 않았다. 이대로 나가서 사람과 마주치면 그 무슨 수치인가! 무엇보다, 그 무엇보다 백무결이 벌거벗은 자신을 비웃을 것이 죽기만큼 싫은 호세량은 발을 동동 굴렀다.

　"……."

그것은 필연이었다.

바닥에 뒹굴고 있는 다섯 권을 책을 발견하게 된 것은.

호세량은 바닥에 떨어진 다섯 권의 책 중에 한 권을 들어 요리저리 살펴보았다. 위엄이 느껴질 정도로 잘 쓰인 승천신공(昇天神功)이란 글자는 전혀 중요하지 않았다. 그저 책의 크기와 몇 장으로 엮였는지가 중요했다.

아무리 생각해도 한 권으로는 부족해 보였다.

호세량은 일단 종이를 묶고 있는 끈을 모두 풀었다. 그리고 끈을 짧게 뜯어 종이를 엮어나갔다.

다섯 권의 책을 풀었는데도 부족한 끈을 보충하기 위해 각 지근본으로 넘어가 십여 권의 비급을 엮어둔 끈을 풀어와 계속해서 종이를 엮었다.

덤으로 이름이 마음에 드는 무공 비급을 몇 권을 챙겼다.

그렇게 승천신공과 신룡천주(神龍天走)의 비급을 모조리 엮어 그럴듯한 포대기를 만들었다.

"흠, 이 정도면 괜찮지?"

내심 흡족하게 작업의 결과물을 바라보던 호세량은 조심스럽게 그것을 입었다. 미리 머리와 팔을 넣을 부분을 뚫어놨기에 입는 것은 별문제없었지만, 언제 어떻게 찢어질지 몰라 조심스럽게 입었다. 다 입고서 살펴보니 생각했던 것보다 튼튼해 격하게 움직이지 않는 이상 찢어질 것 같지는 않았다.

엉성하게 엮인 탓에 속살이 그대로 보였지만, 그건 어쩔 수 없는 일.

끈으로 이어 크게 만든 종이로 야명주가 든 상자와 비급을 감싸고 검을 챙긴 호세량은 나가기에 앞서 다시 한 번 주변을 둘러보았다. 처참하게 흩어진 종이들과 왠지 모르게 악취가 나면서 더러워진 바닥 한 부분, 그리고 천장에 박혀 있는 야명주 다섯 개.

"응?"

호세량은 종이 뭉치와 검을 내려놓고 조심스럽게 포대기를 벗었다. 그리고 이전이라면 생각할 수 없는 동작으로 껑충 뛰어 야명주를 파내어 빈 상자에 넣고 다시 종이로 감쌌다.

이후 조심스럽게 포대기를 입고, 검과 종이 뭉치를 챙겨 들었다. 야명주가 모조리 상자 안에 들어간 탓에 어두워졌지만, 앞을 보는 데는 지장이 없었다. 호세량은 점점 배가 고파지자 급하게 움직여 복도를 따라 내달렸다.

그의 뒤에는 중간에 몇 장이 비게 된 세 권의 비급이 흩어져 있었다.

"백 형! 백가야! 야! 이 개 같은 무결아!"

고생하여 빠져나오니 반기는 것은 텅 빈 공터뿐.

호세량은 어디론가 급하게 달려가던 백무결이 떠올라 걱정했으나, 깨끗하게 사라진 짐과 불을 피웠던 흔적이 잘 치워진 것으로 봤을 때 백무결이 무사히 이곳을 떠났다는 걸 알았다. 그러자 저도 모르게 안도하다, 고작 이틀조차 기다리지 않고 가버린 백무결을 향해 고래고래 소리를 질렀다.

수십 권의 비급을 읽는 데 오 일, 영약을 먹고 그 기운을 소화하고 깨어나는 데 십이 일이 걸렸다는 걸 알지 못했기에 호세량은 고작 이틀이 지났다고 생각했다. 그래서 고작 이틀을 기다리지 못하고 떠나 버린 백무결이 너무나 야속했다.

"썩을 백가 놈. 나중에 만나면 두고 보자."

그야말로 배은망덕의 극치를 보여주는 호세량의 말이었다.

"아, 배고픈데."

사냥은 항상 백무결이 했기에 호세량은 사냥이란 행위를 떠올리지 못했다. 자신의 느린 발로는 함정을 설치하지 않는 이상 동물을 잡는 것이 불가능했기 때문인데, 막강한 내공이 생겨 가능해졌다는 걸 미처 생각지 못했다.

이래서 머리가 나쁘면 몸이 고생이다.

일단 호세량은 당장 할 수 있는 물부터 마시기로 하고, 바로 옆에 위치한 물가로 이동했다. 그리고 나오면서 까먹었던 사실 하나를 떠올릴 수 있었다.

"내 얼굴 맞네?"

색이 좀 밝아지고 우둘투둘했던 굴곡이 깨끗이 사라지긴 했지만, 분명 물에 비치는 얼굴은 이전부터 쭉 봐온 자신의 얼굴이 맞았다.

이로써 걱정거리 하나 해결.

호세량은 잠시 물에 비친 얼굴을 이리저리 들여다보다 벌떡 일어나 가장 가까이에 있는 나무로 걸어갔다. 그리고 단전에 있는 내공의 절반으로 주먹을 감싸고 있는 힘껏 휘둘렀다.

콰앙!

피륙으로 이뤄진 주먹과 나무가 부딪쳤다고 생각되지 않을 굉음과 함께 나뭇조각과 수액이 사방으로 튀었다. 그 결과 성인 남성 둘을 붙여놓은 정도의 두께를 가진 나무가 맥없이 부러졌다.

쓰러진 나무에는 재견무한(再見武漢)이란 네 글자가 새겨져 있었으나, 호세량은 이미 쓰러진 나무에 관심이 없었다. 그 대신 나무를 후려친 주먹을 살펴보았지만, 상처는커녕 뭔가 스친 자국조차 없었다.

"이게 내 힘?"

넋이 나가 버린 호세량이 맥없이 중얼거렸다.

믿기 힘들었다.

눈앞과 몸속에 증거가 있는데도 믿기 힘들었다.

뼈를 깎는 고통을 감수하며 수신단결공을 익히고, 가장 이상적이라 생각했던 몸을 완성하고 자신감에 차 휘둘렀던 주먹은 부서졌었다. 그런데 지금 최선을 다하지도 않았는데 커다란 나무가 젓가락처럼 부러졌다.

이건 무슨 조화인가?

"설마 이게 지계의 힘인가?"

호세량의 머릿속에서는 금으로 된, 상자 속에 들어 있던 천년삼왕, 천년하수오, 공청석유, 대환단 따위는 전혀 남아 있지 않았다. 다만 일정문의 전대 문주들이 찾고 찾았지만 지금에서야 발견된 지계만이 남아 있었다.

일단 시험해 보기로 했다.

종이로 된 포대기가 찢어지든 말든 호세량은 자리에 주저앉아 가부좌를 틀었다. 그리고 마음을 가라앉히고 지계를 운용하기 시작했다.

단전에 얌전히 앉아 있던 기운들이 지계를 따라 몸을 휘돌기 시작했다. 그리고 내공을 쌓는 데 탁월한 효능을 가진 지계로도 미처 흡수하지 못해 몸속에 잠재되었던 남은 기운들이 일어나 먼저 휘돌던 내공과 합류하였다.

그 양은 이미 또래의 평균적인 수준을 초월한 호세량의 내공에 변동이 있을 정도로 많았다.

호세량은 격동했다.

'이게 지계로구나!'

과연 전대 문주들이 눈에 불을 켜고 지계를 찾아다닌 이유가 있었다고 생각하며, 호세량은 감격에 몸을 떨었다.

만약 호세량이 주워 먹은 영약들이 피를 토하고 항변했을 오해를 완전히 사실처럼 생각하고 있는 호세량이었다. 영약들에게는 불행한 일이지만, 몸속에서 이미 녹아들고 있는 탓에 호세량의 오해는 진실로 굳혀졌다.

"아, 아!"

지계를 멈추자 다시 단전에 자리 잡은 내공에 온몸이 뿌듯했다. 상상을 초월하는 효능에 호세량이 격동하고 있을 때, 그를 현실로 되돌리는 현상이 나타났다.

쿵쿵.

냄새가 났다.

기름지면서도 고소한 냄새.

'고기!'

냄새를 인식하는 순간, 뱃속에서 연이은 천둥이 울렸다. 쥐꼬리만큼 남아 있던 수치심과 이성이 물에 빠진 소금처럼 녹아버리자 천계가 움직여 단전에 쌓인 모든 내공을 움직였다. 그 막대한 힘으로 호세량은 쏜살처럼 나아갔다.

자신이 지금 어떤 몰골을 하고 있는지 잊은 채.

특별한 경공을 익힌 것도 아니다. 단지 어마어마한 내공만 이용해 앞으로 나아가는 것인데, 그 속도는 결코 무시할 수 없었다.

본인도.

"헉!"

앞에 있던 나무가 순식간에 다가오자 호세량은 경악했다. 그리고 다급한 김에 오른손을 뻗었는데, 그 손에는 백무결이 사다 준 검이 들려 있었다.

우직— 하는 소리와 함께 나무에 부딪친 검집에 금이 가고, 그 충격으로 호세량의 몸이 빙글 돌아 나무와 충돌을 피했다. 그 뒤로 멈춰 섰으면 그만인데, 호세량은 성큼성큼 튕겨 나가는 자신의 몸에 놀라 계속 내공을 사용하고 있어서 같은 일이 반복되었다.

그러기를 여러 번, 호세량은 결국 목적지에 당도할 수 있었다.

"어, 어!"

여전히 붕 떠 있는 몸을 제어하기 위해 버둥거리는 호세량은 그 목적과 다르게 훨훨 날아 어여쁜 토끼가 요염하게 노릇노릇 익은 속살을 내비치고 있는 모닥불로 향했다.

이대로라면 모닥불 위에 꼬꾸라질 판이라 호세량은 기겁했다. 불행하게도 호세량은 허공에서 방향을 비틀 수 있는 상승 기법을 전혀 몰랐다.

'포대기!'

가까워지는 모닥불에 자신이 걸치고 있는 포대기가 종이로 만들어졌다는 사실을 깨닫고 호세량은 질끈 눈을 감았다.

모닥불 위를 뒹굴면 포대기에 불이 붙어 알몸이 되어야 하리라.

녹아버린 수치심이 슬며시 고개를 들어 이를 악물었을 때, 모닥불로 쭉 향하던 호세량의 몸이 덜컥 멈췄다.

"허허, 요상한 몰골을 한 아이로고?"

노인은 먼 곳에서 빠르게 다가오는 소리에 처음에는 습격인 줄 알았다. 그러다 요란한 소리를 내며 달려들 정도로 멍청한 놈이 없을 것이라는 생각에 살펴보니, 요상한 몰골을 한 청년이 모닥불에 처박힐 상황에 처하자 일단 고기를 구하고 보자는 생각에 몸을 움직였던 것이다.

그러다 낭패를 본 것은, 가볍게 생각하고 받았는데 나아가는 힘이 보통이 아니어서 하마터면 같이 나뒹구는 추태를 보일 뻔했다는 점?

'뭐, 낭패는 아니었구만.'

그나저나…….

"이제 좀 떨어지지 그러나?"

호세량은 깜짝 놀라 후다닥 떨어졌다.

노인은 호세량이 떨어져 나가자 살짝 구겨진 옷을 탁탁 털었다.

"고마… 아, 감사합니다."

호세량의 말에 하얀 눈썹이 치솟았다가 슬쩍 가라앉았다. 백무결이 신경 써서 가르쳤던 예절 교육의 성과였다.

"허허, 그래. 어쩌다 그런 꼴이 되었나?"

"그게… 그러니까…….'

꼬르륵—

"허, 배고픈가?"

호세량은 침을 삼키며 대답 대신 격렬하게 고개만 끄덕였다. 그걸 노인이 어떻게 받아들였는지 모르겠지만, 노인은 다행히 웃으며 토끼를 반으로 찢어 내밀었다.

호세량은 감사하다는 말도 없이 허겁지겁 먹기 시작했다. 그리고 노인이 고기를 건넸던 손을 다 내리기도 전에 살점이 하나도 보이지 않는 뼈를 한 무더기나 뱉어냈다.

그게 전부였다.

"……"

적지 않은 시간을 살아왔음에도 이런 장면을 처음 봤는지 노인은 말을 잃었다. 그러다 따가운 시선을 느껴 고개를 들었고, 무언가를 애타게 갈구하는 눈동자로 자신을 뚫어져라 바라보는 호세량을 볼 수 있었다. 그리고 곧 움직이는 시선을 따라 고개를 내리자 반으로 찢어졌지만 여전히 더운 김을 피워 내는 토끼 고기가 있었다.

노인은 무의식중에 그것을 내밀었고, 곧이어 생전 처음 봤던 놀라운 장면이 되풀이되는 것을 볼 수 있었다.

후드득.

절반의 뼈 위에 나머지 절반의 뼈가 쏟아졌다.

온전한 토끼 뼈가 모이는 것을 멍하게 바라보던 노인은 따뜻한 온기가 여전히 남아 있는 자신의 손을 바라보았다. 확실히 아직도 따뜻한 온기가 손끝에 남아 있었다.

진정으로 눈 몇 번 깜빡할 사이에 토끼 한 마리가 뼈만 남기고 사라졌다. 노인은 뼈 무더기와 입맛을 다시는 호세량을 번갈아 바라보다 웃음을 터뜨렸다.

"허허허!"

다른 친우들에게 이 사실을 말하면 결코 믿지 않을 것이다. 오히려 거짓말하지 말라며 호통을 칠 것이 분명했다. 아가씨라면 거짓이니 진실이니 판단하지 않고 재미있다며 단지 웃을 것이고.

노인은 얼마 만에 이렇게 진심으로 웃는지 잠시 생각해 봤다.

"허, 그걸 다 먹고 부족한가?"

"……."

호세량은 어색하게 존대로 대답하는 것보다, 반짝반짝 빛나는 눈빛으로 대답을 대신했다.

"눈 깔게. 내 눈이 다 썩어가는 것 같아 힘들어. 어차피 나도 저녁을 못 먹었으니 좀 더 구해야 할 것 같은데, 더 먹을 텐가?"

"예!"

"허허, 그래. 그럼 저기 있는 짐을 풀어서 옷을 꺼내 입게. 뭐, 그 차림이 좋다면 그대로 있어도 상관없네."

노인은 그리 말하고 빠르게 멀어졌다. 환골탈태를 하기 전이었다면 눈앞에서 휙 사라진 것처럼 보였을 텐데, 환골탈태 후 동체시력이 엄청나게 좋아져서 노인이 움직이는 모습이 다 보이자 전혀 고수처럼 보이지 않았다.

"주 형보다 못하네. 뭐, 주 형은 대단한 고수라고 했으니 그 차이인가?"

호세량은 고개를 갸웃했다.

"그러고 보니 백 형도 저것보다는 빨랐던 것 같은데?"

실은 눈앞의 노인은 백무결보다 강하고 주천양과 능히 겨룰 수 있는 대단한 고수였다.

호세량은 아리송한 문제를 생각하는 걸 그만두고 노인의 짐을 풀었다. 그리고 살짝 푸르스름한 옷과 붉은 빛이 도는 갈색 옷 사이에서 잠시 고민하다가 푸르스름한 옷을 잘 정리해 봇짐에 넣었다.

포대기를 벗는 것은 쉬웠다. 그냥 살짝 힘을 주니 끈으로 묶인 부분이 쉽게 찢어져 순식간에 알몸이 되었다.

"크네?"

알몸이 되자마자 서둘러 옷을 걸치고 난 소감이었다. 가만히 서 있으면 거짓말 살짝 보태서 소매가 무릎까지 내려왔다. 앞섶을 등 뒤로 돌려야 속살이 가려졌다. 옷이 커도 너무 컸다. 이건 마치 아버지의 옷을 몰래 입은 소년 꼴이지 않는가?

호세량은 이름도 모르는 노인을 떠올렸다.

확실히 처음 받아주었을 때, 노인의 팔에 폭 들어갔다. 그리고 뒤로 물러섰을 때를 생각해 보면 확실히 눈높이도 높았던 것 같다.

'노인네 맞아?'

토끼 고기에 정신이 팔려 제대로 살피지 않았지만, 허허롭게 웃는 인자한 인상과 다르게 키나 몸집이 보통 사람인 자신이나 백무결이 비해 월등히 컸던 것 같다. 그리고 어렴풋이 떠오르는 노인의 팔뚝은…….

'무슨 통나무에 부딪친 것 같았지.'

이쯤 되면 정상이 아니다.

사부도 돌아가시기 전까지 정정하다 말하기 미안할 정도로 무지막지했지만, 이건 그 정도를 넘어섰다. 솔직히 말하면 사람의 몸이 아니다. 무슨 거인도 아니고 그 두터운 팔뚝은 도대체 뭔가? 성인 남성의 허리보다 두터운 팔뚝은?

'그 외공이란 걸 익힌 건가?'

수신단결공은 몸을 만드는 공부이긴 하지만, 어디까지나 내가무공(內家武功)의 한 종류다. 전체적인 균형을 바로 세우고, 자연의 기를 받아들이기 좋은 육체를 만드는 공부니까. 그런 이유로 호세량은 실제로 외공을 익힌 사람을 본 적이 없었다.

이는 어디까지나 제대로 된 외공을 뜻한다.

별 볼일 없는 삼류건달들이 익힌 외공은 공부라 부르기 미안하다는 게 백무결의 설명이었으니까.

'그 몸은 엄청났으니 맞겠지?

대충 백무결이 설명한 것과 맞아떨어진다.

인간이라 보기 힘든 거대한 몸집, 돌처럼 단단한 근육, 살짝 움직여도 압박이 느껴질 정도로 무시무시한 박력 등등.

백무결이 본 제대로 된 외공을 익힌 무인이 철탑역사(鐵塔力士)라 불리는 대단한 고수라 생긴 편견이지만, 호세량이 그를 알 리가 없으니 외공을 익힌 자들의 외형이 다 그렇다고 생각하는 것도 무리가 아니리라.

'외공은 대단하구나.'

잘못된 오해가 또 하나 만들어졌다.

그렇게 호세량의 오해로 '일정문에도 외공이 있었다면 사부도 좀 더 오래 사실 수 있었을지도 몰라' 나, '나도 외공을 익히면 키가 더 커질까?' 등 어처구니없는 생각에 빠져 배고픔을 잊고 제법 오랜 시간이 흘렀을 때, 기척이 느껴졌다.

제법 먼 거리인데도 기척을 느끼고 고개를 돌린 호세량은 노인이 한 손으로 덜렁 들고 있는 뭔가의 흐릿한 윤곽을 보고 실망했다. 그러나 노인이 점차 다가오면서 흐릿한 윤곽의 정체가 제법 커다란 멧돼지인 것을 보고는 놀랐다. 그리고 노인이 바로 눈앞에 다가오기 전까지 노인의 얼굴과 멧돼지를 번갈아보며 입을 벌렸다.

'진짜 크다.'

단지 크다는 말로 설명하는 게 미안해질 정도다.

호세량의 키는 절대 작은 편이 아니다. 이상적인 비율을 지닌 백무결과 비교해도 불과 이 촌 정도밖에 차이나지 않았다. 그리고 이번에 환골탈태를 거치며 키가 더 커 백무결과 비슷한 눈높이를 가지게 되었는데, 노인은 그런 호세량보다 머리가 셋 정도는 더 있어야 눈높이가 맞을 정도로 컸다.

그러니까 어림잡아 키가 팔 척.

'왜 이걸 이제야 느꼈을까?'

점차 다가오는 노인의 키에서 압박을 느낀 호세량의 의문이었다.

정답은 배고파서 제정신이 아니었던 탓이다.

어쨌든 노인은 느긋하게 걸어오는데, 큰 키 덕분에 한 걸음에 성큼성큼 순식간에 다가와 멧돼지를 떨어뜨렸다.

쿵!

땅이 울리는 것으로 볼 때, 육중한 무게가 느껴졌다.

"이 정도면 자네도 배불리 먹을 수 있겠지?"

"예……."

"그럼 이번에는 어디 자네가 요리해 보게. 아까 노부가 요리한 것을 자네가 다 먹었으니 말일세."

"알겠습니다."

호세량은 노인의 덩치에 잔뜩 위축되어 검을 휘둘렀다.

들고 있던 검으로 멧돼지를 손질하는 것을 보고 노인의 표정이 야릇하게 변했지만, 그것을 모르는 호세량은 익숙하게 피와 내장을 빼내고 가죽을 벗겼다. 그리고 백무결과 계속 그래 왔던 것처럼 가죽을 잘 정리해 둔 다음 고기를 먹기 좋게 다듬었다.

환골탈태로 힘이 좋아지니 모든 게 편해졌다. 제법 커다란 멧돼지를 뒤집을 때도 쉽게 넘어갔고, 나무꼬챙이로 꿸 때도 수월하게 되었다.

'역시 지게.'

착각도 심하게 하고 있다.

그렇게 준비가 끝난 고기가 모닥불 위로 올라갔다.

"좋구만. 자네, 요리 좀 할 줄 아는군."

"한동안 계속했던 일이라 그… 렇습니다."

"흠, 좀 뒤집게."

"예."

호세량은 고분고분 말을 잘 들었다.

장난으로라도 저 팔로 맞으면 그대로 죽을 것 같았다. 물론 한 대 맞으면 죽는 것은 주천양도 마찬가지였지만, 눈앞의 노인과 주천양은 외적 모습이 달라도 너무 달랐다.

어떻게든 이길 수 있을 듯한 외형과 건드리는 순간 죽을 것 같은 외형의 차이랄까?

그렇게 침묵에 빠져 고기를 굽고 있을 때, 어둠이 찾아왔다.

노릇하게 잘 익어가는 멧돼지를 보다 문득 이상함을 느낀 호세량은 고개를 들어 하늘을 바라보았다. 그리고 곧 멧돼지를 돌리는 것조차 잊고서 하늘을 뚫어져라 바라보았다.

노인은 그 태도에서 뭔가 이상함을 느끼고 하늘을 바라보았으나, 있는 것이라고는 둥근 달과 수없이 많은 별 무리밖에는 없었다. 혹시나 주의력이 부족해 못 찾은 걸지도 모른다는 생각에 다시 자세히 살폈지만, 여전히 평범한 밤하늘일 뿐이었다.

노인은 고개를 저었다.

"하늘에 이상한 것이라도 있는가?"

"저, 저거 안 보여?"

"방금 뭐라고 했는가?"

"저거! 달!"

"달?"

노인은 호세량의 반말에 인자해 보이던 얼굴을 찡그렸으나, 너무나 심각한 모습에 고개를 흔들어 버리고 달을 살폈다. 그러나 아무리 살펴도 이상한 것은 없었다.

"저게 뭐가 이상하다는 겐가?"

"둥글잖아! 저게 말이 돼?"

"그럼 보름에 뜨는 달이 둥글지 가늘겠나? 이제 보니 흰소리하는 중이었구만."

"보름? 지금이 보름이라고?"

"자네, 어디서 곰처럼 동면이라도 한 겐가? 이 한여름에?"

"……"

호세량은 노인의 말에 대답하지 못하고 멍하니 달을 올려다

보았다.

분명 백무결과 헤어지기 전에 보았던 달은 아주 가늘어서 곧 부러질 것처럼 보였던 초승달이었다. 그런데 불과 이틀 후에 다시 하늘을 보니 통통하게 살이 오른 보름달이다? 이게 말이 되는 건가?

'말이 되지, 노인의 말처럼 동면이라도 했다면.'

그렇게 생각하니 짐작되는 게 있었다.

지계를 발견하고 미친 것처럼 그것만 읽었던 일과 그 이후에 다른 비급에 손을 뻗어 무작정 읽기만 했던 일. 삼양신공을 다 읽고 나서 배가 찢어질 것 같은 배고픔과 터질 것 같았던 배설의 욕구가 바로 어제 일처럼 또렷하게 떠올랐다.

'어제 일이긴 했지.'

그렇다. 분명 호세량의 기억으로는 어제 일이었다.

짐작되는 게 또 하나 있었다. 벽곡단과 도라지, 무를 먹은 다음 자기 병에 들었던 물을 마시고 기절했던 일. 그때도 하루 자고 일어난 것이 아니라 죽은 듯이 며칠은 잤어야 지금 생각처럼 시간이 지나는 게 가능했다.

틀림없이 벽곡단이나 도라지, 무 중에서 잘못된 것이 있는 게 분명했다.

예를 들어 상했다거나.

'내가 상한 걸 먹었다고 그리될 리 없는데?'

호세량은 저도 모르게 영약들을 두 번 죽이고 있었다.

상한 음식을 한두 번 먹은 것도 아니고, 그것 때문에 잘못될

가능성은 거의 없었다. 먹고 안 죽으면 된다는 생각에 썩은 음식도 먹은 적 있는데 멀쩡했다. 그런데 고작 상한 음식을 먹었다고 이상이 생길 리가…….

'독?'

불현듯이 다른 가능성이 떠올랐다.

자신이 먹은 것들 중 독이 있었다면?

그런 상황이었다면 말이 된다. 분명 그때 그 고통스러웠던 기운은 분명 지독한 독이었을 것이다. 그리고 뒤늦게 지계를 운용하여 간신히 독을 이겨내고 목숨만 건지고 기절한 것이 틀림없으리라.

틀림없이 소설을 쓰고 있었다.

호세량은 얼토당토않은 생각을 사실로 굳혔다.

"뭔가 짐작 가는 일이라도 있나?"

순식간에 변해가는 호세량의 표정을 잠자코 지켜보던 노인은 호세량이 뭔가 알아낸 것 같아 슬쩍 물어보았다.

호세량은 그제야 반말했다는 사실을 깨닫고 눈치를 살폈다.

"아무래도 제가 독을 먹었던 것 같습니다."

"독이라?"

노인이 미심쩍은 표정을 짓자 호세량은 다급해졌다. 아무래도 반말했다는 사실을 추궁받으면 무사할 것 같지 않았던 탓이다.

"정확한 위치는 모르겠으나, 어느 동굴에서 먹을 만한 것들을 발견했습니다. 그때 며칠을 굶은 것같이 배가 고파 허겁지겁 먹었는데, 그중에 독이 있었는지 갑자기 속이 뜨거워지면서 온몸이 찢어질 것처럼 고통스러웠습니다. 불행 중 다행히 그전에 잃어버렸던 본 문의 신공절학을 되찾았던 다음이라, 전력으로 신공을 운용하여 독과 맞서 싸웠습니다. 그러다 고통을 참지 못해 기절했는데, 깨어나 보니 걸치고 있던 옷이 전부 사라져 있었습니다. 그래서 부득이하게 아까 보셨던 몰골로 돌아다니고 있었던 겁니다."

"흠……."

설명을 들었지만, 노인은 미심쩍은 표정을 지우지 못했다.

호세량의 말을 믿는다면 기절했을 때 무의식 속에서 독을 이겨냈다는 말이다. 거기까지는 믿을 수 있다. 하지만 정신을 차렸을 때 옷이 사라졌다는 말은, 몸 밖으로 배출된 독이 옷을 녹였다는 말밖에 되지 않는다.

즉, 호세량이 이겨낸 독은 옷을 흔적도 없이 녹여 버릴 정도로 독한 물건이란 뜻인데, 그것을 약관에 불과한 놈이 이겨냈다?

솔직한 심정으로 절대 믿을 수 없다.

같이 아가씨를 모시는 늙은 놈들 중에 독을 쓰는 놈이 하나 있는데, 그 덕분에 독이란 물건이 얼마나 지독한 물건인지 잘 알고 있다. 그래서 호세량이 말한 것처럼 몸 밖으로 배출한 독이 옷 같은 것을 모조리 녹여 버릴 정도의 물건이라면, 자신조차 해독(解毒)에 도움이 되는 단약(丹藥) 없이 이긴다고 장담할 수 없다. 그런 상황인데, 신공을 익혔다지만 새파랗다 못해 어리기까지 한 놈이 그걸 이겼다는 걸 어떻게 믿는가?

'그리고 그 신공이 진짜 신공(神功)인지도 모르고……'

그렇다고 마냥 부정하자니 이야기가 너무 단순하여 앞뒤가 틀린 곳이 없다. 믿지 못하겠는데 거짓이라고 말하자니 우기는 것 같은 상황인 것이다.

'저놈의 내공이 나보다 높을 리… 그렇지. 얼마나 내공을 가지고 있는지 확인해 보면 사실인지 아닌지 알 수 있는 것 아닌가?'

아무리 신공절학을 익혔다 하더라도 그를 뒷받침해 주는 내공이 없으면 그 독을 이겨내는 것은 불가능하다. 즉, 진실 여부를 파악할 수 있는 가장 쉬운 방법은 버릇없이 반말을 찍찍 뱉어내던 어린놈의 내공을 알아보면 되는 것.

"그것참 믿기 힘든 얘기일세. 그렇지만 확인할 수 있는 방법이 있지. 자네, 모든 힘을 다해 여기를 쳐보게."

노인은 손바닥을 내보이며 말했다.

"……모든 힘을 다해서 말입니까?"

"그러네. 한번 힘껏 쳐보게."

"그러다 다치시는 것……. 아닙니다."

호세량은 험악해지는 노인의 시선에 꼬리를 말았다.

"자, 해보시게."

노인은 손바닥을 흔들며 재촉했다.

그것은 마치 너 따위가 날 다치게 할 수 있느냐고 비웃는 것 같아, 호세량은 진심으로 울컥했다. 외형에 압박을 느꼈다고는 하지만, 천둥벌거숭이 같은 성격이 어디 사라지는 게 아니었다. 그래서 호세량은 천계를 운용해 모든 내공을 일으켰다.

웅—

그것은 마치 대기가 울리는 것 같은 착각.

노인은 순식간에 거대해진 호세량의 존재감에 저도 모르게 침을 삼켰다. 이건 최대라 생각했던 것을 아득히 초월한 힘. 슬며시 걱정이란 놈이 고개를 내밀었지만, 체면이 그것을 내리눌렀다. 그러면서도 저도 모르게 중심을 낮춰 단단히 대비했다.

"해보죠."

그때, 호세량이 이를 갈며 주먹을 뻗었다.

제대로 된 주먹질이 아니었다. 단지 휘두름에 불과했는데, 막대하다고밖에 할 수 없는 내공이 실려 더 이상 조잡한 주먹질이 아니었다. 그것을 조잡하다 말하면, 그 조잡한 것에 맥없이 튕겨져 나가 버린 흑철거신(黑鐵巨身) 담후(譚厚)는 뭐가 되겠는가?

"커흑?"

거대한 바위가 떨어진 것처럼 엄청난 소리와 동시에 담후의 입에서 경악인지 비명인지 모를 소리가 터졌다. 그리고 담후가 어찌할 겨를도 없이 몸이 허공에 떠올라 뒤로 날아갔다. 앞에서 철목육신갑(鐵木肉身鉀)의 반탄력에 의해 바닥을 뒹구는 호세량이 얼핏 보였지만, 전혀 위로가 되지 않았다.

비록 별다른 방비를 하지 않았다 하지만, 천하의 흑철거신이 약관에 불과한 애송이의 주먹질에 날아간 것이다.

마음씨 곱고 이해심 넓은 아가씨도 믿지 않을 일이고, 다른 늙은 놈들에게 말한다면 미친 늙은이가 노망이 들었다고 손가락질하면서 타박할 일이었다. 그런데 진정으로 몸이 날아가고 있지 않은가?

쿵!

담후의 거구가 나무에 부딪치며 떨어졌으나, 그것은 손바닥에 비하면 느낌조차 없는 것과 마찬가지였다. 거대한 쇠망치로 손바닥을 내려쳐도 이렇게 아프지는 않을 텐데, 고작 애송이 주먹질에 이 꼴이라니! 그것도 제대로 권을 배우지 못했다는 게 한눈에 보이는 애송이의 주먹질에!

"믿을 수 없다!"

인자하던 얼굴이 악귀처럼 일그러지며 담후는 벌떡 일어나 쏜살처럼 달려갔다.

그때까지 호세량은 엄청난 반탄력에 정신을 못 차리고 있다가 자신을 덮치려는 거대한 그림자에 반사적으로 검을 휘둘렀다.

캉!

어느새 무쇠처럼 검게 물든 담후의 팔이 호세량의 검을 막아냈다. 그리고 번개처럼 손을 뻗어 호세량의 머리를 잡으려고 했으나, 벌러덩 넘어지며 올려치는 발에 뻗었던 팔이 위로 튕겼다. 그리고 호세량이 게으른 당나귀처럼 굴러 연이어 뻗어지는 손을 피해내고, 모든 내공을 검에 담아 쭉 뻗어냈다.

"검기!"

아름다운 자주색 검기가 안개처럼 피어오르는 검이 가슴으로 파고들자, 담후는 다시 한 번 경악했다. 그러던가 말던가 호세량의 검은 결국 검게 물든 담후의 가슴을 찍었고, 이전과 마찬가지로 또다시 튕겨나야 했다.

"……"

이번에는 보다 철저하게 방비했던 터라 날아가지는 않았지만, 다섯 걸음이나 물러나 아까 날아갔던 것보다 심한 정신적 충격을 받은 담후는 굳은 눈으로 비척비척 일어나는 호세량을 바라보았다.

"큭, 망할!"

바닥을 굴러 엉망이 됐을 뿐인 호세량은 멀쩡하게 일어났다.

막대한 반탄력을 이겨내고 내상을 입지 않은 게 확실했다. 그리고 담후가 잘못 본 것이 아니라는 것처럼, 조금 전보다 범위가 넓어진 자주색 검기가 넘실거리고 있었다. 도저히 믿을 수 없는 일이지만, 약관에 불과한 호세량의 내공은 자신보다 강했다.

"허허허, 이 무슨 어처구니없는 일인고?"

다시 인자한 얼굴로 돌아간 담후가 허허롭게 웃고 있을 때, 호세량은 이를 악물고 검을 뻗었다.

"오냐! 이 빌어 처먹을 노인네야! 누가 죽나 한번 해보자!"

"정말 해볼 텐가?"

"아니, 제 말은 그게 아니고……"

다시 악귀처럼 표정을 일그러뜨리는 담후의 모습에 호세량은 그대로 꼬리를 말았다. 막상 진짜 싸운다고 생각하니, 상대는 검이 몸에 안 들어가는 엄청난 몸의 소유자가 아닌가? 그것도 철판(鐵板)조차도 잘라낸다는 검기까지 피어난 검을……. 검기?

호세량은 자신이 들고 있는 검을 멀뚱히 바라보았다.

여전히 아름다우면서 위협적인 자줏빛 검기가 넘실거리며 자태를 뽐내고 있었다. 일단 한 번 휘둘러보았다.

없어지지 않았다.

마구 흔들어보았다.

여전히 없어지지 않았다.

근처 나무에 다가가 휘둘러보았다.

별다른 느낌 없이 간단하게 베어졌다.

'진짜 검기?

호세량이 자신의 검기에 놀라 헛짓 중일 때, 담후는 마음을 진정시키고 한쪽이 타버린 멧돼지를 돌렸다.

"자네, 이리 와서 이것 좀 잘라 버리게."

"응."

"응?"

"아, 예!"

정신을 되찾은 호세량은 후다닥 뛰어가 담후가 말한 부분을 잘라내서 버렸다. 그리고 당연하다는 듯이 담후 대신 멧돼지를 돌리기 시작했다. 그러면서도 이미 검기가 사라진 자신의 검을 내려다보며 멍한 표정을 지었다.

담후는 고개를 흔들었다.

그렇게 침묵에 빠져 시간이 흘러 익은 부분을 잘라내어 먹기 시작할 때, 담후가 한숨을 내쉬었다.

"고기가 덜 익었습니까?"

"아니, 잘 익었네."

"그런데 왜 한숨을……?"

"나는 이리 배불리 먹고 있는데 아가씨께서는 어쩔지 걱정이라 그러네. 물론 다른 놈들이 아가씨를 굶길 리 없겠지만, 건강이 안 좋으신 분이라 걱정이 되네."

"모시는 사람, 아니, 분이 계셨습니까?"

"왜? 내가 모시는 분이 계시다는 게 이상한가?"

"아니, 꼭 그런 건 아니지만……."

그때 호세량의 머리에 떠오르는 모습은 담후처럼 거대한 몸집을 가진 근육질의 여자였다. 솔직히 여자라 부르기도 미안한 그런 모습을 가진 여자.

"후후후, 알지. 내 자네 속을 모르는 것도 아니네. 내 친우(親友)들도 내가 아가씨를 모신다는 말에 기경했으니 자네라고 다를 게 없겠지. 하지만 아가씨는 달라. 자네도 아가씨를 뵙는다면 내 심정을 이해할 걸세."

담후는 호세량의 속을 전혀 모르고 있었다.

알았다면 분명 참지 못하고 때려죽이기 위해 주먹질을 했으리라.

"빨리 돈을 벌어야 약을 살 수 있을 텐데… 어찌해야 할지 알 수 없어."

담후 같은 고수는 돈을 벌기 아주 쉬운 방법이 있다. 그냥

크고 넓은 장원을 찾아가 닥치는 대로 때려 부수고 원하는 것
을 가지고 나와 버리면 된다. 그러면 관의 추격을 받겠지만, 금
방 원하는 만큼 돈을 벌 수 있다. 그것도 아니면 낭인처럼 무
력을 팔아 손에 피를 묻히면 충분한 돈을 벌 수 있다. 한 번으
로 안 되면 두 번, 세 번 하면 되니까.

그럴 수 없는 게 아가씨께서 그것을 원하시지 않는다. 그런
이유로 죄를 짓는다면 슬퍼할 것이 분명했다.

그것만큼은 참을 수 없는 게 담후였고, 그와 같은 처지에 있
는 늙은 놈들이었다. 그래서 정당한 방법으로 돈을 벌기 위해
세상에 나왔으나, 아무리 고수라도 짧은 시간 안에 돈을 많이
버는 게 쉬울 리 없다.

약을 사는 데 필요한 돈이 한두 푼도 아니고, 어마어마한 황
금이 필요하니 그에 관해서 생각할 때마다 나오는 건 한숨뿐
이었다.

'그런데 내가 왜 이런 이야기를 저 아이에게 하는 것일꼬?

이런 약한 모습, 같은 처지의 늙은 놈들에게도 잘 보여주지
않는다. 아가씨와 관계없으면 다들 하나같이 꼬장꼬장한 성격
이고 자존심이 높은 놈들이라 그랬는데, 난생처음 만난 괴상
한 놈한테 푸념을 했다는 게 담후는 믿겨지지 않았다.

그러다 어느새 다시 멍청하게 검을 내려다보는 호세량을 보
았고, 어렴풋이 자신의 행동을 이해할 수 있었다.

'저리 허술하니 나도 모르게 경계심이 풀려 버린 모양이구
만. 고놈 참, 정말 괴상하고 이해하지 못할 아이로고.'

허허롭게 웃으며 담후가 고개를 흔들고 있을 때, 호세량이
벌떡 일어났다. 그리고 허둥지둥 종이로 싸인 네모난 것들을
챙기더니 달려가는 것이 아닌가?
"자네, 이 늦은 시간에 어디 가나?"
"이제야 알았는데 백 형이 분명 절 기다리고 있을 겁니다."
"허, 그렇다고 이 늦은 시간에 서둘러 갈 필요는 없지 않겠
나?"
"……."
호세량은 그 물음에 대답하지 않고 남쪽을 바라보았다. 그
모습이 사뭇 심각해 보여 담후는 내심 '이 괴상한 아이에게 저
런 면이 있었나?' 생각하면서 다시 물었다.
"기다리는 아이가 친우라도 되는가?"
"아, 예. 세상에서 하나밖에 없는 친우죠."
"허허, 그래. 그렇다면 늦었더라도 가야겠지. 그나저나, 배
는 안 고픈가? 아까 그리 급히 먹더니 고기를 구워놓고 그냥
두고 갈려고?"
"아……."
꼬르륵.
정말 환한 얼굴로 대답하던 호세량의 표정이 흐려졌다. 그
리고 고기와 남쪽을 번갈아보며 정말 심각한 표정을 지었다.
무슨 일생일대의 고민을 하는 것처럼 심각한 모습에 담후는
역시 '괴상한 아이로다' 라 생각하며 호세량을 불렀다. 그리고
다가온 호세량에게 멧돼지를 반으로 찢어 내밀었다.

"자, 받게. 아직 안쪽은 덜 익었으니 다음에 쉬면서 다시 구워 먹으면 될 것이고, 익은 부분을 먹으면서 내려가면 되겠지?"

"정말 감사합니다!"

호세량은 기뻐하며 고기를 받았다. 그리고 내심 아직 덜 익은 멧돼지를 단숨에 찢어버린 담후의 힘에 경악했으나 표현하지는 않았다.

"그럼, 다음에 뵙겠습니다."

"허허, 그럴 수 있으면 그러도록 하세나."

호세량은 손을 흔드는 담후를 등지고 멧돼지 고기의 익은 부분을 뜯어 먹으며 후다닥 달려 남쪽으로 내려갔다.

담후는 숲에 가려 더 이상 호세량이 보이지 않을 때까지 그 모습을 지켜보다, 남은 고기를 다시 꿰어 돌리며 중얼거렸다.

"그러고 보니 사문이 어디인지를 묻지 않았구나. 저런 아이를 키웠다면 필시 범상치 않은 곳을 터인데……. 허, 다음을 기약하는 수밖에."

그렇게 아쉬움을 갈무리했을 때, 남쪽에서 무언가 다가오는 기척이 느껴졌다. 담후가 혹시나 싶어 고개를 돌렸을 때, 저 멀리에서 검을 멧돼지에 꽂아 넣고 빈 오른손으로 뭔가를 던지는 호세량을 볼 수 있었다.

굉장한 속도로 다가오던 그 무언가는 앞쪽에 위치한 나무에 푹 파고들었고, 그 나무를 유심히 보다 시선을 호세량에게 돌리니 다시 등을 돌리고 남쪽으로 내려가고 있었다. 아무리 생각해도 이유를 알 수 없는 행동에 고개를 갸웃거리고 있을 때,

저 멀리에서 쩌렁쩌렁한 목소리가 들려왔다.

"보은(報恩)입니다! 그거 비쌀지도 모르니까 팔아서 쓰세요!"

그리고 호세량의 목소리는 더 이상 들리지 않았다.

"허허, 허허허!"

담후는 정말 유쾌하다는 듯 즐겁게 웃었다.

"그래, 자네의 보은이라면 내 필히 챙겨야지."

기대도 하지 않았지만 담후는 벌떡 일어나 호세량이 보은이라 말한 것이 박혀 있는 나무에 다가갔다. 그리고 잠시 어떻게 꺼낼까 고민하다, 그냥 한 번 주먹질하는 것으로 나무를 부러뜨렸다. 그때, 부러진 나무에서 어둠을 밝히는 돌 하나가 바닥으로 떨어졌다.

"응?"

담후는 그것을 바라보다 눈을 비비고 다시 보았다. 그런데도 여전히 같은 모습이 보이자, 다시 눈을 비비고 보았다. 여전히 변한 건 없었다.

조금 전에 얼핏 보았던 게 착각이 아닌 것이다.

"헉? 정녕 야명주란 말인가?"

살짝 떨리는 손으로 그것을 주워 자세히 살펴보니, 수액이 좀 묻기는 했지만 진정 야명주였다. 크기가 좀 작기는 했지만 그 값을 예상할 수 없는 물건.

담후는 황급히 주먹을 쥐어 그것을 감췄다. 그리고 고개를 돌려 남쪽을 바라보았지만, 고기가 타는 냄새가 진동을 할 때까지 호세량은 나타나지 않았다. 진정으로, 진정으로 야명주를 보은이라 말하며 주고 간 것이다.

'괴상한 아이는 미친 아이였던가?'

보은이라 말했지만, 준 것이라고는 낡은 옷 한 벌과 구운 토끼 한 마리, 멧돼지 반 마리밖에 없다. 이리 값비싼 물건을 받을 만큼 잘해준 것도 아니다. 무엇보다 중간에 너무 놀라 죽일 것처럼 덮치기도 하지 않았던가?

그런데도 이런 보물을 주고 가다니!

"허허, 허허허!"

진정으로 오래 살았기에 이런 일도 다 일어났다고 생각하니 더없이 유쾌해졌다.

담후는 정말 즐거워 숲이 떠나가라 크게 웃었다.

이 야명주 한 알만 있으면 더 이상 약값 걱정할 일은 없다. 예전에 생각했으나 사정이 여의치 않아 해주지 못했던 비단옷도 얼마든지 해줄 수 있다. 고친다고 고쳤지만 여전히 허름한 곳에서 더 이상 아가씨를 모시지 않아도 된다. 넓은 집에서 얼마든지 아가씨를 편하게 모실 수 있다!

그것이 너무나 즐거웠다.

"허허, 역시 독노(毒老)의 말처럼 세상 오래 살고 볼 일이구나."

담후는 손을 살짝 펴 야명주를 구경하다 곱게 품속에 품었다. 죽지 않는 한 절대 잃어버리지 않도록 단단히 고정시키고 옷 위로 느껴지는 야명주를 토닥였다.

등 뒤에 자신을 따르는 천군만마(千軍萬馬)를 얻은 것처럼 든든했다.

다시 한 번 호세량이 사라진 남쪽 방향을 바라보던 담후는, 그가 벗어 팽개쳐 둔 포대기를 발견하고 주워 들었다. 그가 버렸다 생각하니 그 또한 귀하고 친근했으나, 품고 다닐 것도 아니기에 모닥불로 몸을 돌렸다.

"태워야… 음?"

그것을 태우기 위해 들었을 때, 범상치 않은 필체로 쓰인 네 글자를 볼 수 있었다.

승천신공(昇天神功).

담후는 혹시나 싶어 다른 부분을 살펴보았고, 곧 황급히 포대기를 뜯어 한장 한장 제대로 살폈다.

"비, 비급?"

그로 인해 알 수 있었다.

이 웃기지도 않은 모양새로 엮인 종이들이 무공이 적혀 있는 비급이라는 것을. 그것도 대충 훑어보아도 결코 범상치 않은 신공절학임을.

담후는 기괴한 표정으로 다시 한 번 종이 뭉치를 살폈다. 그리고 또 하나의 사실을 알 수 있었다. 이 종이 뭉치들은 승천신공이란 고절한 내공심법과 신룡천주라는 엄청난 경공으로 나뉘어 있음을 말이다.

맞다. 호세량의 말이 맞았다.

신공(神功)이다. 진정 신의 무공이라 칭할 수 있는 엄청난 것이다.

"아무래도 그 아이가 말한 사문의 신공인 것 같구나……."

가당치도 않은 오해지만, 그 오해를 풀어줄 수 있는 호세량은 이곳에 없었다.

담후는 신중하게 승천신공과 신룡천주를 구분했다. 그리고 뻘뻘 땀 흘리며 둘로 구분된 종이 뭉치의 순서를 맞춰 나갔다.

불 위의 멧돼지가 거의 다 타버리고, 기름 먹어 커졌던 불이 서서히 꺼지려고 할 때 두 권의 비급이 제 모습을 갖췄다.

"허, 이를 어쩐다?"

소매로 얼굴을 타고 흐르는 땀을 닦아내며 담후는 고민에 빠졌다.

호세량에게 받은 야명주를 생각해 볼 때, 이 비급은 곱게 돌려줘야 했다. 그게 도리에 맞는 일이고, 값을 상상할 수조차 없는 비싼 야명주를 준 호세량에게 보은하는 길이다.

하지만…….

'이 신공은 아가씨도 익힐 수 있다.'

그래서 이 승천신공이 반드시 필요했다.

담후와 다른 노인들이 모시는 그 '아가씨'는 특수한 체질을 타고난 탓에 일반적인 무공을 익히지 못했다. 배우고 싶다고 말한다면 가진 모든 재간을 다 전해줄 수 있는데, 자신들이 가진 일반적인 무공을 익히면 오히려 건강을 해쳐 수명이 짧아지는 특수한 체질을 타고나서 시간이 지날수록 병약해져 갔다.

돈이 필요한 이유는 그것이다.

병약해지는 몸을 보(保)할 수 있는 약을 짓기 위해서.

그런데 이 승천신공만 있으면 아가씨는 더 이상 병약한 몸으로 고생하지 않아도 된다. 오히려 보통 사람보다 건강해지고 웬만한 고수보다 월등히 강해질 수 있다.

이 승천신공만 있다면!

'미안하네.'

담후는 두 눈을 질끈 감으며 두 비급을 품속에 챙겼다.

사실 담후에게 있어선 선택의 여지가 없었다. 담후와 그와 같은 처지의 노인들에게 있어 아가씨는 천금보다 귀했고 핏줄보다 소중했다. 그런 아가씨를 위해서라면 양심과 자존심은 언제든지 버릴 수 있는 것에 불과했다.

미약한 불을 밟아 꺼버리고 담후는 남쪽을 바라보았다.

'미안하네. 이해해 달라 말하지는 않겠네. 다음에 다시 만나게 된다면 반드시 내 목숨으로 사죄하겠네.'

고개를 숙여 진심으로 사죄한 담후는 자신이 진정으로 사죄해야 할 자가 호세량이 아니라는 것을 알지 못했다. 승천신공의 주인에게 진정으로 사죄하고 싶으면 호세량을 때려죽이는 게 가장 빠르고 편하다는 것도 알지 못했다.

담후는 품속에 비급과 야명주를 품고 북쪽으로 향했다.

조금이라도 더 호세량과 멀어지기 위하여.

*   *   *

하루하루가 전혀 심심하지 않았다.

호세량과 헤어진 이후 심심함에 몸부림치며 검을 휘둘렀던 때와 다르게, 확실히 일행이 늘어나니 심심할 틈이 없었다.

다만 미친 듯이 짜증날 뿐이다.

'어찌 그럴 수 있을까?

백무결은 진심으로 궁금했다.

제갈민설은 호세량과 마찬가지로 사사건건 사람을 짜증나게 만들었다. 둘 다 짜증나기는 마찬가지인데, 웃고 넘어갈 수 있는 짜증과 앙금을 쌓이게 만드는 짜증의 차이랄까?

물론 전자가 호세량이고, 후자가 제갈민설이었다.

제갈민설은 여러 가지 재주를 가지고 있었다.

사람을 살살 가지고 노는데, 문제는 각 사람마다 한계를 명확히 파악해 절대 그 이하로 한다는 점이었다. 정말 아슬아슬하게 가지고 놀다가, 한계에 도달하려 하면 재빨리 화살을 다른 방향으로 돌렸다. 물론 그것도 좋다고 웃으며 달려드는 팽소문 같은 인간도 있지만 말이다.

거기다 남자를 유혹하는 것에도 탁월했지만, 백무결에겐 아니었다.

실제로 백무결은 제갈민설에게 전혀 관심이 없었다.

인간적으로 대하기 힘들고 함부로 접근하기에는 위험한 사람이라는 걸 알았기 때문인데, 이 제갈민설이라는 여자는 그 사이를 능숙하게 파고들었다.

충분한 거리를 두고 상대하다가도, 어느 순간 '이 소저가 나를 좋아하나?' 라는 생각이 불쑥 들면서 가슴이 두근거릴 정도로.

이전부터 여우 같은 여자라 생각해 왔지만 지금은 무섭기까지 했다.

팽소문과 단목휘, 남궁지정 사이에 갈등을 일으켜 분란을 만들고, 그 불똥에 항상 긴장하는 자신을 볼 때마다 백무결은 짜증이 났다. 그러면서도 떠나지 못하는 것은 제갈민설의 도발과 진심인 것처럼 느껴지는 애원 때문이다.

'정말 위험해. 내가 여자에게 이렇게 약했다니…….'

예전에는 미처 몰랐던 사실을 깨닫게 되었지만, 그 원인 제 공자에게 개미 눈곱만큼도 고맙지 않았다.

"하아……."

객잔의 식탁에 홀로 앉아 있는 백무결은 한숨을 쉬었다.

두 여자는 피곤하다며 먼저 방으로 올라갔고, 세 남자는 의미심장한 웃음을 지으며 밖으로 사라졌다. 결과적으로 홀로 남은 백무결은 객잔 주변에 위치한, 호수라 부르기에는 좀 작은 저수지 같은 곳을 걷다가 방으로 올라가 잠이 들었다.

길을 따라 걷다 도착한 도시라 부를 만한 곳에서 일행을 가장 먼저 반긴 것은 모든 게 다 타버려 폐허가 된 장원이었다.

반쯤 무너진 담벼락을 따라 걷다 보니 장원의 입구가 나타났고, 입구에서 도시의 안쪽으로 쭉 뻗은 대로가 나왔다. 나머지 일행은 뭔가 아는 듯 폐허를 신경 쓰지 않고 대로를 따라 걸었지만, 백무결과 은예선은 멀어지는 폐허를 연신 돌아보았다.

제갈민설은 여전히 치근덕대는 세 남자를 대충 상대하다, 그런 은예선을 보았다.

"신경 쓰여요?"

"응?"

"저 폐허, 신경 쓰여서 돌아보는 거 아니에요, 은 언니?"

"제갈 동생 말이 맞아. 규모를 보면 꽤 세력을 가졌던 곳 같은데, 무슨 일로 저렇게 된 걸까? 도적떼라도 들이닥쳤던 걸까?"

"그렇게 생각할 수도 있겠네요. 하지만 저곳은 그런 것보다 다른 교훈이 있는 곳이에요."

"교훈?"

은예선이 궁금해하자, 제갈민설이란 대화 상대를 빼앗긴 세 남자 중 단목휘가 나서서 대답해 주었다.

"용에게도 개 같은 자식[龍父犬子]이 태어날 수 있다는 것과 자식 교육을 잘못시키면 집안을 망하게 할 수 있다는 두 가지 교훈이오."

"어째서 그런 교훈이 있는 거예요?"

"음, 그 이야기에 앞서, 저 폐허는 청경문(靑莖門)이었소. 듣기로는 이백 년의 역사를 가진 문파라는데, 적어도 백 년 이상 되었다는 게 중론이오. 그리고 멸문 당시 문주에게는 아들과 딸이 하나씩 있었는데, 딸이 굉장한 미인이었다고 하오."

은예선은 고개를 갸웃거렸다.

"그게 교훈과 무슨 상관이에요?"

"마저 들어보시면 알게 될 거요."

단목휘는 제갈민설을 힐끗 살핀 다음 말을 이었다.

"앞서 말했던 교훈 중에 용은 당대 천하제일인이라 불리시는 무흔신검(無痕神劍) 조백린(趙白麟) 대협이시오. 그리고 무흔신검께서 은밀하게 무림을 정복하려는 무하궁(武河宮)에 홀로 맞서 싸우시다 잠시 몸을 피하셨던 곳이 바로 저 청경문이오. 당시 청경문의 문주는 무명(無名)의 청년고수가 대단한 용이라는 걸 단번에 깨닫고 제 딸과 연을 맺으려 했다오. 그게 어느 정도 성과를 맺었는지 그 딸과 무흔신검께서는 혼인도 올리지 않은 상태로 동침하게 되었소."

은예선의 얼굴에 홍조가 서렸지만, 그 모습을 본 자는 제갈민설과 백무결밖에 없었다. 세 남자, 은예선에게 이야기를 해주는 단목휘조차 제갈민설의 모습을 살피고 있었기 때문이다.

백무결은 순간 은예선이 귀엽다 생각했지만, 고개를 흔들어 그 생각을 털어내고 단목휘의 이야기에 집중했다.

그 모습이 제갈민설에게 보였다는 사실도 모르고.

"그 후에 수많은 일들이 있었지만, 다들 알 만한 이야기이니 넘어가고 결과만 말하자면, 무흔신검께서 무하궁주의 목을 베어내는 것으로 무림에 평화가 찾아왔소. 그리고 호북성에 천검문(天劍門)이란 문파를 열어 천하제일세(天下第一勢)로 키워내셨소. 그리고 영웅호색(英雄好色)이란 말이 있듯이, 무하궁과 홀로 싸우실 때 청경문주의 딸처럼 수많은 여인과 혼인 전에 동침하시고 천검문 개파(開派) 이후에 혼인을 하셨소. 나라면 안 그랬겠소만."

그러면서 제갈민설을 지그시 바라보았지만, 별다른 반응을 얻어내지 못했다. 오히려 옆에서 호시탐탐 기회를 노리는 두 남자에게 적의만 잔뜩 얻어냈다.

"하지만 혼인하지 못한 여인들도 있었다는데, 그 이유는 잘 모르겠소."

그러면서 남궁휘정을 힐끗 쳐다보았지만, 이전과 마찬가지로 별다른 반응을 얻어내지 못했다.

"어쨌든 청경문의 딸 같은 경우가 바로 그러했소. 과거 무흔신검과 동침하여 아이를 얻었지만, 혼인하지 못하고 홀로 아이를 키워야 했소. 그리고 그 아이가 두 개의 교훈을 만들어낸 자요."

"그렇게 행실이 좋지 않았나요?"

"그 정도면 다행이오. 망나니 중의 망나니였다 하니, 그 정도를 짐작할 수 없을 정도요. 천하의 무흔신검의 아들로 태어나 개자식이라 불린 자요."

지금까지 무공 수련에 힘써 상대적으로 소문 같은 것에 취약한 백무결이 궁금함을 참지 못하고 끼어들었다.

존경하는 무흔신검의 아들이라 더욱 관심이 생겼다.

"단목 공자께서 청경문이 백 년이 넘는 역사를 가진 곳이라고 했는데, 그런 곳에서 그자를 가만두었단 말입니까?"

"그 질문에 답은 정말 간단하오. 그자의 아버지가 누구냐 하는 것이니까."

"아, 설마?"

"그 설마가 맞을 것이오. 무흔신검을 아버지로 둔 자에게 어찌 함부로 대하겠소? 설사 자신이 외조부나 외숙부라 해도 감히 무흔신검의 아들에게 호통을 칠 수 없었다 하오. 그 탓에 그자의 행실은 나이가 먹으면 먹을수록 도를 더했다고 하는데, 결국 사건이 터졌소."

"무슨 사건인가요?"

"당시 천검문의 소문주가 함께 살지 못하는 형제들을 만나기 위해 돌아다녔소. 그리고 작은 용이라 불리던 소문주와 개자식이라 불리는 자가 마주친 것은 필연이었지. 그리고 개자식이라 불리는 형제의 실체를 보고 무참하게 패버렸다고 하오. 그 일로 수많은 사람들이 알게 된 사실이 있는데, 개자식에게는 무흔신검의 보호가 미치지 않는다는 것이었소."

백무결이 미간을 찌푸릴 때, 남궁지정이 슬쩍 끼어들었다.

"이곳에는 청경문뿐만 아니라, 저희 세가연합 휘하의 문파인 홍검문(弘劍門)과 화산검파의 속가제자가 세운 매연검문(梅連劍門), 사파적인 성격을 가진 고호방(高豪房)이란 방파가 모여 있는 용담호혈 같은 곳입니다. 그런 곳에서 수시로 별 볼일 없는 무력으로 타 문파 사람을 폭행하는 등의 행패를 부렸던 견자(犬子)가 무사했던 이유는 단지 무흔신검을 아버지로 두었다는 것뿐이었습니다. 그런데 소룡이라 불렸던 소문주가 형편없이 패버리고 갔으니 뒷일이야 불 보듯 뻔한 이야기 아니겠습니까?”

“그럼 그자만 처벌하면 되잖아요?”

“그게 또 그렇지 않았던 게, 청경문도 견자를 앞세워 다른 문파의 이권을 빼앗았던 모양입니다. 그래서 세 문파가 힘을 합쳐 청경문을 멸문시키고 빼앗긴 이권을 되찾아오자는 계획을 실행에 옮겼습니다. 그 결과는 아까 보시는 것과 같이 청경문의 멸문이었습니다.”

‘멸문’이란 끔찍한 이야기로 인해 제갈민설이 생각에 잠기자, 일행은 침묵에 빠져 발걸음만 옮겼다.

샘물처럼 솟아오르는 ‘그럼 기존에 청경문이 지니고 있던 이권은 가만히 놔뒀습니까?’ 라는 질문을 내리누르며, 백무결은 뒤를 돌아 이제는 작게 보이는 청경문의 정문을 바라보았다.

같은 하남성에 위치한 곳인데 저런 일이 있었음에도 듣지 못했다.

물론 가문을 위해 정보를 모으는 백이각(百耳閣)이나 가주이신 아버지는 알고 있었을 것이다. 소가주인 자신이 이 이야기를 듣지 못한 이유는, 저런 일 정도는 알 필요가 없기 때문일 것이다.

백무결은 입안이 씁쓸해졌다.

새삼 느낄 수 있었다.

하남백가는 어디까지나 정파(正派)지만 정의(正意)의 편이 아니라는 걸. 아버지와 할아버님이 말씀하셨던 진정한 협객(俠客)보다 가문과 가족의 이득에 따라 움직인다는 걸 말이다.

알고 있는 사실인데도 새삼 입안에서 느껴지는 씁쓸함이 쉬이 사라지지 않았다.

이럴 때면 천방지축으로 날뛰는 호세량이 그리워졌다.

그 상태로 일행은 가까운 객잔에 들어가 앉아 음식을 먹는 둥 마는 둥 하고 피곤하다는 이유로 오늘은 더 이상 움직이지 않고 대충 흩어져 쉬기로 했다.

백무결이 먼저 일어나 나가자, 제갈민설의 눈동자가 반짝였다.

"은 언니."

"아, 왜 그래, 제갈 동생?"

"기회예요."

"뭐?"

잠시 동안 생각에 잠겨 있던 은예선은 제갈민설의 말을 알아듣지 못했다.

제갈민설은 눈동자만 굴려 지나가는 여자들을 살피는 세 남자의 모습을 눈에 담은 다음 은예선에게 귓속말로 속삭였다.

"백 공자가 홀로 나갔어요. 따라가요."

"에?"

"은 언니, 절 믿죠?"

"물론이야. 내가 제갈 동생을 믿지 않으면 누구를 믿겠어?"

"그럼 당장 백 공자를 따라가요. 오늘이 기회예요. 이런 기회는 쉽게 찾아오지 않아요!"

"하, 하지만……."

제갈민설의 강경한 발언에 은예선이 살짝 얼굴을 붉히며 망설였다. 제갈민설은 여전히 눈동자만 굴려 다른 여자를 살피고 있는 세 남자가 이런 은예선의 모습을 보지 못한 것이 다행이라 생각했다.

수작에 속아 제갈민설이 자신에게 관심이 있다고 생각한 덕분에 은예선에게 신경조차 쓰지 않는 세 남자가 너무나 귀여운 은예선의 이런 모습을 보면 생각이 바뀔지도 모른다는 생각이 들었기 때문이다. 얼굴을 붉히며 부끄러워하는 은예선은 같은 여자가 보아도 귀여웠다.

'아유, 너무 귀여워!'

연하인 주제에 잠시 심하게 실례되는 생각을 품었던 제갈민설은, 한시라도 빨리 이 귀여운 연상의 여인에게 믿을 수 있는 남자를 만들어줘야겠다고 다시 한 번 굳게 결심했다.

더구나 누가 봐도 믿을 수 있는 그 든든한 남자에게 언니가 반해 있으니 더더욱 좋은 일 아니겠는가?

좋게 말해 사교성이 좋고, 나쁘게 말하면 인간관계뿐만 아니라 거의 모든 것에 약삭빠른 제갈민설이 사귀어두면 반드시 득이 될 좋은 남자인 백무결에게만 사사건건 시비를 걸면서 약 올리는 이유가 바로 여기에 있었다.

보는 것만으로도 짜증나는 여자 옆에 조신하고 귀여운 여자가 있으면 시선이 가는 것은 지극히 당연하니까.

'이 모든 것은 은 언니가 백무결이란 대어(大漁)를 낚기 위한 것!'

그렇기에 제갈민설은 은예선의 등을 떠밀었다.

"어서요! 정말 오늘을 놓치면 후회하게 될 거예요! 언니, 절 믿는다면 어서요!"

"아, 알았어."

은예선이 마지못해 일어나자, 제갈민설은 다시 귓속말로 대화의 물꼬를 틀 수 있는 단서를 넘겼다.

"먼저 청경문의 일을 알고 있었냐고 물어요. 그럼 몰랐다고 대답할 테니 언니도 몰랐다고, 같은 하남에 살면서 그런 일도 몰랐다고 말하면 백 공자가 어떻게든 할 거예요."

"아, 알았어!"

한 손에 은빛 창을 쥐고 다른 한 손을 불끈 쥐며 작게 대답하는 은예선을 보며 제갈민설은 다시 굉장히 실례되는 생각을 품었다.

여자치고는 큰 키에 시원시원한 팔다리와 몸매가 굉장히 예뻐서 도도한 첫인상을 주는 은예선은, 첫인상과 다르게 행동 하나하나가 너무나 귀여웠다. 그래서 후에 그런 모습을 알았을 때, 은예선이 더욱더 좋아진 제갈민설이었다.

인사도 없이 은예선이 나가자, 잠시 아름다운 은예선의 뒷모습을 지켜보던 세 남자의 시선이 자연스럽게 제갈민설에게 집중되었다.

'하아……'

쓸 만한 것이라고는 가문과 껍데기밖에 없는 세 남자의 시선을 받으며 제갈민설은 한숨을 삼켰다.

이런 남자들은 일만 명을 가져다줘도 거절하고 싶지만, 남자를 대하는 데 서툰 은예선을 위해 잠시 잡아둬야 했다. 부탁 같은 걸 거절을 못해 못난 남자에게 붙잡힐 수도 있으니까.

제갈민설은 전혀 관심이 생기지 않는 주제로 이것저것 말을 내뱉는 세 남자에게 진심처럼 보이는 가식의 미소를 던졌다.

이런 모습을 볼 때마다 백무결이 얼마나 괜찮은 남자인지 알 수 있었다.

'조금 아깝나?'

아주 잠시 그런 생각이 들었지만 제갈민설은 바로 그 생각을 지웠다. 그리고 백무결과 은예선이 잘되기를 빌었다.

진심으로.

삶[生]과 죽음[死]을 함께할 수 없는 극악한 사이를 흔히 '악연(惡緣)'이라 부르기도 한다.

그 악연을 완전히 이어준 것은 팽소문의 한마디였다.

"어떻소? 이런 싸구려 객잔에서 묵는 것보다 차라리 홍검문에 가서 편히 쉬는 게 낫지 않겠소?"

주변을 둘러보며 한담을 나누는 것으로 시간을 보냈던 백무결과 은예선은 이 말이 나온 상황을 이해하지 못해 제갈민설을 멀뚱히 바라보았다.

"은 언니도 알다시피 이곳에는 육합동맹에 속해 있는 홍검문이 있어요. 이런 불편하고 좁은 객잔에서 쓸데없이 돈을 쓰는 것보다 홍검문에서 편하게 하루 신세진 다음 떠나자는 그런 이야기예요."
"아, 나는 그래도 상관없어."
"백 공자는 괜찮으신가요?"
"괜찮습니다."
제갈민설은 모두를 둘러 본 다음 말했다.
"그럼, 지금 가죠."

홍검문은 그리 멀리 않았다.
얼핏 살펴보기에 홍검문은 청경문보다 큰 것 같았다. 가까워지는 홍검문을 살피며 살짝 이상함을 느낀 백무결은 제갈민설 옆에 서 있는 남궁지정에게 물었다.
"지정아, 홍검문의 역사는 어떻게 되느냐?"
"홍검문이요? 글쎄요? 소제도 정확히는 잘 모르겠습니다. 하지만 현 문주가 육대라고 하니 특별한 일이 없었던 이상 칠팔십 년은 족히 지났을 겁니다. 그런데 갑자기 그런 건 왜 궁금해지셨습니까?"
"아니, 아무것도 아니다."
남궁지정은 별 이상한 걸 다 묻는다는 표정으로 슬쩍 백무결을 본 뒤, 다시 발걸음을 빨리해 제갈민설 옆에 붙어 단목휘와 팽소문을 견제했다.
상황을 보던 은예선이 눈을 굴리더니 슬쩍 뒤로 물러나 백무결의 곁으로 다가섰다.
"갑자기 그런 게 왜 궁금해지셨나요, 백 공자?"

"아무것도 아닙니다."

"그럼 그 아무것도 아닌 걸 알려주세요."

반 시진도 안 되는 짧은 시간 동안 함께 걸으며 많은 이야기를 나누었기 때문일까? 평소라면 가끔씩 한 번 힐끔 보고 고개를 돌린 은예선이 다가와 묻자, 백무결은 어쩔 수 없다는 표정으로 말문을 열었다.

물론 제갈민설이나 세 남자가 듣는 것을 원치 않아 발걸음을 살짝 늦춰 거리를 벌린 다음이었다.

"저기 보이시는 홍검문의 현판을 한번 보십시오. 관리를 잘 해놓았지만, 오랜 시간을 비바람을 맞아오며 버텨왔다는 게 보입니다. 즉, 홍검문의 역사가 제법 오래되었다는 걸 알 수 있습니다."

"그런데요?"

"그다음에 보실 것은 정문의 양옆으로 뻗어 있는 담장입니다. 어떻습니까?"

"이상한 건 없는데요?"

"좀 더 자세히 살펴보십시오."

"으음."

은예선은 눈을 가늘게 뜨고 담장을 주시했지만, 백무결이 무엇을 보라는지 알 수 없었다. 그러다 백무결이 처음 말한 현판과 연관하여 생각하자 어렴풋이 답이 보이는 것 같았지만, 그게 맞는지 확신이 없었다.

결국 조심스레 입을 열었다.

“담장이 깨끗해요.”

확신이 없어 기어들어 가는 목소리로 대답하는 은예선의 모습에 백무결은 웃으며 고개를 끄덕였다.

“맞습니다. 오래된 현판에 비해 담장은 매우 깨끗하지요. 아마도 저런 깨끗한 담장이라면 만든 지 삼 년도 지나지 않았을 겁니다. 보수했다고는 말할 수 없는 게, 보이는 것과 같이 담장 전체가 같은 상태입니다. 즉, 십중팔구(十中八九)는 제가 말한 것처럼 그리 멀지 않은 과거에 담장을 새로 지었을 겁니다.”

“아, 그런데 그게 어때서요?”

눈을 크게 뜨며 고개를 끄덕이던 은예선은 그게 무슨 상관인지 알지 못하겠다는 듯 다시 물었다.

백무결은 쓰게 웃었다.

“멸문했다는 청경문을 떠올렸습니다.”

손으로 얼굴을 쓰다듬어 쓴웃음을 지운 백무결은 뒷말을 이었다.

“이곳에는 이미 멸문한 청경문과 고호방, 매연검문, 홍검문 같이 규모가 큰 네 개의 문파가 모여 있었습니다. 물론 낙양은 가나 저희 백가에 비하면 그리 크다고 할 수 없습니다만, 저런 네 문파가 있기에는 이곳이 좁은 땅이라는 건 틀림없습니다. 저 정도 크기의 문파를 운영하는 데 필요한 금액이 한두 푼이 아닌 이상 많이 힘들었을 겁니다.”

물론 이곳과 주변에서 살아가는 사람들을 뜻하지, 네 문파에서 살아가던 사람들을 뜻한 것은 아니었다.

"청경문이 멸문한 이후, 기존에 청경문이 가지고 있던 이권은 세 문파가 나누어 먹었을 겁니다. 어느 한곳에서 욕심을 부렸다면 이곳에는 두 개의 문파나 하나의 문파만이 남아 있었겠지요."

백성들이 힘들든 말든, 저런 규모의 문파가 세 개나 존재할 수 있다는 것에서 이 땅의 잠재력을 알 수 있었다. 무인이란 존재는 기본적으로 돈을 벌기보다 쓰는 존재니까 말이다.

만약 어느 문파가 나머지 두 개의 문파를 무찌르고 이 땅을 홀로 지배할 수 있다면, 잠재력을 기반으로 무서운 기세로 확장할 수 있으리라.

하남백가 소가주의 입장에서 생각하느라 잠시 끊었던 말을 다시 이었다.

"셋이서 나누어 먹은 것만으로 홍검문은 양적으로 팽창했습니다. 문파가 확장되어 담장을 새로 지은 것이 그것을 증명하고 있습니다. 그리고 홍검문이 저랬다면 나머지 두 문파도 마찬가지일 겁니다."

"그런데요?"

궁금한지 눈을 반짝이며 묻는 은예선을 보며 살짝 두근거렸던 백무결은 슬쩍 자신의 심장을 눌러 진정시켰다.

왠지 길 위에서 얼굴을 붉히던 은예선을 보고 귀엽다고 생각한 뒤로 비슷하게 귀여운 모습을 자주 본다고 생각한 백무결이었다.

"그게 끝입니다."

"에? 그런 게 어디 있어요?"

"그래서 처음 이야기할 때 분명히 아무것도 아니라고 했지 않습니까. 기억 안 나십니까?"

"우웅."

미간을 찌푸리며 삐친 듯 시선을 돌리는 은예선에게는 미안 하지만, 백무결이란 개인이 말해줄 수 있는 부분은 거기까지 였다. 나머지 생각은 어디까지나 하남백가의 소가주로서 가문 에 잠재적으로 위협이 될지도 모르는 세력을 어떻게 해야 할 까라는, 사소하다면 사소하고 위험하다면 위험한 생각이었으 니까 말이다.

그렇게 은예선과 백무결이 도란도란 대화를 나누고 있을 때, 홍검문의 정문에 도착한 일행 중 남궁지정이 앞서 문지기 에게 자신들의 신분을 알렸다.

기경한 문지기는 허겁지겁 문을 열어 일행을 안으로 안내했 고, 또 다른 문지기는 바람처럼 달려 안쪽으로 사라졌다.

일행이 주변을 둘러보며 홍검문 안을 걷고 있을 때, 바람처 럼 달려갔던 문지기가 가는 눈매가 인상적인 중년의 사내와 함께 다가오고 있었다.

"이거 생각지도 못한 귀하신 분들이 방문하셨군요. 인사드 리겠습니다. 저는 홍검문의 총관(總管)인 오단(吳亶)이라 합니 다. 강호의 친구들이 과분하게도 절호검(切虎劍)이라 불러주 기도 합니다."

"위명이 자자한 절호검 오 협객께서 총관이신 줄은 미처 몰 랐습니다. 소생 남궁지정이라 합니다. 그리고 이쪽은……."

오단은 길어질 소개를 끊었다.

"이미 알고 있습니다. 제갈 소저와 은 소저, 팽 공자와 단목 공자, 그리고 백 공자가 아니십니까?"

"예, 그렇습니다."

떨떠름한 표정으로 대답하는 남궁지정에게 밝게 웃어준 오단은 일행을 안쪽으로 안내했다.

"어서 들어가시지요. 안쪽에서 본 문의 문주님께서 기다리고 계십니다."

오단의 뒤를 따라 들어가자, 곧 홍검(弘劍)이란 현판이 걸린 커다란 건물이 나타났다.

"뛰어난 후기지수들을 뵙게 되어 매우 반갑소. 본인이 홍검문의 문주인 선홍검(旋弘劍) 장기량(長祺樑)이라 하오."

장기량은 대략 삼십대 후반으로 보이는 사내였다. 평범한 체격에 크고 부리부리한 눈이 인상적이었다.

그렇게 서로 정중하게 인사를 나누고 영양가없는 잡담을 하다 일행은 이름 모를 무사의 안내로 방으로 향할 수 있었다.

두 여자는 뜻을 함께하여 같은 방을 썼고, 네 남자는 각자에게 주어진 방으로 향했다.

짐을 대강 정리해 둔 백무결은 의자에 앉아 한숨을 쉬었다.

이 일행과 함께한 뒤 제대로 연무에 신경 쓰지 못했다. 더욱이 승월을 뽑아 휘둘러보는 것은 생각조차 못했다.

생각하는 것만으로도 심장이 두근거리는 시조모의 도법 불명신월도를 승월로 마음껏 펼쳐 보고 싶었다. 모든 것을 가르는 섬뜩한 감각과 깊이의 끝을 알 수 없는 오묘한 초식을 마음껏 음미하고 싶었다.

'하지만 무리지.'

지금 일행과 함께 다니며 그런다는 건 명백히 무리다.

거기다 승월은 알려진다면 수많은 피를 불러일으킬 보물 중에 보물이니, 가지고 있다는 것도 비밀로 해야 했다.

승월을 소유하고 있다는 것이 알려진다면, 백무결이 하남백가의 소가주라고 해도 승월을 빼앗기 위해 달려들 사람이 세상에는 널리고 널렸다. 그리고 그들은 당연히 백무결을 죽음으로 인도할 것이다.

과거, 열파를 기초로 하지 않는 불명신월도로 '하늘을 찢고 가르는 초승달[裂天新月]'이라 불린 강기를 발현시켜서 천하제일인으로 인정받았던 시조모조차 밀려드는 적을 감당치 못하고 쓰러진 일이 있었으니까 말이다.

'별수없나?'

어쩔 수 없는 현실에 백무결은 욕심을 접었다.

승월과 함께 얻은 시조모의 비급에는 간곡한 몇 가지의 조언이 반복되어 끝까지 등장한다.

절대 승월을 자랑하지 마라.

승월을 사용하기 전, 사용해도 되는 상황인지 열 번 이상 생각해라.

승월을 사용할 때는 사방이 탁 트인 공간을 피해라.

승월을 사용했을 시 주변의 모든 이를 반드시 죽여라.

하나같이 승월을 외부로 알리지 말라는 뜻이다.

그것은 같은 핏줄을 타고난 가족이라 할지라도 마찬가지. 그렇지 않다면 사용했을 시 주변에 있는 '모든' 이를 죽이라고 말할 필요가 없다.

그만큼 승월이 대단한 보물이라는 뜻.

백무결은 시조모의 조언에 따라 승월을 얻은 이후 가족에게도 비밀을 지켜왔다.

'그런데 호 형에게는 이야기했지.'

낙일이란 보물이 얽히긴 했지만, 굳이 이야기할 필요는 없었는데 말했다. 그만큼 호세량을 믿었고, 지금도 믿고 있다는 뜻이다.

누구를 믿는다는 사실에 왠지 얼굴이 뜨끈뜨끈해지고 온몸이 간지러워서 백무결은 훌쩍 침상 위로 몸을 날렸다. 그리고 한참을 뒤척이다 저녁도 먹지 않고 잠들고 말았다.

긴 밤을 위해.

*　　　*　　　*

수많은 낭인들이 모여들었다.

돈을 받고 실력을 파는 거친 자들이 급격히 늘어나자, 흉흉해진 분위기를 느낀 양민들은 무슨 일이 터진 건 아닌지 걱정하며 방문을 걸어 잠갔다.

그들이 할 수 있는 일은 그 정도밖에 없었다.

"이 정도로 작은 복수는 우리가 대신해 준다. '그'는 할 일이 많은 자니까."

메마른 미소를 짓는 건장한 백발의 노인이 말하자, 그 말을 듣고 있는 자들의 얼굴에서 비슷한 미소가 떠올랐다.

"낭인은 얼마나 모았나?"

"이백오십 명입니다."

"그럼 너희는 각자 백 명씩 끌고 가라. 나머지 오십 명은 나와 함께 가는 걸로 하지."

"알겠습니다."

푸른 옷을 입은 오십 명의 사내가 무릎을 꿇으며 명을 받들었다. 메마른 미소로 옹기종기 모여 앉아 있는 낭인을 바라보며 노인은 살기로 눈을 번뜩였다.

"모두가 꿈꾸던 무하(武河)의 꿈은 이미 다른 곳에서 다시 흐르고 있으니, 이것은 과거에 깨져 버린 옛 무하의 꿈을 위한 것이다. 타인의 복수라 생각하지 마라. 이것은 결국 우리의 복수를 위한 것이니."

"명심하겠습니다!"

"자, 이제 가라. 모든 것은 무하를 위해서, 단 한 명의 생존자도 남기지 마라."

"존명!"

그것을 끝으로 사십 명의 사내가 따로 낭인들에게로 다가갔다. 그리고 다시 이십 명씩 나뉘져 백 명의 낭인을 이끌고 각자의 목표를 향해 나아갔다.

사방에서 넘실거리는 살기를 느끼며 노인은 다시 메마른 미소를 지었다.

'조백린이여, 이 모든 게 너를 죽이기 위함이다. 조금이라도 더 빨리 너를 죽이기 위한 수고로움이다. 너를 죽이기 위한 칼은 이미 완성되었으니, 그 칼이 네 심장에 꽂히는 것을 빨리 보고 싶구나.'

오직 그것을 위해 살았다.

노인 위지혼(衛志混)은 살기로 붉어진 안광을 번뜩이며 앞장서서 걸어갔다.

"우리도 이만 가자꾸나. 우리는 오늘 홍검문을 세상에서 지운다."

사십 명이 떠나가고 남아 있던 열 명이 낭인 오십을 이끌고 위지혼의 뒤를 따랐다.

서서히 살이 빠져가는 달이 피비린내가 풍기기 시작한 세상이 보기 싫은지 구름 뒤로 몸을 감췄다.

보초조차 꾸벅꾸벅 졸기 시작한 시각, 인접한 세 개의 문파에서 동시에 피가 흐르기 시작했다.

은신술(隱身術)의 고수들이 먼저 스며들어 보초를 제거하는 것으로 시작해, 방비가 없어진 담장을 뛰어 넘는 사람들이 있었다. 어느 곳에는 수십, 어느 곳에는 백이 넘는 인원이 담장을 넘어 달리기 시작했다.

그들은 사람이 있을 것 같은 건물로 뛰어들어 무차별적으로 병기를 휘둘렀다.

평화롭던 밤이 난장판이 된 것은 순식간이었다.

콰직!

"커억!"

문을 차고 들어가는 소리에 놀라 깨어나기 시작한 자들의 숨통을 단번에 끊는다. 그리고 방 안을 살펴 돈이 될 만한 것들을 찾아 챙기고, 다른 건물로 넘어가 같은 짓을 또 반복한다.

당장은 무척이나 쉽다.

"푸하하! 이렇게 좋은 돈벌이가 있을 줄이야!"

몸을 일으키다 단칼에 죽어버린 누군가의 시체에서 금덩이를 챙긴 낭인은 조금이라도 더 챙기기 위해 부지런히 다른 건물로 달려갔다. 그리고 그것은 벌써 주머니가 두둑해지기 시작한 다른 낭인들도 마찬가지였다.

"적이다! 모두 일어나!"

"습격이다! 모두 맞서 싸워!"

소란이 일자 일방적으로 당하던 자들 중에서도 적이 도달하기 전에 정신을 차려 반격하는 자들도 생겨났다.

고래고래 소리를 질러 아직도 덜 깬 동료를 깨우며 고군분투하는 자들에게 멈추지 않을 것 같던 낭인들의 진격이 막혔다. 실전을 많이 겪었다고 하지만 낭인은 낭인. 제대로 된 무공을 배운 자들에 비해 실력이 모자랄 수밖에 없었다.

이대로는 계획에 차질이 생긴다.

"쯧쯧, 너희가 가서 저놈들을 죽여라. 낭인이 제 역할을 다 하지 못하면 이번 일은 실패나 다름없다."

"존명!"

위지혼의 명령에 열 명의 사내가 각자의 무기를 뽑아 들고 달려갔다. 그리고 홍검문도들에게 밀리기 시작한 낭인들의 사이에 파고들어 단번에 베어냈다.

다른 문도들이 올 때까지 어떻게든 버티려고 했던 여섯 명은 외마디 비명과 함께 내장을 쏟아내며 쓰러졌다.

다수로 소수를 상대하며 고전하고 있던 낭인들은 그 소수를 단칼에 베어낸 사내들을 멍하게 바라보았다.

그게 그들이 꿈꾸던 강함이었으니까.

그때 서로 시선을 맞춘 열 명의 사내 중 아홉 명이 고개를 끄덕이며 사방으로 흩어졌다. 남은 한 명은 여전히 자신을 바라보는 낭인들에게 말했다.

"벌써 충분히 벌었나?"

"아!"

그제야 정신을 차린 낭인들은 서로를 바라본 이후 안쪽으로 달려갔다. 위험할 때 자신들의 생명을 구해줄 든든한 고수의 존재에 기뻐하며.

"저, 적이다!"

어렴풋이 들려오는 비명에 일찍 잠들었던 덕분에 푹 잘 수 있었던 백무결은 눈을 떴다. 그리고 어리둥절한 표정으로 어두운 주변을 살피다 바깥 상황에 귀를 기울였다.

그것으로 상황을 파악했다.

'습격당했다!'

백무결은 장검을 챙겨 들고 밖으로 나섰다. 그리고 적들이 쳐들어온 곳으로 달려가다가 다른 일행을 떠올리고는 다시 돌아가 일행을 깨웠다.

"비상입니다! 홍검문이 습격을 당했습니다!"

"그게 무슨 개소리요?"

"홍검문이 습격당했습니다!"

다시 감기려는 눈을 비비며 억지로 일어나 뚱하게 묻는 팽소문에게, 간단한 대답을 남긴 백무결은 다시 몸을 움직여 은예선과 제갈민설이 잠들어 있는 방문을 두들겨서 깨웠다.

그리고 잠시 후, 일행이 모두가 밖으로 나왔다.

남자들은 하나같이 후줄근하고 졸린 기색이 역력했는데, 은예선과 제갈민설은 평소와 다른 게 없었다. 새삼 눈앞의 여인들이 지닌 철저함에 감탄한 백무결이었다.

"누군가 홍검문을 습격했습니다."

"천하의 누가 감히 육합동맹을 건드린단 말이오?"

자부심으로 가득 찬 팽소문의 말에 대답한 것은 이곳에 있는 일행이 아니었다.

"적이다! 적이 쳐들어왔다!"

피투성이가 된 홍검문도 하나가 사방을 뛰어다니며 아직도 잠들어 있는 동료들을 깨우고 있었다.

하나같이 굳은 표정으로 그 모습을 지켜보던 일행은 곧 서로를 돌아보며 각자의 무기를 움켜쥐었다.

"이런 찢어죽일 놈들이!"

"감히 육합동맹을 건드린 대가를 치르게 해주마!"

잔뜩 흥분한 팽소문이 큰 칼을 뽑아 들고 달려가자, 남궁지정과 단목휘도 굳은 얼굴로 그 뒤를 따라갔다.

백무결은 그 뒤를 따르려다 멈춰서 은예선과 제갈민설에게 물었다.

"두 분은 어떻게 할 생각이십니까?"

"당연히 맞서 싸워야죠!"

가느다란 협봉검(狹鋒劍)을 뽑아 들며 당차게 대답하는 제갈민설을 가만히 내려다보다 은예선에게로 시선을 돌렸다. 은예선도 자신의 은빛 창을 보이며 말했다.

"제갈 동생은 제가 반드시 지킬 테니 백 공자는 저희 걱정은 하지 말고 싸우세요."

"괜찮으시겠습니까?"

걱정스런 표정의 백무결을 보며 은예선은 창을 몇 번 휘두르는 것으로 자신의 실력을 과시했다.

"잊으셨나요? 제 무명이 바로 은류창(銀流槍)이랍니다. 아무리 백 공자라도 얕보시면 곤란해요."

갈대처럼 낭창낭창 휘어지는 창에서 뻗어 나오는 매서운 기세를 느낀 백무결은 안심하고 고개를 끄덕였다. 절정에 오르기 전의 자신이었다면 쉽게 감당하기 힘든 고수가 은예선이라는 것을 단번에 파악할 수 있었기 때문이다.

쳐들어온 자들이 어떤 실력을 지녔는지 모르지만, 모두가 절정고수는 아닐 것이다. 그렇다면 은예선의 실력으로도 제갈민설을 지키며 몸을 빼는 것 정도는 가능하리라.

상처없이 빠져나가는 건 힘들겠지만 말이다.

백무결은 은예선과 제갈민설을 돌아보며 말했다.

"두 분 모두 무리하지 마십시오. 그리고 가급적이면 저나 다른 일행과 멀리 떨어지는 것도 안 됩니다. 아시겠습니까?"

"그럼 백 공자가 우리를 지켜줄 건가요?"

평소처럼 도발적으로 묻는 제갈민설이었지만, 지금의 백무결은 평소와 달리 진지했다.

"예. 제가 반드시 지켜드리겠습니다. 설사 제가 죽더라도 두 분은 반드시 지켜드리겠습니다. 그것조차 여의치 않다면 최소한 저보다 먼저 죽을 일은 없게 하겠습니다. 그러니 너무 멀리 떨어지는 것은 안 됩니다. 멀어지면 지켜드릴 수 없으니까요. 아시겠습니까?"

"아, 알았어요."

"은 소저?"

"저도 백 공자의 말씀, 명심하도록 할게요."

"그럼 됐습니다. 먼저 가 있을 테니 천천히 뒤따라오십시오."

그 말을 끝으로 백무결은 축환무주의 경공으로 빠르게 달려가 두 여성의 시선 밖으로 사라졌다. 그 모습을 감탄하며 지켜보던 제갈민설은 문득 자신을 바라보는 은예선의 시선을 느끼고 슬쩍 고개를 돌렸다.

뺨이 화끈한 것이 조금 붉어진 것 같았다.

"흠흠, 백 공자는 참 농담도 잘하네요."

"제갈 동생도 알겠지만, 그 말은 농담이 아니었어."

창을 이리저리 휘두르면서 몸을 풀던 은예선이 걸어가자, 제갈민설은 그 뒤를 따라 종종 걸으며 여전히 화끈거리는 뺨을 손바닥으로 가렸다.

혹여나 앞서가는 은예선이 갑자기 돌아볼까 봐 조마조마한 심정으로.

"제가 지금까지 백 공자에게 그렇게 못되게 굴었는데도 목숨을 걸고 지켜준다고 말하는 게 농담이지, 아니면 뭐가 농담이겠어요?"

"백 공자는……."

잠시 망설이던 은예선은 웃으며 뒷말을 이었다.

"나나 제갈 동생이 위기에 빠진다면 틀림없이 최선을 다해 구하려고 할 거야. 설사 그 때문에 목숨이 위험하더라도. 그는… 말만 앞선 다른 이들과는 달라."

"흥, 저는 그래도 못 믿겠어요."

그리 말하며 성큼성큼 걸어 은예선을 지나친 제갈민설의 시선에 무게가 느껴지지 않는 깃털 같은 움직임으로 싸우고 있는 백무결의 모습이 보였다.

가볍게 휘두르는 것 같은데, 검을 맞댄 자들이 사정없이 나뒹굴었다. 혹은 막아낸 검이 깨어지며 적의 몸을 갈라냈다.

그야말로 종횡무진(縱橫無盡)!

백무결의 발걸음을 멈추게 만들 자가 없어 보였다.

'저게 열파검법?'

하남백가가 유명한 만큼 그곳을 대표하는 검법인 열파도 유명하다. 그리고 그만큼 많이 알려져 있어 대처법도 많이 만들어져 있지만, 적들은 그 방법들을 알지 못하는지 누구도 막아내지 못하고 있었다.

거침없이 움직이며 싸우는 백무결의 모습에 제갈민설은 잠시 넋을 잃었다.

은예선이 이야기한 백무결의 근골과 당시 남궁지정의 반응에서 강할 것이라 예상은 했지만, 눈앞에서 펼쳐지는 백무결의 실력은 예상을 가볍게 초월하고 있었다.

무엇보다 동작 하나하나가 아름다웠다.

"아!"

넋 놓고 지켜보다가 낭인의 접근을 알아차리지 못해 제압당할 위기에 빠진 제갈민설을 구해준 것은 순간적으로 번뜩인 은빛이었다.

"컥……."

아름다운 은색 창에 단번에 심장을 관통당한 낭인은 그 자리에서 무너졌다.

"제갈 동생, 괜찮아?"

"물론 괜찮죠. 은 언니가 지켜주셨잖아요?"

놀란 가슴을 진정시켜 환하게 웃으며 대답한 제갈민설은 다시 백무결에게로 돌아가려고 하는 시선을 억지로 적에게 돌려 달려들었다.

은예선은 어딘가 불안해 보이는 제갈민설을 지키며 간간이 백무결을 바라보았다.

그리 멀지 않은 과거, 당시에는 세가연합이었던 곳으로 향하던 중에 호쾌한 소리에 이끌려 백무결이 수련하는 장면을 목격한 적이 있던 은예선은 알 수 있었다.

'더 강해지셨어.'

이리저리 날뛰는 세 남자의 모습을 눈으로 쫓으면서도 충분히 잘 싸우던 백무결은 적들의 모습에 큰 의문을 느꼈다.

'낭인?'

더럽혀져도 티 나지 않는 어두운 색의 허름한 옷차림, 격식이 느껴지는 않은 본능적인 몸놀림, 전체적으로 통일되지 않은 움직임, 기괴하게 변형된 기초만으로 공격하는 수법.

이 모든 것들이 현재 싸우고 있는 자들이 낭인이라고 알리고 있었다.

낭인이 계속 낭인일 수밖에 없는 건 기초에 매달려 검을 휘두르는 것만으로는 한계가 뚜렷하기 때문이다.

기초만으로 고수가 된다는 것은 이야기 속에서나 일어날 수 있는 일이다.

충분한 기초가 세워지면 더 높은 곳으로 올라야 하는데, 아는 게 없으니 제자리걸음만 계속하게 된다. 혹은 기괴하게 변

형하여 수련하기도 하지만, 그런 방식으로는 더 높은 곳으로
오를 수 없다.

물론 튼튼한 기초를 바탕으로 스스로 더 높은 곳으로 오르는
자들도 있지만, 그것은 어디까지나 소수, 즉 천재라 할 수 있는
소수가 더 높은 발판을 만들어내어 경지를 높이는 것이다. 그
리고 그 소수의 천재는 더 이상 낭인이라 불리지 않게 된다.

그렇기에 낭인은 낭인일 수밖에 없다.

'낭인들뿐이라면 홍검문의 전력으로도 충분히 이길 수 있
겠는데?'

문파는 기초 이외에 더 높은 곳으로 올라갈 수 있는 발판이
있기에 문파일 수 있다. 기초에 매달려 언제나 제자리걸음만
하는 낭인들과 달리, 충분한 기초가 쌓이면 더 높은 곳으로 올
라 강해질 수 있는 것이다.

그렇기에 제대로 된 문파의 제자라면 낭인보다 강할 수밖에
없다.

특별한 경우가 아니라면 그게 일반적이다.

낭인들이 모여 만든 마적단(馬賊團) 같은 게 일반 백성을 대
상으로 움직이고, 무림의 가문이나 문파를 향해 움직이지 않
는 이유는 다른 게 아니다.

이길 수 없으니까.

숫자로 밀어붙여 이겨도 피해가 크니까.

'그런데 왜?'

질 것이 분명한 상황에서 낭인들이 몸을 던졌을까?

대부분의 사람들이 잘못 생각하는 것이 있는데, 낭인이 파는 것은 실력이지 목숨이 아니었다.

낭인들이라도 하나같이 목숨을 도외시하는 미친 자들은 아닐 텐데, 아무리 돈을 많이 준다고 해서 죽을 자리에 기어들어 가겠는가?

낭인들에게 홍검문은 명백히 죽을 자리다. 그런데도 이렇게 들어왔다.

그게 백무결의 의문이었다.

그때, 백무결이 가진 의문에 대한 답이 모습을 드러냈다.

펑!

"캑!"

외마디 비명과 함께 사지(四肢)가 찢겨 나갔다.

그것은 시장에서 물건이라도 구경하듯 이리저리 둘러보면서 느긋하게 걷던 노인이 자신을 공격하는 자의 가슴에 손바닥을 가져다 대는 순간에 벌어진 일이었다.

가공(可恐)하다!

열파검법의 지독한 수련과 무명공의 효과로 손바닥을 가져다대는 노인의 움직임에 큰 힘이 실리지 않았다는 것을 알아낸 백무결은 정말로 크게 놀랐다.

오로지 내공의 힘으로 사지를 찢었다!

공력(功力)이란 내공(內功)과 외공(外功)이 하나를 목적으로 움직일 때 발생하는 힘을 뜻한다.

열파검법을 예로 설명하자면 완벽하게 제어된 육체의 움직임[外功]만으로 큰 힘을 낼 수 있는데, 더 강한 힘을 내기 위해 육체의 움직임 안에 내공을 포함시킨다. 이때 발휘되는 힘이 바로 내공과 외공의 조화가 만들어낸 공력이다.

더 큰 힘을 일으키기 위해 내공과 외공의 조화는 상식처럼 당연한 것이다.

저 노인은 특별한 동작 없이 공격을 피하고 적의 몸통에 단지 손바닥을 가져다 댔을 뿐이었다.

속도도 변화도 없이 그저 가져다 댔을 뿐인데, 막대한 내공만으로 사지를 찢었다.

'저런 자가 제대로 무공을 펼치면 어떤 일이 벌어질까?

등골이 오싹했다.

괴개와 헤어진 이후 처음 보는 진정한 고수가 적으로 눈앞에 나타났다.

"적들을 주살해라!"

적의 피로 흠뻑 젖은 장기량이 나타나 외치자, 이리저리 맞서 싸우기는 했지만 중심없이 혼란해하던 홍검문도들의 기세가 살아났다.

노인은 가만히 그 장면을 지켜보고 있다가 마음에 들지 않는 듯 고개를 절레절레 흔들었다. 그리고 산보라도 가는 것처럼 여전히 느긋하게 걸어 장기량의 곁으로 다가갔다.

노인의 움직임에 흠칫 놀라 장기량을 살펴보니, 장기량은 노인보다 뚜렷한 활약을 선보이는 푸른 옷을 입은 자들을 공격하려고 하고 있었다. 이대로 노인이 장기량을 기습하다면 단번에 죽을 수밖에 없는 상황이었다.

백무결은 황급히 달려가 노인을 공격하려 했지만, 같은 생각을 하는 자가 있었는지 한 홍검문도가 나서며 노인의 앞을 막아섰다.

"이 늙은 요괴! 죽어라!"

"흘흘, 너도 늙으면 다 똑같다."

노인 위지혼은 장난스럽게 대꾸하며 찔러오는 검을 옆으로 밀어내고, 다른 손으로 홍검문도의 가슴을 쓸어내렸다.

"컥!"

그것으로 홍검문도는 찢겨진 내장 파편이 섞인 피를 토해내고 쓰러졌다.

조금 전과 같이 기경할 장면은 아니었으나, 가공할 만한 침투경(浸透勁)이었다.

그 모습을 본 장기량은 노인이야말로 이 공격을 주도하고 있는 우두머리라는 걸 깨닫고 분노를 토해냈다.

"네가 감히 홍검문을 공격했느냐!"

"흘흘. 그래, 맞다. 내가 홍검문을 공격하자고 했지. 그런데 그게 뭐 어쨌다고 그러느냐, 눈알만 더럽게 큰 아이야."

"죽여주마!"

위지혼을 향해 몸을 날려 뻗어내는 검에는 옅은 붉은 검기가 넘실거리고 있었다. 지켜보는 거의 모두가 대단히 위력적인 공격이라 감탄하였으나, 그것을 보며 위지혼과 백무결은 한 가지 사실을 알아낼 수 있었다.

'억지로 만들어낸 검기다!'

일반적으로 검기를 만들어내는 방법은 두 가지다.

하나는 백무결처럼 수많은 수련과 경험을 쌓은 상태에서 깨달음을 얻어 검기를 사용하는 것과 막대한 내공을 바탕으로 억지로 검기를 만들어내는 것이다.

이때 두 번째 방법은 첫 번째 방법보다 많은 내공을 필요로 하고, 첫 번째 방법에 비해 그 위력도 조금 떨어진다. 진검(眞劍)은 같은 진검인데, 날이 무딘 진검과 숫돌로 방금 갈아서 날카로운 검의 차이 정도다.

모두가 당연히 첫 번째 방법을 선호하나, 깨달음이라는 것이 누군가 알고 있다고 획 줄 수 있는 물건이 아니었다. 수많은 고수들이 그 입구에서 좌절하고 오랜 세월 쌓아온 내공을 바탕으로 억지로 검기를 만들어 사용해왔다.

그 대표적인 예들이 대문파의 장로 급 인사들이다. 그들은 깨달음을 얻지 못해 진정한 검기는 쓸 수 없지만, 오랜 세월 꾸준히 축적해 온 막대한 내공을 바탕으로 억지로 만들어낸 검기를 사용하는 것이다.

장로라 불릴 때까지 내공 수련을 등한시하지 않고 이, 삼류 내공심법을 익히지 않은 이상, 검기를 발현할 정도의 내공을 쌓고도 남는다.

장기량의 검기가 바로 억지로 만든 것이었다.

위지혼의 얼굴에 비웃음이 어렸다.

한 문파의 주인이라는 작자가 내공을 바탕으로 억지로 만들어낸 검기를 휘두르고 있다. 가소롭고도 가소로워서 상대해 주고 싶은 마음이 사라졌지만, 그래도 문파의 주인이니 예의상 상대해 주기로 했다.

위지혼은 양다리를 벌리며 중심을 낮췄다. 그리고 양손을 휘돌려 거대한 기운을 만들어냈다.

그게 끝이었다.

쾅!

아무것도 없었던 허공에서 검기를 머금었던 검이 맥없이 튕겨지고, 그 검의 주인조차 형편없이 바닥을 나뒹굴었다.

"우웩!"

장기량은 가슴을 움켜쥐고 피를 토했다. 그러면서도 위지혼을 향해 투지가 불타는 눈빛을 던졌으나, 검을 막았던 수법은 보이는 것처럼 단순한 게 아니었다.

불쌍하게도 장기량은 그것도 파악하지 못하고 있었다.

"쯧쯧, 가소롭다 못해 불쌍할 지경이구나, 아이야. 그래도 한 문파의 주인이라는 놈이 검기조차 제대로 만들 줄 모르는구나. 거기다 자기가 무슨 수법에 당했는지도 파악하지 못하고 있으니 정말 딱하구나, 딱해."

끌끌 혀를 차며 돌아선 위지혼은 놀란 눈으로 자신을 바라보는 사람들의 시선에 미간을 찌푸렸다.

"이놈들아, 날 새겠다. 하루 종일 이곳에 있을 것이냐? 빨리빨리 처리해야 푹 쉴 것 아니냐?"

그 말에 가장 먼저 정신을 차린 것은 푸른 옷을 입고 있는 열 명의 사내였고, 그다음은 낭인들이었다.

홍검문도들은 점점 붉어지는 얼굴로 바닥을 기면서 피를 토하는 자신들의 문주의 모습에 넋이 나가 있다가, 적들의 공격에 피를 쏟아내며 쓰러졌다.

위지혼은 만족스럽게 그 모습을 지켜보다 여전히 일어서려고 발버둥치는 장기량에게 다가갔다.

"눈알만 큰 아이야, 네가 당한 수법은 진절생멸(振切生滅)이라는 것인데, 겉보기에는 반탄(反彈)을 목적으로 한 기공(氣功)처럼 보이지만 실제로는 내부를 흔들고 혈맥(血脈)을 끊는 침투경이란다."

그 말에 장기량은 발버둥치는 것을 멈추고 놀란 눈으로 위지혼을 바라보았다.

위지혼의 얼굴에 메마른 미소가 떠올랐다.

"이 수법에 당했을 때 살기 위해서는 움직일 생각 하지 말고 내부를 다스려서 단전을 흔들고 혈맥을 끊으려는 기운을 밀어내야 했다. 그런데 너는 어리석게도 침투경에 당했다는 사실조차 모르고 일어서기 위해 발버둥을 쳐서 밀어내야 할 진절생멸의 기운이 마음껏 움직이도록 도와주었다."

안색이 시커멓게 물들어가는 장기량을 보며 메마른 미소를 지운 위지혼이 물었다.

"그럼 이제 너는 어떻게 되겠느냐?"

"너, 너어……."

"자격은 없지만 그래도 한 문파의 주인이었으니 이제 그만

편히 보내주마. 다음 생은 부디 조백린 같은 놈이 없는 곳에서
태어나라. 그럼 나 같은 놈과 만날 이유가 없을 테니.”

　실핏줄이 터져 붉게 물든 눈동자가 원독(怨毒)으로 번뜩이는
것을 보며 머리 위에 손을 올렸다. 그리고 진절생멸 중에 진(振)
의 기운만 사용하여 장기량의 뇌를 곤죽으로 만들어 버렸다.

　번뜩이는 눈동자가 흐릿하게 풀리며 돌아가는 것을 보고 위
지혼은 손을 털며 주변을 살펴보았다.

　열 명의 수하와 낭인에게 밀리는 홍검문도들과 흉흉한 눈빛
으로 자신을 노려보며 포위하고 있는 솜털조차 사라지지 않은
세 명의 청년도 보였다.

　한눈에 살펴보아도 잘 먹고 잘살았다는 태가 나는 게 홍검
문도로 보이지 않았다.

　위지혼의 표정이 일그러졌다.

　“너희는 누구냐?”

　“알 필요 없다, 노괴(老怪)! 감히 육합동맹을 건드린 대가를
치르게 해주마!”

　“흘흘, 육합동맹이라? 용기는 가상하다마는, 그게 위기에서
생명을 구해주지는 않는다. 육합동맹을 언급하는 것을 보아
명가(名家)의 자제인 듯한데, 이런 쓸모없는 곳에서 죽지 말고
떠나거라.”

　세 청년의 얼굴이 분노로 붉어졌다.

　당장에라도 달려들 것처럼 부들부들 떨리는 몸을 진정시키
며 시선을 교환한 세가의 자제들은 각자의 기수식을 취했다.

위지혼은 혀를 차다 고개를 갸웃거렸다.

"그나저나 홍검문이 육합동맹의 휘하 세력이었던가? 워낙 별 볼일 없는 곳이라 그런 점을 미처 신경 쓰지 못했구나. 하기야, 알았다 해도 달라질 건 없었겠지. 저런 놈이 주인으로 있으니 언제 사라져도 이상하지 않을 곳이었다."

"그 주둥아리를 함부로 나불대지 못하게 해주마!"

그 말을 신호로 각자의 절기를 이용한 합격(合格)이 시작되었다.

남궁지정은 철검십이식을 능숙하게 풀어냈고, 단목휘는 관천십류검법(貫天十流劍法)을 이용해 사납게 찔렀다. 그리고 팽소문은 하북팽가의 이름 높은 오호단문도(五虎斷門刀)상의 절기로 베어갔다.

그들의 공세를 스윽 눈으로 훑은 위지혼은 혀를 찼다.

"쯧쯧."

과장된 동작으로 고개를 흔들며 폴짝 한 걸음을 움직인 것으로 팽소문의 공세를 무효화시키고, 춤을 추듯 팔랑팔랑 움직이는 두 손으로 두 개의 검을 이끌어 충돌시켰다. 그리고 두 검의 주인들의 안색이 붉게 물들 때, 한걸음 물러나 어깨로 팽소문을 밀쳤다.

"크윽!"

"욱!"

혼신의 공격이었는지 검을 맞부딪친 두 사람은 진탕된 내부를 진정시키기 위해 안간힘을 썼고, 볼품없이 바닥을 데굴데

굴 굴러야 했던 팽소문은 분노로 시뻘게진 얼굴로 다시 도를
휘둘러왔다.

분노로 기세는 사뭇 강맹해졌으나 그게 끝이었다.

침착하게 도세를 펼쳐야 옷자락이라도 자를 텐데, 잔뜩 흥
분해 앞뒤 가리지 않고 덤벼들어 무슨 이득을 얻겠는가?

다시 한 번 끌끌 혀를 차며 도를 피해낸 위지혼은, 가볍게
도배(刀背)를 붙잡았다. 그리고 다른 한 손을 번개같이 뻗어 팽
소문의 목을 움켜쥐었다.

"더 이상 허튼짓하지 마라. 너희가 제대로 된 합격을 해도
나를 이길 수 있을지 없을지 알 수 없는데, 각자 자신만 돋보이
려 하니 어찌 승산이 있겠느냐?"

"크윽, 반드시 죽여 버리겠다!"

"어휘력이 떨어지는 한심한 놈이구나."

위지혼은 한숨을 내쉬었다.

"쯧쯧, 아가야, 내가 너희의 목숨을 빼앗는 것은 주머니에서
은자를 꺼내는 것보다 쉽다. 그런데 내가 왜 죽이지 않고 이리
주절주절 떠들겠느냐? 너희들 집안이 무서워서? 아니다. 단지
귀찮아서다. 너희를 죽였다고 너희 집안들이 귀찮게 덤벼들면
내 목적을 이루는 데 시간이 그만큼 더 걸릴 게 아니냐? 그래
서 죽이지 않는 것이니 더 귀찮게 하지 말고 여기서 이만 사라
지거라. 사람에게는 참을 수 있는 한계가 있는 법이다."

"노 선배께서 아직 한계에 도달하지 않으셨다면 이 후배가
한번 공격해 봐도 되겠습니까?"

홍검문에 들어온 이후 처음으로 들어보는 정중한 말에 홍미가 생긴 위지혼의 시선이 돌아갔다.

그곳에는 피가 흐르는 검을 거꾸로 쥐고 포권을 취하고 있는 잘생긴 청년이 서 있었다.

먼저 덤벼든 세 놈과 다르게 반질반질한 겉모습만 괜찮은 게 아니라 눈빛도 제대로 살아 있었다. 그리고 명가의 가르침을 제대로 받았는지 예(禮)가 바르고 정중하지만, 피어나는 기세도 사뭇 날카롭다.

'꽤 그럴듯한 놈이구나.'

위지혼은 백무결의 모습에 감탄했다.

그때를 노려 팽소문이 주먹을 휘두르려고 했지만, 위지혼은 목을 움켜쥔 팔을 한 번 휘두르는 것으로 공격을 무효화시켰다. 그리고 경고의 의미로 손아귀에 힘을 주었다.

"캑캑!"

숨이 막히는 것보다 잡힌 목이 뜯겨 나가는 것같이 고통스러워 정신을 차릴 수 없었다.

위지혼은 그때를 노려 잡고 있던 도를 비틀어 팽소문의 손에서 빼앗아 바닥에 던져 버렸다.

쨍그랑ㅡ 하는 소리가 유독 크게 귓가를 때렸다.

저쪽에서 모습을 드러낸 제갈민설의 모습이 유독 크게 보이며 팽소문은 절망했다.

팽소문이 절망하든 말든 신경 쓰지 않은 위지혼은 어느 사이에 조용해진 주변을 둘러보며 말했다.

“아직 한계는 아니다만, 궁금한 게 하나 생겼구나. 대답해 줄 수 있느냐?”

“하문하십시오.”

“네 검이 묻은 그 피 말이다. 혹시 파란 옷을 입고 있던 내 수하들의 피인 것이냐?”

백무결은 대답하지 않고 힐끗 팽소문의 모습을 살폈다.

위지혼의 얼굴에는 메마른 미소가 피어올랐다.

“걱정하지 말거라. 원치 않는 대답이 나온다고 이 모자란 아이를 죽일 정도로 속이 좁지 않다.”

“그렇다면 안심하고 대답하겠습니다. 노 선배님께서 말씀하신 것처럼 그들의 피도 있을 겁니다.”

“쯧쯧, 이 노인네의 투정을 받아준다고 나섰던 아까운 아이들만 목숨을 잃었구나. 안타깝다, 안타까워.”

하늘을 보며 중얼거리던 위지혼은 어느 순간부터 축 늘어진 팽소문을 남궁지정에게 던져 버리고 말을 이었다.

“아이야, 이제 한계에 도달했구나. 그래도 나를 한번 공격해 보겠느냐?”

“그러겠습니다.”

“좋은 기백(氣魄)이다. 아이야, 이름은 무엇이냐?”

“하남백가의 백무결이라 합니다.”

“오호라, 내 너를 들어본 적 있구나. 하남의 태암검호(太巖劍豪)가 네가 태어났을 때 그리 기뻐했다지? 너를 보니 과연 그럴 만하구나. 내 ‘그’를 본 이후 이토록 훌륭한 후배는 처음이다.”

"과찬이십니다."

"아니다, 아니야. 난 있는 그대로를 말한 것뿐이다."

위지혼은 메마른 미소를 지우며 자세를 낮춰 홍검문에 침입한 이후 처음으로 기수식을 취했다.

"자, 어디 한 번 공격해 보거라."

그것은 마치 마음에 드는 후배에게 한 수 가르침을 내리는 것처럼 보였으나, 마주 선 백무결은 느낄 수 있었다.

무시무시한 살기가 요동치고 있었다.

덤벼든다면 반드시 죽이고 말겠다는 강인한 의지.

당당히 나섰지만, 긴장으로 입 안이 바짝 말라왔다.

'정말 강하다.'

절정이라고 다 같은 절정이 아니다.

삼류도 다 같은 삼류가 아니듯이, 높낮이는 어디에나 있는 법이다.

백무결은 갓 절정에 오른 풋내기였다. 절정에 오르지 못한 자들에게는 아득한 벽일지도 모르지만, 같은 위치에 선 자들에게는 풋내기일 뿐이다.

물론 풋내기라 할지라도 무시무시한 칼을 손에 쥐고 있는 것은 마찬가지였다. 다만 그게 위지혼처럼 노련한 자가 쥐고 있는 칼과 할 수 있는 게 똑같을 수는 없었다.

그게 수련한 시간의 차이고, 경험의 차이다.

"이제까지 해왔던 것처럼 꾸준히 노력한다면 내 나이쯤 되었을 때엔 그 누구도 널 이길 수 없을 것 같다."

괴개가 해준 말이 떠올랐다.

시간만 충분하다면 천하제일인이 될 수 있다는 그 말.

그때, 백무결은 이런 고민을 했다.

'그렇다면 그때까지 나보다 강한 자를 만나면 도망치며 살아야 하나?'

강호에 살아가는 모든 이들은 천하제일을 꿈꾼다.

천하에서 열 손가락 안에 꼽히는 고수인 괴개가 그 꿈을 이룰 수 있을 것이라 단언했을 때, 백무결은 심각하게 고민했다.

죽지 않고 살아 있으면 꿈을 이룰 수 있다.

조금 비겁해도 살아남는다면 훗날 꿈을 이룰 수 있다.

그 고민은 지금까지 지속되었고, 오늘 이 순간 해결되었다.

피하지 않는다.

오히려 나아가 원하는 것을 쟁취할 때까지 결코 물러서지 않을 것이다.

열파의 기수식을 취하며 백무결은 웃었다.

"그럼 가겠습니다."

『일월쟁명(日月爭明)』 2권에서 계속…

무공을 익힐 수 없는 비운의 천재 제갈수.
공작가의 망나니 공자 슈.

운명을 벗어나려는 제갈수의 노력은 망나니 공자의 죽음과 만나 비상한다.

제갈수의 영혼과 슈의 신체를 이어받은 새로운 슈 부르셀라 폰 레비안또 가누비엔
그것은 하나의 위대한 기적!

홀로선별 퓨전 판타지의 신기원!
『기적!』

따뜻한 그의 이야기가 지금 시작된다.